D1666877

MARTIN GEISER

Oberaargauer
Geheimnisse

MARTIN GEISER

Oberaargauer Geheimnisse

KRIMINALROMAN

GMEINER

Immer informiert

Spannung pur – mit unserem Newsletter informieren wir Sie
regelmäßig über Wissenswertes aus unserer Bücherwelt.

Gefällt mir!

Facebook: @Gmeiner.Verlag
Instagram: @gmeinerverlag

Besuchen Sie uns im Internet:
www.gmeiner-verlag.de

© 2025 – Gmeiner-Verlag GmbH
Im Ehnried 5, 88605 Meßkirch
Telefon 0 75 75 / 20 95 - 0
info@gmeiner-verlag.de
Alle Rechte vorbehalten
1. Auflage 2025

Satz: Mirjam Hecht
Umschlaggestaltung: U.O.R.G. Lutz Eberle, Stuttgart
unter Verwendung eines Fotos von: © Jag9889, CC BY-SA
4.0 <https://creativecommons.org/licenses/by-sa/4.0>, via Wiki-
media Commons; https://commons.wikimedia.org/wiki/File:Ge-
deckte_Holzbr%C3%BCcke_%C3%BCber_die_Aare,_Fulenbach_
SO_%E2%80%93_Murgenthal_AG_20220825-jag9889.jpg
Druck: GGP Media GmbH, Pößneck
Printed in Germany
ISBN 978-3-8392-0811-3

Für Urspeter Geiser,
der in Ischia eine neue Heimat
gefunden hat.

Was ist ein wahres Geheimnis?
Etwas, das für jeden offen da liegt.
Der eine erkennt es, der andere jedoch nicht.

Laotse

VORBEMERKUNG

Dies ist ein Kriminalroman, eine fiktive Geschichte, die in der realen Kulisse des Oberaargaus spielt. Die beschriebenen Orte existieren allesamt, die Ereignisse – zum Beispiel das Dorffest im Roggwil im Jahre 2008 – haben stattgefunden; allerdings habe ich mir die künstlerische Freiheit genommen, die eine oder andere Gegebenheit zu verändern. Beispielsweise verfügt der Bären in Langenthal schon seit Längerem über keinen Hotelleriebetrieb mehr, sondern ist ausschließlich ein Restaurant. Die aufmerksamen Leserinnen und Leser aus dem Oberaargau werden solch kleine Abweichungen bestimmt feststellen und mir hoffentlich nachsehen.

Und ganz wichtig ist: Die Orte sind zwar real, die handelnden Figuren sind es jedoch nicht. Die Personen und die Handlung sind frei erfunden. Ähnlichkeiten mit lebenden oder toten Personen sind rein zufällig und nicht beabsichtigt.

Die Oberaargauer bezeichnen den Nebel als Suppe. Und das meinen sie durchaus liebevoll, denn er gehört zu ihrem Alltag wie die Butter aufs Brot. Auch wenn sie getrost auf ihn verzichten könnten.

Trotzdem schätzen sie seine Vielfältigkeit, die Facetten, mit denen er die Umgebung verzaubern, sie aber auch verbergen kann. Er hüllt die Wälder in einen sanften Schleier, bricht die Kanten und zeichnet die Landschaft mit einem weichen Bleistift. Man taucht in eine Welt ein, in der Hektik ein Fremdwort zu sein scheint. Die Bewegungen werden langsamer, die Stille umschließt den Körper und füllt ihn mit einer angenehmen Ruhe.

Die feinen Wassertröpfchen schweben über dem Boden und werden als dünner Vorhang wahrgenommen. Man fühlt sich wie inmitten einer Wolke – ganz nach der Definition des Nebels. Nicht über den Wolken, sondern in den Wolken. Auch hier ist eine Form von Freiheit zu spüren, vielleicht ist sie nicht unbedingt grenzenlos, aber immerhin.

Wenn die Nebelschwaden sich verdichten und sich daraus ein diffuses Etwas bildet, so ist die Suppe angerichtet. Manchmal sieht man sprichwörtlich nicht mehr die Hand vor den Augen. Alles wird verschluckt, Bäume, Hügel, Straßen, Häuser. Und Leichen.

NULL

Die Vergangenheit holt dich wieder ein.

Mit diesem Gedanken hat sie vorgestern, begleitet von einem flauen Gefühl in der Magengegend, das Ortsschild passiert. Und auch jetzt, als sie zwei Tage später aus dem Hotel tritt und die nähere Umgebung betrachtet, stellen sich ihr die Nackenhaare auf.

Eine dicke Nebelschicht liegt über dem Städtchen. Die Sonne, die ein kleines bisschen zu erahnen ist, versucht vergeblich, den trüben Schleier zu durchdringen. Genauso hat sie diese Gegend in Erinnerung: farblos, träge und langweilig. Wie die Menschen, die hier leben. Engstirnig, misstrauisch, abweisend, zugeknöpft. Noch einige Attribute mehr würden ihr dazu einfallen. Deshalb ist sie vor 16 Jahren aus dieser Region weggegangen. Hat ohne einen Funken Wehmut alles hinter sich gelassen. Ohne es auch nur eine Sekunde bereut zu haben.

Und trotzdem – was sie sich verwundert eingestehen muss – ist sie nun neugierig. Was ist nach so langer Zeit anders geworden? Wie sehen die Orte, an denen sie sich früher häufig aufgehalten hat, heute aus?

Gewiss weiß sie genau, dass sie ihr Vorhaben mit Vorsicht angehen muss. Natürlich, sie hat sich stark verändert. Aber: Man könnte sie erkennen. Und das würde Fragen aufwerfen. Lästige Fragen, denen sie sich nicht aussetzen will. Sie hat dieses Kapitel ihres Lebens abgeschlossen, mit enormer Erleichterung hat sie damals diesen Flecken im

Schweizer Mittelland verlassen und will nicht an ihre Vergangenheit erinnert werden.

Als man sie bat, kurzfristig einzuspringen, um ein Seminar hier abzuhalten, hat sie gezögert. Sollte sie absagen? Mit welcher Begründung? Julian, ihr Geschäftspartner, wäre misstrauisch geworden, hätte eine Erklärung gefordert. Also hat sie geschwiegen, den Anlass mit Unbehagen in ihren Kalender eingetragen. In der Nacht vor der Abreise hat ihr der Termin den Schlaf geraubt. Wie oft hat sie sich gewünscht, dass alles schon vorbei wäre. Und was ihr während der dreistündigen Autofahrt alles durch den Kopf gegangen ist!

Doch ihre Befürchtungen sind unnötig gewesen; dieses Fazit kann sie nun ziehen. Das Seminar ist wunderbar gelaufen. Die Teilnehmer haben begeistert mitgemacht und interessante Fragen gestellt. Ein voller Erfolg. Julian wird sich darüber freuen.

Und im Nachhinein fragt sie sich: Was hätte denn schiefgehen können? Die Geschichte ist vorbei, ad acta gelegt.

Nach dem zweiten Seminartag und dem Abendessen hat sie an der Bar in netter Gesellschaft ein Glas Rotwein getrunken und die Gelegenheit beim Schopf gepackt. Danach konnte sie zum ersten Mal seit Langem wieder durchschlafen.

Nun fühlt sie sich frisch und ausgeruht wie schon lange nicht mehr. Und neugierig. Und unternehmungslustig.

Die Schlüsselkarte ist bereits abgegeben, und eigentlich könnte sie nun die Heimfahrt antreten. Der Erfolg des Seminars beflügelt sie jedoch, und so entschließt sie sich spontan zu einem Spaziergang.

Ihre Absicht ist mit einem gewissen Risiko verbunden, das ist klar. Und man soll das Schicksal bekanntlich nicht herausfordern, vor allem nachdem alles so reibungslos abgelaufen ist. Und trotzdem.

Sie steckt sich die AirPods in die Ohren, startet »Easy Listening«, ihre Lieblingsplaylist, zieht die Wollmütze etwas tiefer ins Gesicht, schiebt die Hände in die Manteltaschen und macht sich auf den Weg.

Sie passiert einen Platz aus Pflastersteinen, gelangt zwischen zwei Lokalen hindurch auf einen Parkplatz und folgt dem Flusslauf bis zum Fußballfeld. Viel hat sich verändert, denkt sie. Nicht nur zum Guten. Den provinziellen Anstrich hat das Städtchen nicht ablegen können.

Sie bleibt stehen. Der Nebel ist noch dichter geworden; sie spürt feine, feuchte Partikel auf ihrem Gesicht. Jetzt kommt doch etwas Melancholie auf. Hier, auf diesem Pfad, ist sie oft mit dem Hund ihrer Eltern spazieren gegangen. Der Vater hat sie mit dem Wagen hergefahren, und sie ist ins Dorf zurückgelaufen. Wie hat das Tier geheißen? Irgendein biblischer Name wird es gewesen sein, ganz bestimmt!

Langsam setzt sie ihren Weg fort, rechts der Fluss, links eine mächtige Überbauung, wo zuvor ein großes Feld brachgelegen hat. Weit und breit ist kein anderer Fußgänger zu sehen. Sie ist allein. Ed Sheeran singt, dass er die Liebe in einem Foto festhalten will, und sie summt leise mit, als plötzlich wie aus dem Nichts ein Jogger auftaucht, an ihr vorbeirennt und ihr einen tüchtigen Schrecken einjagt.

Sie sieht kaum einen Meter weit, geschweige denn, dass sie einen entgegenkommenden Menschen frühzeitig erahnen könnte.

Sie hält den Atem an, als plötzlich im dicken Nebel schemenhaft die Silhouette einer Person zu erkennen ist.

Sie schärft ihren Blick und bleibt stehen. Sieht ein Augenpaar, das sie aufmerksam mustert und in ihr vage Erinnerungen aufsteigen lässt. Und weiß, dass sie nun ein Problem hat.

EINS

Es gab gute und schlechte Tage im Leben von Urspeter Hugi. Eine Randnotiz eigentlich. Wenn nicht gar zu vernachlässigen. In Anbetracht dessen, dass er bis vor Kurzem jedoch nur schlechte und sehr schlechte Tage gekannt hatte, war diese Feststellung durchaus erwähnenswert.

Die Wendung war einfach auszumachen und zu benennen. Positive Gedanken. Das sagt sich so leicht. Tatsächlich hatte er sie aber wieder zugelassen. Auf simple Art und Weise. Hugi hatte selbst gestaunt, wie sehr ihm die Anordnung seines Psychologen geholfen hatte. Auf Wunsch des Therapeuten hatte Hugi sein Notizheft in die letzte Sitzung mitgebracht. Darin die Gedanken, die er jeden Abend niedergeschrieben hatte. Dunkel waren sie. Anklagend. Voller Wut und Resignation. Die Grübeleien über den Tod seiner Frau waren seine ständigen Begleiter. 18 Monate war es her, seit Judith gestorben war.

Buchmüller hatte die Aufzeichnungen seines Patienten durchgeblättert und dabei die Stirn in Falten gelegt. Zehn Minuten lang. Stumm waren sie einander gegenübergesessen. Der Psychologe lesend. Hugi wartend. Hatte die Uhr auf dem Büchergestell fixiert. Mit jeder Bewegung des Sekundenzeigers, jedem Vorwärtsschreiten war ihm das Schweigen zäher erschienen. Unangenehmer.

Hugi hatte versucht, sich auf seinen Atem zu konzentrieren. Fünf Sekunden lang einatmen. Die Luft anhalten, dann ausatmen, dabei auf acht zählen. Das hatte er in einem Magazin gelesen. Eine Achtsamkeitsübung.

Endlich klappte Buchmüller das Heft zu. Trommelte mit den Fingern auf den Umschlag.

Man müsse etwas ändern, meinte er und schaute seinem Patienten eindringlich in die Augen. Das war noch übler als die Stille zuvor. Nach kurzer Zeit senkte Hugi den Kopf.

Es sei nun Schluss mit dieser Mischung aus Selbstmitleid und Vorwürfen. Buchmüllers Tonfall klang streng. Von nun an sollten nur noch Lichtblicke notiert werden. Mindestens drei, jeden Abend. Am besten in ein neues Heft. Die finstere Welt wegsperren.

Und wenn er keine optimistischen Ansätze finden könne, warf Hugi ein. Streckte fragend die Hände aus. Ein leichtes Zucken im Mundwinkel war die Reaktion seines Gegenübers. Fein und nur ganz kurz. Doch Hugi hatte es genau gesehen.

Das sei reine Einstellungssache, so die Antwort. Man könne sich über viele Dinge freuen. Achtsamkeit, nenne man das. Den Sonnenschein. Ein Lächeln. Ein berührendes Musikstück. Ein leckeres Stück Fleisch, auf den Punkt genau gebraten. Aber man müsse diese Glücksmomente erkennen, auch wenn sie noch so klein seien. Und vor allem müssten sie aufgeschrieben werden. Das sei sehr wichtig. Damit sie Hugi bewusst werden würden und er sie am nächsten Tag nochmals nachlesen könne.

Hugi schwieg. Überlegte. Irgendwie einleuchtend, der Vorschlag Buchmüllers.

Was er denn dazu meine, wollte dieser wissen. Ob es einen Versuch wert sei. Hugi nickte. Pflichtete ihm bei.

Zu Hause setzte er sich hin. Schlug ein neues Heft auf. Spitzte den Bleistift. Rief sich den Tag in Erinnerung.

1. Sitzung bei Buchmüller
2. Über mich selbst gelacht, als mir ein Glas aus der Hand gefallen ist
3. …

Nichts mehr kam ihm in den Sinn. Er kaute am Bleistift und spuckte angewidert ein paar Holzfasern aus. Nach einer erfolglosen Viertelstunde notierte er schließlich:

3. Zwei positive Punkte aufgeschrieben

Man musste sich über bescheidene Dinge freuen. Hatte der Therapeut das nicht gesagt?

Das war vor zwei Monaten gewesen. Hugi fand, dass er seither Buchmüllers Tipp äußerst erfolgreich angewendet hatte. Mit erfreulichen Auswirkungen auf sein Seelenheil. Es ging ihm deutlich besser. Die Stimmungskurve war nicht steil nach oben verlaufen. Aber immerhin aufwärts. Kleine Erfolge. Schritt für Schritt. Der Therapeut war sehr zufrieden mit ihm. Und Hugi mit sich auch, wenn er ehrlich war.

Auf seinem täglichen Spaziergang bog er in die Waldhofstrasse ein, das Krankenhaus zu seiner Linken, weiter vorn
der Fußballplatz. Dort entschied er sich für einen Kiesweg
und spazierte die Langete entlang. Seine Lieblingsstrecke.
Er könnte sie blindlings ablaufen. Auf Autopilot schalten
und die Gedanken schweifen lassen. So war er schon mehr
als einmal plötzlich in Roggwil gelandet. Die Zeit völlig
vergessen, die Umgebung ausgeblendet.

Sein Atem bildete eine kleine Dampfwolke in der Luft,
bevor er sich in die kalte Nebeldecke verflüchtigte. Die
erste Oktoberwoche entsprach nahezu klischeehaft dem
Oberaargauer Herbstklima. Ein grauer Schleier lag über
der Landschaft, und wenn der Hochnebel sich nicht bis
zum Mittag auflöste, so konnte man davon ausgehen, dass
die Sonne heute kaum die Ehre erweisen würde.

Hugi war so aufgewachsen und hatte sich, wie die meisten Menschen, die hier lebten, mit dem Dunst versöhnt. Er
sah in ihm etwas Mythisches, Geheimnisvolles und vermochte so, auch den Nebeltagen etwas Positives abzuge-
winnen. Wenn ihm nach Sonne war, so konnte er jederzeit
in den nahegelegenen Jura fahren und zum Beispiel auf
dem Stierenberg oder in der Bättlerchuchi der Gemeinde
Farnern Wärme tanken.

Die Spaziergänge taten ihm gut und ließen ihn wieder
zu Kräften kommen. Viel Bewegung war ihm empfohlen
worden, von Buchmüller, aber auch von seinem Haus-
arzt. In ein Fitnesscenter wollte er sich nicht begeben. Die
hechelnden Hausfrauen, die übergewichtigen Rentner, die
Testosteron-gesteuerten Muskelprotze und die fragilen
Studentinnen, die ständig ein Selfie knipsten, um in den
sozialen Medien ihre Aktivitäten vor der Welt auszubrei-
ten. So stellte er es sich zumindest vor, ohne je selbst einen

Fuß in solch einen Gesundheitstempel gesetzt zu haben. Nein, das brauchte er nicht. Bewegung an der frischen Luft, das war sein Ding. Damit konnte er sich identifizieren.

Gestern vor dem Zubettgehen hatte er freudig sein Notizheft aufgeklappt. Mit schwungvoller Schrift hatte er notiert:

1. »Don Giovanni« im Stadttheater gesehen
2. »Don Giovanni« im Stadttheater gesehen
3. »Don Giovanni« im Stadttheater gesehen

Und weil es ihm so leicht von der Hand gegangen war, hatte er in absoluter Hochstimmung gleich noch hinzugefügt:

4. »Don Giovanni« im Stadttheater gesehen
5. »Don Giovanni« im Stadttheater gesehen

Es war ein Genuss gewesen! Schon lange war es ihm nicht mehr so gut gegangen. Erst jetzt war ihm bewusst geworden, wie sehr ihm Kulturveranstaltungen gefehlt hatten. Mit Judith war er das letzte Mal in der Oper gewesen. Lange war es her. Viel zu lange! Nahrung für die Seele. Das musste er unbedingt bald wiederholen.

Mozarts wundervolle und eingängige Melodien purzelten ihm durch den Kopf. Ließen ihn gedanklich zum gestrigen Abend zurückkehren. Wärmten sein Gemüt.

Hugi ließ sich auf einer Sitzbank nieder, gönnte sich eine Zigarette. Den Spazierweg vor sich, die Langete im Rücken. Er schlug die Beine übereinander, legte einen Arm auf die Lehne. Genoss den Moment. Der Morgennebel hatte sich inzwischen aufgelöst. Eine kalte Bise wehte Hugi ins Gesicht. Er empfand sie nicht als störend. Sie gehörte zu diesen Herbsttagen wie die bunten Blätter, die den Kiesweg fast komplett bedeckten.

Zwei ältere Damen gingen an ihm vorbei nach Langenthal. Aufgeregt steckten sie die Köpfe zusammen. Hugi grüßte höflich, doch sie nahmen keine Notiz von ihm.

Und da klagt man ständig über den fehlenden Anstand unserer Jugend, dachte er grimmig.

Noch zwei Stunden bis zum Mittagessen. Er beschloss, nach dem Spaziergang im Gasthaus Bären einen Zwischenstopp einzulegen. Einen Aperitif zu trinken. Zu Hause würde er die Reste von gestern Abend aufwärmen. Lasagne, dazu ein Schälchen frischen Salat. Anschließend ein kleines Nickerchen. Sich in den neuen Roman von John Irving vertiefen. Das war ein guter Plan. Hugi war zufrieden.

Er erhob sich und schlenderte weiter. Es war wenig Betrieb auf seiner Lieblingsstrecke. Zwei Joggerinnen kamen ihm entgegen, ein Radfahrer, ein älteres Paar mit einem Bernhardiner. Hugi grüßte und schenkte einem jeden ein Lächeln, das von fast allen erwidert wurde. Nur der Radfahrer raste mit verbissener Miene an ihm vorbei.

Bei der Feuerstelle, wo der Wald begann, wollte er umdrehen. Denselben Weg zurückspazieren, voller Vorfreude auf den Apéro, eine Stange oder einen Campari Orange. Er würde sich spontan entscheiden, auch das war eine gute Idee. Hugi atmete tief durch. Wenn der Tag sich weiter so positiv entwickeln würde, könnte er am Abend zehn Highlights im Notizheft vermerken.

Das Polizeiauto sah er schon von Weitem. Ebenfalls die Neugierigen, die daneben lauerten und in den Wald hineingafften. Das Fahrzeug stand genau an der Stelle, die er als Wendepunkt seines Spazierganges vorgesehen hatte.

Gespannt beschleunigte Hugi seine Schritte. Am Ziel angekommen spähte er durch die Bäume.

Am anderen Ufer der Langete befand sich eine Grillstelle mit großen Steinblöcken, die als Sitzgelegenheiten gedacht waren. Emsiges Treiben war auszumachen. Der Platz war zweifelsohne ein Tatort, das erkannte er auf den ersten Blick. Kriminaltechniker knieten in weißen Schutzanzügen am Boden. Kleine Schilder mit Nummern waren überall verteilt. Unter einer Decke erahnte Hugi die Konturen eines Körpers.

Er war so in das Schauspiel vertieft, dass er die Aufforderung zum Weitergehen nicht wahrnahm. Auch nicht, dass er inzwischen allein dastand. Erst als ein Uniformierter ihm die Hand auf die Schulter legte, kehrte seine Selbstwahrnehmung zurück. Der Polizist wiederholte seine Weisung. Immer noch höflich, doch resoluter.

Hugi nickte. Ließ seinen Blick nochmals über die Szenerie am anderen Ufer schweifen. Fühlte ein Kribbeln in der Magengegend. Spürte die verloren gegangene Leidenschaft. Dieses Gefühl einer großen Herausforderung, das ihn während seiner Aktivzeit immer gepackt hatte, wenn er einen Tatort betrat. Etwas widerwillig drehte er sich um und wollte gerade den Rückweg antreten, als er eine laute Stimme hinter sich hörte.

»UP, warte doch!«

Verblüfft drehte er sich um. Eine Frau trat aus dem Wald. Roter Mantel, froschgrüne Hose und gelbe Gummistiefel, die vor Dreck standen. Die Hose hatte oberhalb des Schuhwerks einen feuchten Rand. Die Frau musste die Langete durchquert haben, deren Pegelstand an dieser Stelle ziemlich niedrig war.

Über ihren außergewöhnlichen Modestil hatte er schon

früher grinsen müssen, vor allem, was die gewagten Farbenkombinationen betraf. Eine Farbblindheit ihrerseits hatte er öfter in Erwägung gezogen.

»Stefania Russo.«

Sie winkte ihm mit einem leicht verlegenen Lächeln. Eilte auf ihn zu, sodass ihr das lockige Haar um den Kopf wehte, und schloss ihn in die Arme. Verdutzt erwiderte Hugi die Umarmung. So nahe war sie ihm während seiner aktiven Dienstzeit nie gekommen. Sie war sein Protegé gewesen, auch als nach einem Jahr sein Mentorat abgelaufen war. Eine eifrige Schülerin, die gierig, wie ein Schwamm, alles Wissen in sich aufsaugte. Die Hugi häufig um seine Meinung gefragt hatte. Und die ihm einmal gestanden hatte, dass sie sich oft überlegte, was er in dieser Situation wohl tun würde, bevor sie handelte. Für ihn war sie wie eine Tochter gewesen. Als er ihr eröffnet hatte, dass er den Dienst bei der kriminalpolizeilichen Abteilung Leib und Leben quittieren werde, war sie tränenüberströmt aus seinem Büro gerannt.

Seine kleine Stefania. Aufgeregt stand sie nun vor ihm.

»Mit dir hätte ich zuletzt gerechnet, UP. Als ich dich auf der anderen Flussseite stehen gesehen habe, bin ich sofort durch das Wasser gewatet.« Sie kicherte. »Was tust du hier?«

Er hob etwas theatralisch die Arme. »Ich wohne in Langenthal. Schon vergessen? Und ich genieße meine Rente. Genieße es, mein Leben nicht mehr fremdbestimmt zu führen. Eher müsste ich fragen, was *du* in Langenthal verloren hast.«

Sie zog die Adlernase hoch. Kramte in ihrer Manteltasche. Hugi zauberte im Handumdrehen ein Papiertaschentuch hervor.

»Immer noch derselbe Gentleman.«

»Immer noch die gleiche Chaotin.«

»UP, du bist unmöglich!« Dankbar nahm sie das Taschentuch entgegen und schnäuzte sich geräuschvoll. Knüllte das Tüchlein zusammen und schenkte ihm ein warmes Lächeln. »Du hast mir so gefehlt.«

Hugi war gerührt. Auch er hatte sie vermisst. Doch er vermochte nicht, ihr das zu gestehen.

»Dass gerade du hier auftauchst, UP. Als ob du den Braten gerochen hättest.« Stefania zwinkerte ihm verschwörerisch zu.

»Die Katze lässt bekanntlich das Mausen nicht. Aber dein Kollege da vorn wollte mir keinen Sitzplatz anbieten.« Hugi schob spielerisch schmollend die Unterlippe vor.

»Recht so. Dann hat Luca einen guten Job gemacht.«

»Ihr habt eine Leiche.« Da war sie wieder, diese fieberhafte Anspannung. Er hatte sie nicht vermisst. Aber jetzt, wo ein Tatort in greifbarer Nähe war, zogen ihn magnetische Kräfte zu diesem Ort des Verbrechens hin. Er wollte mehr erfahren. Eine bessere Gelegenheit würde er nicht bekommen.

»Ist nicht schwer zu übersehen, nicht einmal für dich.« Sie grinste spitzbübisch.

»Mord?«

Stefania zuckte zusammen. Kniff ihre Augen zu Schlitzen zusammen und hob drohend ihren Zeigefinger. »Was hättest du, als mein ehemaliger Vorgesetzter, zu mir gesagt, wenn ich mit einer außenstehenden Person geplaudert hätte?«

»Ich hätte dich zusammengefaltet. Und das ordentlich.«

»Eben.«

»Aber mich kennst du ja, mir kannst du doch …«

»UP!«

»Schon gut, schon gut. Einen Versuch war es wert.«

»Er ist es tatsächlich!«

Sie drehten sich zum Waldrand um, wo etwas weiter hinten ein groß gewachsener Mann auf den Kiesweg getreten war.

»Der Monsieur nimmt natürlich die Brücke«, flüsterte Stefania. »Ist ja klar.«

»Hugi! Hol mich der Teufel. Das gibt's doch gar nicht.«

»Herr Staatsanwalt. Lieber draußen, sur place, als am Schreibtisch.«

Staatsanwalt Nydegger trat strahlend auf die beiden zu. Schüttelte Hugi überschwänglich die Hand. Während Stefania fror, trug Nydegger seine dicke Daunenjacke offen. Kälte war für den Staatsanwalt ein Fremdwort. Darunter war ein maßgeschneiderter anthrazitfarbener Anzug zu erkennen. Dazu die passende modische Seidenkrawatte. Stilvolle Kleidung. Gepflegtes Äußeres. Nur die schwarzen Gummistiefel passten nicht zu seinem sorgfältig zusammengestellten Outfit. Die dunklen Haare, die nach Hugis Vermutung regelmäßig gefärbt wurden, waren akkurat zu einem Seitenscheitel gekämmt. Das Kinn glattrasiert. Das Rasierwasser schwer und teuer. Die braunen Augen unter den buschigen Augenbrauen wirkten vertrauensvoll und gelassen. Aber Hugi wusste, dass man sich davon nicht täuschen lassen durfte. Nydegger konnte knallhart sein. Und dann war es vorbei mit dem warmen Blick.

»Gut sehen Sie aus, Hugi. Das muss ich neidlos anerkennen. Der Ruhestand scheint wahrhaft ein Jungbrunnen für Sie zu sein.«

Der Angesprochene lächelte verlegen. Nydegger war nie um ein Kompliment verlegen. Und es waren keine hohlen Floskeln, er meinte es auch so. Ein offener, kommunikativer und direkter Mann, den Hugi immer noch sehr schätzte.

»Danke. So fühle ich mich auch, Herr Staatsanwalt. Und ich darf das Kompliment zurückgeben. Der Herr trägt einmal mehr den feinsten Zwirn.«

»Hugi, übertreiben Sie nicht.« Ein kurzes, bellendes Lachen, das seine strahlend weißen Zähne entblößte. Man munkelte, dass er sie sich bei einem Zahnarzt in Ungarn hatte verpassen lassen. »Meine Frau hat das feine Händchen für die passenden Kleider. Das habe ich Ihnen schon mehr als einmal erklärt.« Er musterte Hugi ausgiebig und blickte anschließend zu Stefania. Deutete mit dem Zeigefinger auf Hugi. »Das Glänzen in seinen Augen kenne ich. Sie auch, Frau Russo? Wie ein Hund, der Witterung aufnimmt.«

Schmunzelnd richteten sie ihre Blicke auf Hugi.

»Da hat's schon ein paar Ameisen in der Bauchgegend, nicht wahr, Hugi?«

»Mea culpa.« Hugi hob die Arme, zeigte seine Handflächen. »Ich kann's nicht abstreiten. Ein paar wenige Infos – weil ich's bin?«

Erneut das charakteristische Lachen. »Hat er auch schon versucht, Sie um den Finger zu wickeln, Frau Russo?« Er legte Hugi seine Hand auf dessen Schulter. »Selbst wenn ich wollte, mein Lieber, wir wissen noch gar nichts. Kein Ausweis, kein Handy. Rien du tout! Wir haben eine ganze Menge Arbeit vor uns.« Er warf einen raschen Blick auf seine Armbanduhr. Eine »Patek Philippe«.

What else, dachte Hugi.

»Und jetzt entschuldigen Sie mich bitte. Ich habe einen Termin in Burgdorf. War schön, Sie wiederzusehen, Hugi.« An Stefania gewandt sagte er, mit dem Zeigefinger auf den Lippen und verschwörerisch flüsternd: »Kein Wort zu ihm. Sonst haben wir ihn plötzlich erneut am Hals.« Er zwinkerte Hugi zu, tippte an einen imaginären Hut und war im nächsten Augenblick im Wald verschwunden.

»Immer noch derselbe Charmeur«, sagte Hugi grinsend.

»Da hast du recht. Und er ist ein Teamplayer. Das schätze ich enorm. Ich arbeite gern mit ihm zusammen.«

»Dem gibt's nichts hinzuzufügen. Außer, dass wir mal einen Kaffee zusammen trinken sollten.«

»Was für ein abrupter Themenwechsel, UP.« Sie fuhr sich durch die dichten Locken, verfehlte dabei ein kleines Blatt, dass inmitten ihrer Haarpracht steckte. »Aber die Voraussetzungen dafür sind gut. Mein Team wird ein paar Tage hier stationiert sein. Kumi ist gerade daran, unser Einsatzbüro auf dem Polizeiposten einzurichten.«

»Die übliche Truppe?«

»Selbstverständlich. Kumi, Alain und Naomi.«

»Ich sollte mal bei euch vorbeischauen.«

»UP, untersteh dich. Du hast gehört, was Nydegger gesagt hat.« Sie umarmte ihn kurz, trat ein paar Schritte von ihm weg und drehte sich nochmals um. Schenkte ihm ihr strahlendstes Lächeln. »Ich melde mich bei dir für einen Kaffeeplausch.«

ZWEI

Im Bären angekommen, entschied sich Urspeter Hugi schließlich für ein Einerli des exquisiten Hausweins. Spontan, wie vorgesehen. Er saß an der Bar, den »Bund« ungelesen vor sich, und betrachtete sich im großen Spiegel.

Gut sehen Sie aus. Das Kompliment von Nydegger war ihm runtergegangen wie Öl. Und wenn er den Herrn, der ihm entgegenblickte, mit seinen sorgfältig frisierten, graumelierten Haaren und dem akkurat getrimmten Dreitagebart, aufmerksam studierte, so war er mit dessen Aussehen zufrieden. Sehr sogar. Es galt festzustellen, dass sein mentales Hoch sich angenehm auf sein Äußeres übertrug. Er hob das Glas. Prostete seinem Spiegelbild zu. Ignorierte das flüchtige Grinsen der Kellnerin.

Er mochte den Staatsanwalt und hatte gern mit ihm zusammengearbeitet. Etwas grobschlächtig und selbstverliebt, aber jederzeit fair und immer mit einem offenen Ohr für die Vorschläge und Ideen seiner Ermittler.

Der Weißwein putschte ihn noch mehr auf. Stieg ihm sofort in den Kopf. Bescherte ihm einen angenehmen Schwindel, der ihn hinderte, in der Zeitung zu schmökern. Die Präsidentschaftswahlen in den USA und die anderen Brandherde auf dieser Welt hingen ihm ohnehin zum Hals heraus.

Er stützte die Unterarme auf die Theke und sah sich um. Die Tische waren gedeckt, die Mittagsgäste wurden erwartet. Ein verführerischer Duft drang aus der Küche und umgarnte seine Nase. Die Lasagne in seinem Kühlschrank ging ihm durch den Kopf. Hugis Magen knurrte bedrohlich. Ob er sich hier einen kleinen Snack gönnen sollte? Er verwarf den Gedanken sogleich; die leckere Pasta lockte ihn nach Hause. Doch an Aufstehen war momentan nicht zu denken. Zunächst musste der schwere Kopf klarer werden.

Er ließ seine Gedanken schweifen. Eine Leiche in Langenthal. Das Prickeln im Nacken hatte sich noch nicht gelegt. Es würde ihm gewiss gelingen, einige Informationen aus Stefania herauszukitzeln.

Nydegger hatte nicht unrecht mit seiner Bemerkung. Hugis Jagdinstinkt war geweckt. Er fühlte sich herausgefordert. Er war interessiert und motiviert. So sehr wie schon lange nicht mehr. Es gab nur ein Problem: Er hatte seinen Dienst bei der Kriminalpolizei vor einem Jahr quittiert. War in Frührente gegangen. Ein Zurück stand auf keinen Fall zur Debatte. Er hatte den Entscheid sehr bewusst gefällt. Nächtelang hatte er wachgelegen und mit sich gerungen. Hatte sich eingestehen müssen, dass er nach Judiths Tod nicht mehr derselbe war wie zuvor. Die Arbeit war ihm zur Last geworden, hatte ihm keinen Spaß mehr bereitet.

Zudem hatten die zahlreichen administrativen Arbeiten, die ständig neu hinzukamen, seine Laune nicht gebessert. Er saß nicht gerne am Computer; die Arbeit draußen war ihm wichtiger. Der Kontakt mit Menschen, Gespräche, Stimmungen, Beziehungen, Milieus. Und dann die Erkenntnisse sorgfältig ordnen und nach Zusammenhängen suchen. Denkarbeit, das war ihm das Zweitliebste. Und dazu brauchte er keine Maschine. Und künstliche Intelligenz schon gar nicht.

Der Schwung, der ihn jahrelang als Dezernatsleiter von Leib und Leben angetrieben hatte, war nicht mehr vorhanden. Lange hatte er gehofft, dass ihm die Arbeit helfen könnte, zurück in die Spur zu finden. Ihn von den düsteren Gedanken abzulenken. Doch vier Monate nach seiner Rückkehr auf den Posten war ihm alles über den Kopf gewachsen. Er hatte sich in einer Sackgasse befunden. Und nur einen Ausweg gesehen: die Kündigung.

Die Arbeit war lange Zeit fast sein einziger Lebensinhalt gewesen. Er hatte sich reingekniet. War nächtelang weg gewesen. Hatte seine Frau vernachlässigt. Besonders nachdem die beiden Söhne ausgezogen waren. Bis zu Judiths Erkrankung. Da hatte sich sein Fokus verschoben. Was bisher gezählt hatte, war unwichtig geworden.

Und nach ihrem Tod hatte er sich eingestehen müssen, dass sein altes Leben der Vergangenheit angehörte. Er hatte versucht, die Arbeit wieder aufzunehmen. Hatte sich nach vier Monaten sein Scheitern eingestehen müssen. Er hatte sich von seinem Berater einen Finanzplan vorlegen lassen. Geld war genug vorhanden. Hugi stammte aus einer vermögenden Familie. Frührente als Lösung. Mit 57 Jahren.

Er hatte nicht gefragt, was dieser Entscheid in ihm auslösen würde. Wie schwierig es sein könnte, die inhaltsleeren Tage auszufüllen. Eine Tagesstruktur zu haben. Er hatte in dieser Zeit viel mit Buchmüller, seinem Therapeuten, zu tun gehabt. Schwierige Monate waren es gewesen.

Zusätzlich zur Trauer hatte Hugi noch ein anderes Thema beschäftigt: das schlechte Gewissen seiner Frau gegenüber, auch wenn das nicht mehr zu ändern war. Hätte er doch nur mehr Zeit mit ihr verbracht! Sie an erste Stelle gesetzt und der Arbeit weniger Priorität eingeräumt. Er hatte mit sich gehadert, und auch der Zuspruch seiner Söhne Damian und Leonardo hatte ihn nicht von der

Schuld befreien können. Seine Arbeit sei nicht mit anderen Berufen zu vergleichen, hatten sie gemeint, und ihre Mutter habe ihm niemals etwas nachgetragen.

Judith hatte Teilzeit in einer Buchhandlung gearbeitet, die in derselben Straße lag wie Hugis Lieblingsrestaurant. In ihrer Freizeit hatte sie für ihre Leidenschaft, die Malerei, gelebt. Hatte in einigen kleinen Galerien ausstellen und die meisten Bilder zu einem anständigen Preis verkaufen können.

Hugi hatte lange Zeit keinen Trost gefunden, doch jetzt zeichnete sich langsam ein Fortschritt ab. Ein Lichtstreifen am Horizont.

Er überlegte, ein weiteres Glas Weißwein zu bestellen. Der leichte Rausch beflügelte ihn. Das Mittagessen konnte warten. Er würde ihm ein Nickerchen vorziehen.

Durch die offen stehende Tür neben der Bartheke konnte er die Rezeption sehen. Zwei Angestellte, die angespannt diskutierend mit den Händen fuchtelten. Was war da los? Hugi schärfte seine Sinne, was ihm ziemlich schwerfiel. Und lauschte. Und staunte. Und kombinierte.

Nachdem die beiden den Wortwechsel beendet hatten, ließ Hugi das Gehörte auf sich wirken. Fragte sich, ob die Promille, die er intus hatte, seine Auffassungs- und Kombinationsgabe einschränkten. Und entschied, dass dies nach nur einem Glas Wein auszuschließen war.

Somit war der Aperitif beendet. Ein zweites Glas stand nicht mehr zur Diskussion. Es gab zu tun!

Er legte eine Zehnernote auf die Theke, stand auf und kontrollierte kurz sein Gleichgewicht. Dann verließ er den Bären durch den Hintereingang, der auf einen kleinen Parkplatz für die Gäste führte. Dort blickte er sich um und fand schließlich, was er gesucht hatte.

Hastig holte er sein Smartphone hervor und lehnte sich an die Mauer der Bärenscheune.

»UP. Du schon wieder?« Ihr Erstaunen war nicht zu überhören.

»Stefania, wo bist du?«

»Auf dem Weg ins Büro. Mal sehen, ob Kumi inzwischen fertig ist mit Einrichten.« Sie war etwas außer Atem.

Hugi grinste. Genüsslich fuhr er sich mit der Zunge über die Lippen. »Es gibt Neuigkeiten.«

»Was meinst du?«

»News zu eurer Leiche. Ich glaube, ich kann dir weiterhelfen.«

Stille. Nur ihr Keuchen war zu hören. Dann ihre vorsichtige Frage: »UP. Bist du wieder im Dienst?«

»Quatsch. Aber ich habe im Bären soeben ein Gespräch mitgehört.«

»Mitgehört?«

»Na gut, gelauscht habe ich ein bisschen.«

»Gewisse Dinge verlernt man eben nie.«

»Willst du es nun hören oder nicht?«

»Schieß los.«

Hugi blickte sich um. Fixierte einen anthrazitfarbenen BMW. »Auf dem Parkplatz hinter dem Bären steht ein Auto mit Stuttgarter Kennzeichen.«

»Und?«

»Die Besitzerin des Wagens hat gestern Morgen ausgecheckt.«

Erneutes Schweigen. Aber es war eine andere Stille als zuvor. Hugi stellte sich vor, wie Stefania die Stirn in Falten legte. »Dann hat ihr Langenthal vielleicht so gefallen, dass sie beschlossen hat, noch eine Weile zu bleiben.«

»Stefania!« Hugi spielte den Empörten.

»Schon gut. Das ist in der Tat ein wenig merkwürdig.«

»Eine Leiche und ein verlassenes Auto. Das könnte doch zusammenpassen. Soll ich an der Rezeption nachfragen?«

»UP, untersteh dich!« Der drohende Unterton machte deutlich, dass ein weiteres Insistieren zwecklos war.

»Bitte. Ich will nur helfen«, versuchte Hugi es dennoch.

»Das hast du damit getan. Überlass den Rest getrost uns. Und ja – vielen Dank für deine Mitteilung.«

»Du hältst mich auf dem Laufenden?«

»UP!«

»Und vergiss nicht unsere Verabredung zum Kaffee. Ein paar Infohäppchen werde ich dir bestimmt dabei entlocken können.«

Ein Stöhnen am anderen Ende. »Du bist unmöglich.«

»Immer wieder gern.«

Zufrieden beendete Hugi das Gespräch. Anschließend fischte er aus seinem Mantel einen kleinen schwarzen Moleskine-Notizblock, den er immer bei sich trug, und wollte das Kennzeichen des BMWs notieren. Leicht irritiert stellte er fest, dass das Notizbuch mit den positiven Erlebnissen des Tages gefüllt war. Es widerstrebte ihm zutiefst, Buchmüllers Anweisungen mit ermittlungstechnischen Beobachtungen zu vermischen. Ordnung musste sein, da war er ein absoluter Pedant.

Ermittlungstechnische Beobachtungen!

Wie das klang. Als ob er erneut im Dienst wäre. Er durfte sich da nicht hineinsteigern.

Schweren Herzens und mit Widerwillen riss er eine Seite aus dem Moleskin und notierte sich das Kennzeichen, dazu Datum und Uhrzeit. Optimistisch gestimmt machte er sich auf den Heimweg.

DREI

Zu Hause angekommen, legte sich Hugi aufs Ohr. Erschöpft schloss er die Augen. Er schlief sofort ein und erwachte erst wieder, als Zorro, sein Kater, ihn fordernd anstupste. Erschrocken fuhr Hugi hoch. Sein Schlafzimmer lag in Dunkelheit. 17 Uhr. Er hatte den ganzen Nachmittag verschlafen. Benommen blieb er auf dem Bettrand sitzen und streichelte das pelzige Fell des Stubentigers. Nachdem er das Tier gefüttert hatte, ging er auf die Terrasse und zündete eine Zigarette an. Von Weitem hörte er ein Knattern, das rasch näherkam. Das rote Licht auf dem Dach des Krankenhauses, das etwa hundert Meter von Hugis Wohnung entfernt lag, drehte sich. Demnächst würde ein Rettungshubschrauber landen. Einen Patienten holen und nach Bern ins Inselspital fliegen.

Hugi sah sich um. Die Terrasse müsste endlich wintertauglich gemacht werden. Die Liegestühle nach unten in den Keller bringen. Die Topfpflanzen warm einpacken und auf Styroporplatten stellen. Die großen Thujasträucher am Geländer festbinden, damit ihnen die Winterstürme nichts anhaben konnten. Es gab viel zu tun!

Judith und er hatten ihr Haus im Allmen-Quartier verkauft, als die beiden Söhne ausgezogen waren. Hugi war nicht unglücklich darüber gewesen. Der große Garten hatte viel Zeit eingefordert. Rasenmähen, Unkraut jäten und Büsche in Form schneiden. Definitiv nicht seine Lieblingsaufgaben. Aber er hatte sich hartnäckig geweigert, einen Gärtner anzustellen. Teresa, die Putzfrau, die sie sich leisteten, sei genug Luxus. Hugis Worte. Sie kauften eine Eigentumswohnung in der Elzmatte. Ein prächtiges Penthouse mit direktem Liftzugang und Terrasse rundherum. Und unweit des Spitals, was im Alter nicht unwichtig sei, wie Hugi damals scherzte. Fünf Jahre war das her.

Er drückte die Zigarette aus. Musste aufpassen, sich nicht in der Vergangenheit zu verlieren. Seine Stimmung sank bei solch mentalen Ausflügen immer auf den Tiefpunkt. Er ging in die offene Küche zum Wohnzimmer und wärmte die Lasagne auf. Anschließend setzte er sich an den mächtigen Holztisch auf die Bank und stocherte lustlos in der Pasta herum. Zorro saß neben ihm, beobachtete aufmerksam jede Bewegung. Aufrecht, mit gespitzten Ohren und zitternden Schnurrhaaren.

Hugi seufzte. Was war das für ein Tag! Die Euphorie am Morgen, das Wiedersehen mit Stefania, der Wein, der ihn ermüdet hatte. Und dann der verschlafene Nachmittag. Am liebsten würde er sich gleich wieder hinlegen. Er stützte das Kinn auf die Handflächen, starrte ins Leere. Das Vibrieren seines Smartphones holte ihn in die Gegenwart zurück. Er warf einen Blick auf das Display und stöhnte.

»Mama!«

»Hör zu, Urspeter. Ich will gleich zur Sache kommen.«

Typisch Mutter. Hugi verdrehte die Augen. Geduld war noch nie ihre Stärke gewesen.

»Guten Abend, Mama. Wie geht es dir?«

»Prächtig, prächtig.«

»Schön.«

Seine Mutter war das beste Beispiel für eine rüstige Rentnerin. Nach dem Tod ihres Mannes war sie aufgeblüht. Hatte das biedere Leben, das die beiden geführt hatten, an den Nagel gehängt. Sich eine zweite Jugend gegönnt. Bunte Klamotten gekauft, das Reisen entdeckt, mit dem Internet Bekanntschaft geschlossen. Nun war sie 83, und ihr Elan war bewundernswert. Manchmal aber auch ziemlich lästig.

Mindestens einmal pro Woche rief sie ihn an. Und meistens drehte sich das Thema um Beziehungen. Sie drängte ihn, sich mit Frauen zu treffen, sein Single-Dasein zu überdenken und etwas dagegen zu unternehmen.

»Wie gesagt, ich habe eine Idee für dich.«

»Für mich?«

»Urspeter, es muss endlich eine Veränderung stattfinden. Es ist Zeit, dass du aus deinem Mauseloch rauskriechst.«

»Soll heißen?«

»Eine Frau, Urspeter. Du brauchst endlich wieder jemanden, der sich um dich kümmert.«

»Mama!«

So rasch war sie selten zu ihrem Lieblingsthema gekommen. Kein Geplänkel über ihre Reisen, die Weltpolitik, kein Schnöden und Maulzerreißen über Menschen in ihrem Alter, die im Altersheim auf den Tod warteten.

»Keine Widerrede! Ich habe die Sache in die Hand genommen.«

»Du hast was?« Hugi bemühte sich um Gelassenheit. Zog scharf die Luft ein.

»Angemeldet habe ich dich auf so einem Internetportal. Ich habe mich erkundigt. Sehr zuverlässig und erfolgversprechend. Gute Bewertungen. Das habe ich geprüft.«

Auf so einem Internetportal. Hugi musste sich einen Moment sammeln. Das Gehörte verarbeiten. Die Puzzlestücke an der richtigen Stelle fallen lassen. »Du kannst doch nicht einfach …« Das klang heftiger, als er gewollt hatte. Doch dann fehlten ihm die Worte.

Seine Mutter hakte ein: »Was? Natürlich kann ich. Ich bin vielleicht alt, aber nicht von gestern. Ein Profil erstellen, zwei schöne Bilder hochladen. Die aus deinem Urlaub in Südfrankreich, weißt du. Darauf siehst du sehr gut aus.«

Hugi merkte, wie die Wut langsam in ihm hochstieg. Von ihm Besitz ergriff. Wie seine Atmung kurz aussetzte. »Mama, die Fotos sind alt. Und Judith ist auch mit drauf.«

»Urspeter, ich bitte dich. Ich habe die Bilder natürlich bearbeitet und Judith weggeschnitten. Geht ganz einfach. Ich habe mir so ein Tutorial im Netz angesehen.«

»Ich möchte das nicht.«

»Blabla. Ist schon erledigt.« Elsa Hugi war nicht zu stoppen. Eifrig fuhr sie fort: »Du musst wieder nach dir schauen, Urspeter. Selbstfürsorge nennt man das. Habe ich in einer Dokumentation über Depressionskranke gelernt.«

»Ich habe meine Depression überwunden.«

»Das sagst *du*.«

»Mein Therapeut auch.«

»Ach, was weiß der schon. Deine Mutter kennt dich und deine Bedürfnisse am besten. Psychologiegeschwätz mag in gewissen Lebenssituationen meinetwegen nützlich sein. Aber jetzt musst du den Markt sondieren. Du wirst nicht jünger. Du brauchst eine vernünftige Frau.«

»Eine vernünftige Frau.«

»Ganz genau. Ich habe bereits Reaktionen auf dein Profil erhalten. Nicht alle sind vielversprechend, daher habe ich mal vorsortiert.«

»Mutter!« Das war der Moment, wo Hugi sich nicht mehr zurückhalten konnte. In was für eine Schmierenkomödie war er da hineingeraten!

»Nenn mich nicht so, Urspeter. Es gibt keinen Grund, wütend zu sein. Etwas Dankbarkeit wäre schon eher angebracht. Es sind tolle Frauen, gut aussehend, intelligent, empathisch.«

»Und woher willst du das wissen?«

»Auch sie haben Bilder hochgeladen.«

»Worauf Intelligenz und Empathie selbstverständlich ersichtlich sind.«

»Urspeter, ich bitte dich. Ich habe natürlich mit den Damen gechattet.«

Hugi betrachtete sein Handy. War nahe daran, einfach aufzulegen. Überlegte es sich dann doch anders. Das wäre zu viel für seine Mutter. Andererseits musste er ihr unbedingt klarmachen, dass sie eine Grenze überschritten hatte.

»Urspeter, bist du noch dran?«

»Ich bin sprachlos.«

»Siehst du, genau darum habe ich die Sache in die Hand genommen.« Sie klang zufrieden. Papierraschhln war zu vernehmen. »Hör zu, ich schicke dir Benutzernamen und Passwort zu deinem Account. Die betreffenden Kandidatinnen habe ich markiert. Du kannst den Chatverlauf nachverfolgen und dich einklinken. Ich habe mein Bestes gegeben, das kannst du mir glauben.«

»Du hast ihnen in *meinem* Namen geschrieben?«

»Was hätte ich denn sonst tun sollen? Das merkt doch niemand. Ich kenne schließlich deinen Schreibstil. Habe ihn mit einer tüchtigen Portion Charme garniert. Da können die Damen nicht widerstehen. Sieh sie dir an und gib Gas, Urspeter. Du bist nicht der einzige Mann auf dieser Plattform. Die Damen sind bestimmt begehrt.«

»Mama, jetzt hör mal zu …«

»Heute hörst du mir zu. Sie warten auf deine Antwort. Es ist alles angerichtet, sozusagen.«

»Mama, ich finde, das geht zu weit. Meinst du nicht,

dass ich alt genug bin, um selbst zu entscheiden, was gut für mich ist?«

»Ein wenig Starthilfe kann nie schaden.« Ihr Ton wurde trotzig. »Ich kenne dich doch. Bis du beschließt, dich auf so was einzulassen, bin ich längst unter der Erde.«

»Blödsinn.«

»Wie auch immer, mehr kann ich nicht für dich tun. Mach etwas draus. Ach, und übrigens, die nächsten Tage bin ich mit Susanne im Schwarzwald. Ich werde mich bei dir melden und bin gespannt, ob du mir von Fortschritten berichten wirst. Bis dann, Urspeter.«

Hugi hatte das Gerät noch in der Hand, als seine Mutter schon lange aufgelegt hatte. Musste das Gespräch nochmals Revue passieren lassen. Schritt für Schritt. Schlief er etwa noch? Das konnte doch nur ein Traum sein!

Sein Gerät vibrierte. Eine Textnachricht. Erneut seine Mutter. Benutzername und Passwort der besagten Dating-plattform. Dazu Bilder von drei Damen, mit der Bemerkung, dass Nummer zwei zu favorisieren sei.

Trotz des Ärgers auf seine Mutter konnte er ein Grinsen nicht unterdrücken. Einen guten Geschmack hatte sie. Und seine Präferenzen kannte sie bestens. Das war nicht zu leugnen.

Hugi setzte Zorro auf den Fliesenboden und begab sich in sein Arbeitszimmer, wo er das Notizheft öffnete und sich zunächst über die herausgerissene Seite ärgerte. Er spitzte den Bleistift. Legte los und schrieb, ohne lange zu überlegen:

1. Stefania getroffen
2. Leiche wurde in Langenthal gefunden

Er las den zweiten Punkt, schüttelte den Kopf und strich die Zeile durch.

2. Mein Jagdinstinkt wurde geweckt

Auch damit war er nicht zufrieden. Er kaute auf dem Bleistiftende herum. Betrachtete die Liste. Schließlich notierte er:

2. Hervorragenden Weißwein im Bären getrunken

Das war gut. Neutral und ohne Hoffnungen zu erwecken. Hugi war zufrieden. Fehlte noch ein dritter Punkt. Mit einem verschmitzten Lächeln beugte er sich über das Heft und schrieb:

3. Mit Mutter gesprochen

Stefania Russo

Was für ein Tag!

Und was für eine Überraschung, den lieben UP zu treffen. Man kann an Zufall glauben, aber auf der anderen Seite hat er ein untrügliches Näschen dafür, zur richtigen Zeit am richtigen Ort zu sein. Vor allem, was Verbrechen und Tatorte betrifft. Und er hat ein einmaliges Gespür, mit Menschen umzugehen.

Er war mein Mentor, mein Lehrer, mein Fels in der Brandung und hat mich gegen oben, gegen die Staatsanwaltschaft, immer in Schutz genommen. Zu Beginn meiner Tätigkeit in seiner Abteilung habe ich oft wie ein Häufchen Elend bei ihm im Büro gesessen und habe mich in seiner Gegenwart ausgeweint. Ich zweifelte an mir, ständig, vor allem als Frau in einem von Männern dominierten Umfeld, und stellte meine Befähigung für diese Arbeit infrage. Er hörte mir geduldig, mit väterlicher Anteilnahme zu und hatte die Fähigkeit, mich mit wenigen, sehr zielgerichteten Worten wieder aufzubauen.

»Selbstzweifel sind wichtig, damit man seiner Arbeit gegenüber nicht abstumpft. Kritische Auseinandersetzung mit sich selbst und das Durchbrechen von traditionellem Denken, das macht eine gute Ermittlerin aus.«

Einer seiner vielen Ratschläge, die er mir mit auf den Weg gab. Er hielt an diesem Credo fest, auch wenn er manchmal harsche Kritik einstecken musste. Mit seiner unaufgeregten und bedächtigen Art, der Fähigkeit, den Menschen zuzuhören, und seinen breiten Schultern, auf denen sehr viel Druck lastete, gab er seinem Team den nötigen Freiraum, damit es sich voll auf die Ermittlungsarbeit konzentrieren konnte.

Wir litten mit ihm, als Judith, die wir alle gut kannten, an Krebs erkrankte und wären UP am liebsten zur Seite gestanden, als er eine Auszeit nahm, um seine Frau zu pflegen. Wir hofften auf ein Wunder, auf eine Besserung, wie man es doch häufig hört. Vergeblich. Er begleitete Judith Tag für Tag mit Hingabe und Liebe, gab die Hoffnung nie auf, auch wenn es keinen Anlass mehr dazu gab.

Ihr Tod kam daher nicht unerwartet, und als er nach einer kurzen Trauerphase zurück auf Arbeit kam, dachten wir, dass er eine gute Entscheidung getroffen hatte, dass die kriminalistischen Herausforderungen und der Kontakt mit seinen Arbeitskollegen ihm Ablenkung und den notwendigen Halt bieten könnten.

Wir hatten uns getäuscht.

Judiths Tod hatte ihn verändert – natürlich, wie sollte er das nicht? Den alten UP mit seiner Neugier, seiner Energie, seiner logischen Denkweise gab es nicht mehr. Er hatte Konzentrationsschwierigkeiten, verlor bei Besprechungen rasch den Überblick und tauchte viel zu häufig in grüblerische Welten ab.

Das merkte er auch selbst. Ich wusste, dass er in Therapie war und dass ihm die Behandlung guttat. Doch die Freude an seinem Beruf war ihm abhandengekommen, und die Aussetzer, verbunden mit Depressionen und Antriebslosigkeit, blieben ihm selbst nicht verborgen, sodass er nach wenigen Wochen beschloss, seine Kündigung einzureichen und vorzeitig in Rente zu gehen.

Wie habe ich ihn vermisst! An seinem letzten Tag als Leiter der Abteilung Leib und Leben flossen viele Tränen – und nicht nur bei mir. Auch er hatte feuchte Augen, als ich ihm mein Abschiedsgeschenk überreichte, und betrachtete es verlegen von allen Seiten, als wüsste er nichts damit anzufangen.

Ich platzte hingegen fast vor Neugier, weil ich wissen wollte, ob ihm gefiel, was ich für ihn ausgesucht hatte. Er entfernte sorgfältig das Geschenkpapier und betrachtete verwundert eine handgeschnitzte Pfeife.

Ob er im hohen Alter noch mit Pfeiferauchen beginnen solle, fragte er mich verwirrt.

Ich konnte mich beinahe nicht mehr beherrschen und wies ihn an, genauer hinzuschauen. Er drehte die Pfeife ein paarmal in den Händen, bis er die Inschrift endlich entdeckte.

Für Monsieur UP Maigret.

Ich wusste, wie sehr er Simenons Kriminalromane liebte, und hatte sogar begonnen, einen davon zu lesen, es allerdings nach wenigen Seiten aufgegeben. War nicht so mein Ding. Aber der Kommissar hat mich mit seiner nachdenklichen Art sehr an ihn, an UP, erinnert.

UP strahlte, die Überraschung war mir gelungen. Er suchte nach den richtigen Worten.

Er hatte in seiner Jugend die Romane von Georges Simenon verschlungen. Das hatte er mir erzählt. Und von Jules Maigret, Simenons Kommissar aus Paris, war UP vom ersten Band an fasziniert gewesen, wegen dessen psychologischen Feingefühls und seiner wohlüberlegten Vorgehensweise. Er war für ihn so etwas wie ein Vorbild, und ich erlebte einmal, dass ich in sein Büro trat, wo ich ihn am Schreibtisch sitzend vorfand, das Kinn in die Hände gelegt und sich laut fragend: »Was würde Maigret jetzt tun?«

Maigret hatte auf seinem Schreibtisch im Quais des Orfèvres eine ganze Sammlung an Tabakpfeifen, von denen er eine auswählte, bevor er sein Büro verließ. Man traf ihn nur selten ohne Pfeife im Mund. Sein grübelndes Verhalten ähnelte demjenigen von UP. Daher mein Geschenk. Dazu hatte ich ihm eine Karte geschrieben und aus den »Stufen« von Hesse zitiert, den er ebenfalls mochte.

Und jetzt ist UP tatsächlich an unserem Tatort aufgetaucht. Er hat Witterung aufgenommen. Ich kann Staatsanwalt Nydegger nur recht geben, auch ich habe das Leuch-

ten in seinen Augen gesehen. UP wird keine Ruhe geben,
bis er mehr Informationen erhalten hat.

VIER

Am nächsten Tag erledigte Urspeter Hugi seine Einkäufe.
Als er aus dem Coop trat, beschloss er, auf den Wuhrplatz
abzubiegen. Einen Moment dort zu verweilen. Den Kopf
durchzulüften.

Auf dem mit einem runden Pflastersteinmuster ausge-
legten Platz angekommen betrachtete er amüsiert einen
Wegweiser an der Mauer, oberhalb der Langete. »Zum
Meer« stand darauf. Originell und wahr. Er setzte sich ans
Ufer, auf die Stufen unter einem Baldachin, und atmete
durch. Ein Gitarrenriff war zu vernehmen. Laut und eindringlich. Rechts von ihm, einige Meter entfernt, saßen die
Randständigen, billiges Bier in der Hand. Wetterten laut-
hals über die Politik. Ließen sich von der Musik berieseln.

Hugi erinnerte sich an einen Sozialen Stadtrundgang
durch Basel, an dem er teilgenommen hatte. Ein anderes Bild der Stadt. Notschlafstelle, Suppenküche, Caritas-
Laden. Der Stadtführer hatte ihn darauf hingewiesen, dass
der Begriff »Randständige« unter ihresgleichen verpönt sei.
Hugi erinnerte sich aber leider nicht mehr, welche Alter-

native vorgeschlagen worden war. Es hatte ihn erschüttert, welche Schicksale all diese Menschen erlitten hatten. Kaderleute. IT-Techniker. Jeder hatte seine Geschichte. Jeder war überzeugt gewesen, dass ihm so etwas auf gar keinen Fall passieren könnte. Und nun waren sie auf Sozialhilfe angewiesen. Verdienten sich mit dem Verkauf der Surprise-Magazine oder durch Stadtführungen ein paar Franken dazu. Ein erster Schritt zurück in ein bürgerliches Leben.

Hugi war hin- und hergerissen von der Truppe, die mit etwas Abstand neben ihm auf den Stufen saß. Er fand es einerseits schade, dass einer der schönsten Plätze Langenthals von diesen Menschen in Beschlag genommen wurde – auf der anderen Seite: Wo sollten sie sonst hin? Sie waren nirgends willkommen. Ernteten überall schräge Blicke. Ein Magazin-Verkäufer hatte ihm einmal erzählt, was das Schlimmste an seiner Tätigkeit sei: keine Beachtung zu erhalten. Dass die Menschen an ihm vorbeieilten, als ob er Luft wäre. Selbst wenn er ihnen einen freundlichen Gruß und ein Lächeln schenkte. Das hatte Hugi zu denken gegeben. Seither ging er nie mehr ohne eine wohlmeinende Bemerkung an einem von ihnen vorbei.

Als er zu Hause in den Lift stieg und nach oben in seine Attikawohnung fuhr, hörte er das Geräusch des Staubsaugers, bevor er sein Domizil im dritten Stock erreicht hatte.

Er trat aus dem Aufzug direkt in die Wohnstube. Teresa, seine spanische Haushälterin, führte schwungvoll den Staubsauger. Bewegte den Kopf rhythmisch hin und her. Hugi blieb stehen und beobachtete sie einen Moment. Wie lange stand sie schon in seinen Diensten? Waren es tatsächlich bereits zehn Jahre? Konnte das sein? Judith hatte sie damals ausgewählt, gegen seinen Willen. Er hatte es als unnötig empfunden, eine Putzkraft zu engagieren.

Hatte gemeint, dass sie beide gemeinsam den Haushalt meistern könnten, und versprochen, dass er sich vermehrt darum kümmern würde, damit nicht alles an Judith hängen blieb. Sie hatte ihm kein Wort geglaubt, ihm leere Versprechungen vorgeworfen. Und rückwirkend betrachtet recht behalten.

Teresa war mehr als eine Haushälterin. Spätestens seit Judiths Tod war sie zu Hugis Vertrauter geworden. Sie war acht Jahre jünger als er und verwöhnte den ehemaligen Polizeibeamten, wo sie nur konnte.

»Teresa.« Keine Reaktion.

»Teresa!« Ein wenig lauter.

Sie zuckte erschrocken zusammen. Zog sich die AirPods aus den Ohren. Warf ihm einen vorwurfsvollen Blick zu und deutete auf ihr Herz.

Hugi hob beschwichtigend seine Hände. »Teresa, ich habe ganz vergessen, dass heute Ihr Putztag ist.«

»Das kann ich verstehen, Señor Hugi.« Ein strahlendes Lachen erhellte ihr Gesicht. »Sie waren in letzter Zeit nie zu Hause, wenn ich gearbeitet habe.«

»Tut mir leid.«

»Soll es nicht. Schön, dass es Ihnen endlich wieder besser geht.«

»Sieht man das?«

»Oh ja, Señor.«

Es gelang Hugi nicht, seine Rührung zu verheimlichen. Er fühlte, wie er rot anlief. Mit einem Räuspern versuchte er, seine Verlegenheit zu überspielen.

»Störe ich Sie? Soll ich mich zurückziehen?«

»¡Tan absurdo! Ich bin gleich fertig. Gehe heute ein bisschen früher. Antonio hat Geburtstag. Wir wollen so richtig schön feiern.«

»Wie geht es Ihrem Sohn?«

»Prächtig. Er studiert Politikwissenschaft.«

Hugi nickte. Natürlich wusste er das. Oft genug hatte er mit Teresa über ihre und seine Kinder gesprochen. Doch sie wurde nicht müde, ihn mit großem Stolz auf die höhere Ausbildung ihres Nachwuchses hinzuweisen. Und er machte das Spiel jedes Mal mit.

»Und die Tochter?«

»An der Pädagogischen Hochschule. Sie wird nächstes Jahr fertig.«

»Sie müssen sehr stolz auf Ihre Kinder sein, Teresa.«

»Das bin ich, Señor Hugi. Ich habe übrigens für heute Abend Tapas mitgebracht. Habe sie Ihnen in den Kühlschrank gestellt. Unter anderem die Gambas in Knoblauchöl, die Sie so mögen.«

»Teresa, das wäre doch nicht nötig gewesen.«

»Doch, doch, Señor. Sie sind immer so großzügig zu mir.«

Hugi zog ein gerolltes Bündel Notenscheine aus seiner Manteltasche. Er trug das Geld immer so bei sich. Digitalen Zahlungsmethoden gegenüber war er misstrauisch. Er befeuchtete die Zunge, zählte ein paar Scheine ab und reichte sie Teresa. »Das ist für Antonio. Richten Sie ihm meine besten Glückwünsche aus.«

Teresa schlug die Hände vor den Mund. »Das kann ich nicht annehmen.«

»Natürlich können Sie das.«

»Tausend Dank, Señor. Antonio kann jeden Zustupf gebrauchen.« Sie steckte das Geld in ihre Schürze und blickte leicht beschämt zu Boden. Dann änderte sich ihre Stimmung im Handumdrehen. Sie trat einen Schritt auf Hugi zu. Im Flüsterton, als ob sie belauscht werden könnten, raunte sie ihm zu: »Haben Sie's schon gehört?«

»Was meinen Sie?«

»Die Leiche.«

»So was spricht sich rasch herum.«

»*Claro, por supuesto.* Sie sind dem Täter bestimmt längst auf der Spur.«

»Teresa.« Hugi verzog das Gesicht. »Ich arbeite nicht mehr bei der Polizei.«

Mit listiger Miene musterte sie ihn. »Aber das Glänzen in Ihren Augen …«

»Himmeldotter!« Er spielte den Entsetzten. »Bin ich so leicht zu durchschauen?«

»Sie wären ein schlechter Pokerspieler, Señor Hugi.«

»Da haben Sie wohl recht. Aber für Vernehmungen hat's damals noch gerade so gereicht.«

»Haben Sie schon einen Verdacht?«

»Teresa, ich bin nicht mehr im Dienst.«

»Aber wenn ich Ihnen trotzdem behilflich sein kann … Sie erinnern sich sicher noch an meine fantastischen Suchfähigkeiten im Internet.«

Hugi war niemals ein Technikfreak gewesen. Er hatte die rasante Entwicklung stets mit Misstrauen verfolgt und den Computer lediglich als nützliches Hilfsmittel bei der Arbeit betrachtet. Teresa hingegen war stets auf dem neusten Stand der Technik, bedingt durch ihre beiden Kinder, wie sie immer mit Stolz betonte.

»Sie brauchen nur zu sagen, wenn Sie Hilfe benötigen. Ich habe flinke Finger. Bringen jedes Geheimnis zutage. Im Netz findet man alles.«

»Den Täter wohl kaum.«

»Man muss nur die richtigen Schlüsse ziehen. Und dafür sind Sie dann zuständig.« Sie grinste. Bevor sie die Stöpsel wieder in die Ohren steckte, hob sie den Zeigefinger.

»Und, Señor Hugi: Die Gambas dieses Mal aufwärmen. Nicht kalt essen!«

Hugi lachte und zog sich in sein Arbeitszimmer zurück. Wobei der Raum diese Bezeichnung eigentlich gar nicht verdiente. Denn: Woran arbeitete er noch? Er las hier die Zeitung, selbstverständlich in Papierform. Surfte höchst selten durchs Internet. Schrieb die positiven Punkte auf, wie es Buchmüller ihm geraten und was ihm sehr geholfen hatte. Doch sonst?

Er nahm das gerahmte Bild von Judith in die Hände. Drehte es so, dass sich sein Gesicht nicht im Glas spiegelte. Das Foto war in Barcelona aufgenommen worden, an einem ihrer letzten gemeinsamen Ferientage. Damals war die Welt noch in Ordnung gewesen. Die Söhne waren flügge geworden, und sie beide waren wenige Wochen zuvor in ihre neue Wohnung in der Elzmatte eingezogen. Es hatte sich wie ein Neustart angefühlt. Sie waren glücklich gewesen.

»Du fehlst mir, Liebling«, meinte Hugi.

Der Tod gehört zum Leben. Lass die Vergangenheit ruhen. Genieße die Gegenwart.

»Ohne dich?«

Du hast dich daran gewöhnt. Nun ist es Zeit, eine neue Stufe zu erklimmen.

»Ich werde mich nie daran gewöhnen.«

Er hatte Buchmüller, dem Therapeuten, von den Gesprächen mit seiner verstorbenen Frau erzählt. Hatte damit gerechnet, dass der Arzt ihm davon abraten würde. Doch das Gegenteil war der Fall. Er hatte Hugi darin bestärkt, mit Judith in Dialog zu treten. Das würde ihm bei der Verarbeitung helfen, hatte er gemeint.

Du möchtest dich am liebsten in den Fall hineinstür-

zen, nicht wahr? Stefania und ihr Team unterstützen, den Mörder zu finden.

»Wenn schon Teresa mir das ansehen kann, so erstaunt mich nicht, dass du das sagst.«

Vielleicht hast du den Dienst doch etwas überhastet quittiert.

Hugi schüttelte energisch den Kopf. »Niemals. Das war das Beste, was ich tun konnte.«

Bist du dir da sicher? Weshalb bist du dann so ruhelos?

»Liebling, ich bitte dich. Wenn quasi um die Ecke ein Verbrechen geschieht, so ist doch klar, dass es mich in den Fingern juckt.«

Du findest immer ein plausibles Argument.

»Und du durchschaust mich immer noch. Dir kann ich nichts vormachen.«

Er küsste das Bild, wischte die wenigen Staubkörner vom Glas und richtete es millimetergenau auf seinem Schreibtisch aus. Mit einem lauten Seufzer lehnte er sich in dem Bürostuhl zurück, zur Untätigkeit verdammt. Wie gern hätte er jetzt die notwendigen Unterlagen vor sich, die Abschriften der Befragungen, ja, sogar die Ergebnisse der KTU und der Gerichtsmedizin, die er früher immer etwas abschätzig zur Seite geschoben hatte, gelangweilt von den unzähligen Fachbegriffen. Hatte sie sich lieber von seinem Team in verständlicher Sprache zusammenfassen lassen.

Und jetzt?

Er startete den Rechner und tippte mit dem Zeigefinger ungeduldig auf die Schreibunterlage, unschlüssig, welche Internetseiten er aufrufen sollte.

Dann fiel ihm das Telefongespräch mit seiner Mutter ein. Er nahm das Handy zur Hand, öffnete die Textnachrichten und tippte die Adresse der Datingplattform, bei der Elsa Hugi ihn angemeldet hatte, ins Suchfeld ein. Nachdem er eingeloggt war und sich auf der Benutzeroberfläche zurechtgefunden hatte, studierte er aufmerksam die Bilder der drei »Kandidatinnen«, wie seine Mutter sie genannt hatte.

Nummer zwei sei zu favorisieren. Nun dann.

Tanja, 48 Jahre alt, dunkle Locken, leicht gebräunte Haut, grüngraue Augen. Italienischer Typ. Optisch gefiel sie ihm, da hatte Mutter Hugi eine gute Wahl getroffen.

Er scrollte nach unten und las den Steckbrief.

Geschieden, zwei Kinder, Wohnort Ostermundigen, Fachangestellte Gesundheit. Hobbys: Reisen, Sport, Kochen, Kino. Die letzten beiden Freizeitbeschäftigungen konnte Hugi unterschreiben. Gemeinsam mit Judith war er stundenlang in der Küche gestanden, zusammen hatten sie ständig neue Menüs ausprobiert. Seit ihrem Tod hatte er die Kochschürze allerdings an den Nagel gehängt.

Auch Filme mochte er; seit der Pandemie hatte er sich allerdings selten mehr in einen Kinosaal verirrt. Zu Hause, mit einem guten Glas Wein, hatte er die Vorzüge von Streamingplattformen kennengelernt. Reisen und Sport – na ja, damit konnte er leben. Es war ihm allerdings nicht so wichtig, möglichst viele Orte auf dieser Welt zu besuchen, und den Sport konsumierte er lieber passiv vor dem Bildschirm. Aber man kann sich ja durchaus einer neuen Herausforderung stellen.

Er klickte auf den Chatlink und las die Nachricht durch, die Elsa Hugi verfasst hatte – übrigens bei allen Damen die gleiche –, zugegebenermaßen sehr stilvoll formuliert, mit deutlichem Interesse am Gegenüber und den richtigen Informationen, die zum Nachfragen anregten.

Entsprechend war Tanjas Antwort ausgefallen, eine lange Nachricht, die Hugi sehr imponierte und veranlasste, spontan der dunkelhaarigen Schönheit zurückzuschreiben.

Er zögerte einen Moment, bevor er den Senden-Button betätigte, und lehnte sich dann zufrieden zurück. Kurz sah er sich noch die beiden anderen Frauen an, auf die ihn seine Mutter hingewiesen hatte – Annette und Claudia –, und entschied, dass für heute genug getan sei. War gespannt, wie rasch Tanja zurückschreiben und wie sie auf seine Zeilen reagieren würde.

Erst jetzt merkte er, dass es ganz ruhig in der Wohnung war. Er war so auf seine Formulierungen konzentriert gewesen, dass er gar nicht gemerkt hatte, dass Teresa ihre Arbeit beendet hatte und nach Hause gegangen war.

Ein tiefes Brummen machte ihm außerdem klar, dass Zorro die ganze Zeit neben ihm auf dem Schreibtisch gelegen war, den Kopf auf den Monitor gerichtet. Die Augen waren allerdings geschlossen; Hugis eloquenter Schreibstil dürfte ihn kaum interessieren.

Hugi klatschte auf die Oberschenkel und erhob sich schwungvoll. »So, mein Lieber, jetzt haben wir uns aber eine Stärkung verdient. Lass uns mal die Tapas anschauen, die Teresa uns mitgebracht hat.«

Nachdem Hugi ein paar Gambas genascht hatte – kalt! –, widmete er sich dem Kater, der ihm beim Essen wie hypnotisiert zugesehen hatte. Trotz mehrfachem Hinweis, dass Zorro bereits gegessen habe, ließ das Tier nicht locker, sodass Hugi entschied, eine Spielrunde einzulegen. Er holte aus dem Badezimmer ein Wattestäbchen und warf es durch den Korridor. Der Kater jagte dem Teil hinterher und legte es kurz darauf vor Hugis Füße. *Bonsai-Apportieren*, wie dieser es nannte.

Nachdem Zorro das Interesse am Stäbchen verloren hatte, kehrte Hugi an den Bürotisch zurück und legte das Moleskin vor sich auf die Schreibunterlage. Dabei fiel die herausgerissene Seite heraus.

Die Ermittlungen!

Er griff nach einem Schreibblock und übertrug seine Notizen auf die erste Seite.

Klare Trennung. Moleskin für Highlights, Block für das Tötungsdelikt. Die Aufzeichnungen würden sich hoffentlich häufen.

Etwas desillusioniert lehnte er sich zurück und kaute am Bleistiftende. Er war kein Teil der Polizei mehr. Welche Erwartungen trug er eigentlich in sich, dass er glaubte, sich an den Untersuchungen beteiligen zu können?

Nun denn, drei positive Punkte. Er schob den Block zur Seite, schlug das Moleskin auf und brauchte nicht lange zu überlegen.

1. Leckere Tapas von Teresa
2. Teresa mit Geschenk für Antonio eine Freude gemacht
3. Kontakt mit Tanja aufgenommen

Danach setzte Hugi sich auf die Terrasse, wo er frierend gleich zwei Zigaretten nacheinander rauchte. Zurück in der warmen Stube, setzte er sich seine teuren Kopfhörer auf und startete ein Album von AC/DC. In voller Lautstärke. Griff zur Luftgitarre und hüpfte durch das Wohnzimmer. Angus Young und Co. beklagten sich über den langen Weg nach oben, und Hugi stimmte ihnen mit rhythmisch schüttelndem Kopf zu.

Das war befreiend!

Er fühlte sich wieder gut.

Nach einer guten Stunde intensivem Konzert mit Star-gitarrist Urspeter Hugi war er fix und fertig. Heavy Metal war, neben der klassischen Musik, seine große Leidenschaft. Hier konnte er sich auspowern, seinem Körper alles abverlangen. Manchmal auch düstere Phasen hinter sich lassen. Beethoven und seine Kollegen boten ihm eher meditative Momente, in denen er sich auf seiner Corbusier-Liege niederließ, um mit geschlossenen Augen tief in die Musik einzutauchen. Die Zusammenhänge zu erkennen. Und langsam zur Entspannung zu finden.

Beide Musikstile boten ihre Vorteile. Jeder zu seiner Zeit.

Als Hugi den Kopfhörer abstreifte, völlig außer Atem, fiel sein Blick auf eine Textnachricht, die vor einer halben Stunde eingetroffen war. Stefania Russo.

kaffee morgen. 10 uhr. ort deiner wahl. gute nacht.

Euphorisch tippte er eine Antwort und lehnte sich zufrieden zurück. Verschränkte die Hände hinter dem Kopf und dachte nach. Zorro schlich um ihn herum. Rieb sich an seinen Beinen und verlangte Aufmerksamkeit. Hugi hob ihn hoch. Platzierte ihn auf seinen Oberschenkeln, wo sich der Kater sofort hinlegte und die Streicheleinheiten genoss.

Hugis Gehirn lief auf Hochtouren. War der Tipp, den er Stefania gegeben hatte, hilfreich gewesen? Hatte sie damit den Namen der unbekannten Leiche ermitteln können? Und wenn sein Hinweis wirklich ein Volltreffer gewesen war: Weshalb war jemand aus Stuttgart hier in Langenthal umgebracht worden? Warum völlig abseits der Stadt, auf einem Grillplatz in einem Waldstück?

Er schüttelte den Kopf. Wahrscheinlich machte er sich zu viele Gedanken. Zu viele Hoffnungen, dass er irgendwas zur Ermittlung beitragen könnte. Dass er nun wieder gefragt wäre. Ortsansässig. Mit dem Ablauf einer polizeilichen Untersuchung vertraut. Dem Team bestens bekannt.

Seine Anspannung machte ihn ungeduldig. Doch es half nichts, er musste bis morgen warten, um Antworten zu kriegen.

Wenn überhaupt.

Nein, er würde sich nicht einfach so abspeisen lassen. Stefania dürfte zu knacken sein.

FÜNF

Das Restaurant ala carte in den Lauben des Choufhüsis befand sich mitten im Zentrum von Langenthal. Hugi war seit der Eröffnung vor über 25 Jahren Stammgast. Schätzte die Küche mit frischen Bio-Produkten, das reichhaltige Angebot an Kuchen und die vielfältige Auswahl von Zeitungen und Magazinen. Er mochte es, draußen unter den gedeckten Arkaden zu sitzen, wo er die Vorbeieilenden beobachten konnte, ohne selbst gleich auf Anhieb gesehen zu werden. Selbst bei kühleren Temperaturen, wenn auf den Stühlen Heizdecken lagen.

Rund hundert Meter weiter hinten befand sich die Buchhandlung, in der Judith gearbeitet hatte, und direkt gegenüber des ala cartes lag eine Papeterie, in der eine zweite Buchhandlung untergebracht war. Seit Judiths Tod besuchte er beide Geschäfte und war bei den emsigen Buchhändlerinnen bestens bekannt, sodass er jedes Mal mit Buchempfehlungen überhäuft wurde.

Das ala carte hatte Hugi für das Treffen mit Stefania ausgewählt. Hatte sich bereits eine Viertelstunde früher eingefunden und blätterte im »Bund«, die geheizte Wärmedecke über den Beinen und eine *Märitschale* vor sich auf dem Tisch.

Er sah Stefania schon von Weitem. Sie trug dasselbe wie am Vortag, nur anstelle der gelben Gummistiefel hatte sie bordeauxrote Schnürstiefeletten angezogen. Auch diese Kombination wirkte grell und unterstrich ihren außergewöhnlichen Farbgeschmack – oder ihr fehlendes Gespür für die passende Zusammenstellung.

Sie wollte bereits die paar Stufen zur gläsernen Eingangstür in Angriff nehmen, als Hugi seinen ihr bekannten Pfiff erklingen ließ. Verwirrt drehte sie sich um und näherte sich seinem Tisch. Blickte durch die bodentiefen Scheiben ins Lokal, musterte dann wieder Hugi und schüttelte den Kopf.

»Nettes Café hast du ausgesucht, UP. Drinnen wär's jedoch wärmer.«

»Aber man kann nicht rauchen.«

»Lästiges Laster.«

»Schöne Wortkombination.«

Sie verzog das Gesicht zu einer Grimasse, ließ sich gegenüber von Hugi in einen Stuhl fallen und legte die aktuelle Ausgabe der Boulevardzeitung auf den Tisch. In großen Lettern war auf der Titelseite zu lesen:

NEBEL ENTHÜLLT WASSERLEICHE

»Was für eine Schlagzeile! An dem Redaktor ist ein Poet verloren gegangen.« Hugi rollte den »Bund« um den Holzstab und erklärte Stefania, wie die Heizdecke zu bedienen war. Dann winkte er die Bedienung nach draußen.

»Die Verlockung, als Leserreporter sich einen kleinen Zuschuss zu verdienen, muss enorm sein.« Stefania schob ihre Decke zurecht, zog den Reißverschluss ihrer Jacke bis übers Kinn und nickte in Richtung des Boulevardblatts. »Wahrscheinlich hatte die Finderin der Leiche nichts anderes zu tun, als sofort zum Telefon zu greifen.« Sie zog verächtlich die Nase hoch. »Aber was soll's. Und jetzt erzähl mal. Wie geht es dir so als Frührentner?«

»Ich halte mich über Wasser.«

»Nun hast du endlich wieder Zeit für ausgiebige Kinobesuche.«

Hugi verzog verächtlich das Gesicht. »Da hast du wohl recht. Doch in einer Zeit, in der gefühlt jeder zweite Film die Verfilmung von irgendeinem Superhelden-Comic ist, ist die Auswahl an qualitativ guten Werken mit Tiefgang deutlich gesunken.«

»Und James Bond ist tot.«

»Die Welt ist nicht mehr sicher. Wie gut könnte man ihn in der Ukraine oder in Israel brauchen.«

»Ach, UP. Keine Comeback-Gelüste?«

»Es gibt genug zu tun.«

»Weshalb glaube ich dir nicht wirklich?«

»Stefania, ich werde niemals zur Polizei zurückkehren, das kannst du mir glauben. Ehrenwort.«

»Aber gejuckt hat es dich gestern schon.«

Die Bedienung servierte Stefanias Kaffee. Hugi lehnte

sich zurück. Er hatte sich eine Taktik zurechtgelegt, um ihr Informationen zu entlocken. Der erste Schritt war gemacht. Jetzt musste er vorsichtig vorgehen und trotzdem das Ziel nicht aus den Augen verlieren. Er wartete, bis Stefania Sahne und Zucker in ihren Kaffee gerührt hatte. Dann setzte er seinen Dackelblick auf.

»Ich möchte nur helfen.«

»Hast du bereits. Vielen Dank. Wir sind dadurch einen Schritt weitergekommen.«

»Ich höre.«

Stefania leckte den Löffel ab und warf ihm einen listigen Blick zu. »UP, du bist so leicht zu durchschauen. Also gut. Ich will dich nicht länger zappeln lassen. Das muss wirklich unter uns bleiben.«

»Indianerehrenwort.«

»Guten Tag, Herr Hugi«, tönte es von jenseits der Lauben. Eine ältere Frau spazierte mit ihrem Hund auf der Pflastersteinstraße vorbei und winkte ihnen zu.

Hugi grüßte lächelnd zurück und wandte sich erneut Stefania zu.

Sie beugte sich über den Tisch und senkte die Stimme. »Deine Intuition war natürlich wieder einmal richtig. Der Wagen hinter dem Bären gehört einer Kristina Schubert. Deutsche Staatsbürgerin. Aus Stuttgart.«

»Staatsanwalt Nydegger war gewiss *not amused*.«

»Du kennst ihn ja. Amtshilfeverfahren und so weiter. Viel Papierkram.«

»Und es besteht kein Zweifel, dass es sich bei der Leiche um Frau Schubert handelt?«

»Rück mal näher. Braucht ja nicht gleich jeder mitzubekommen.« Sie winkte ihn mit dem Zeigefinger heran. Ein altbekanntes Kribbeln huschte über seinen Nacken.

»Jetzt machst du's aber spannend.«

»Also, UP. Wir haben uns im Bären erkundigt und sind so an die Daten der BMW-Fahrerin gelangt. Kristina Schubert war Mitinhaberin einer Beratungsfirma in Stuttgart. Gemeinsam mit Julian Wolf führte sie den Laden, WOBA-SEMI, vier Mitarbeiter, zwei davon in Teilzeit. Kleines Geschäft, läuft jedoch sehr gut.«

»WOBASEMI? Klingt wie eine neuartige japanische Sushisoße.«

»Die jeweils zwei ersten Buchstaben von *work*, *balance*, *serenity* und *mindfulness*.«

»Natürlich.« Hugi grunzte verächtlich. »Heutzutage muss alles englisch sein.«

Stefania ignorierte seine Bemerkung. »Frau Schubert hat hier in Langenthal für das höhere Kader der Firma Neukomm ein zweitägiges Motivationsseminar gegeben. ›Achtsamkeit – Wege zu mehr Gelassenheit und Stressresilienz‹.«

Hugi unterbrach sie erneut: »Weshalb engagiert man ein Unternehmen aus Stuttgart für einen solchen Kurs? Gibt doch genug Gesundheitsgurus in der Schweiz.«

»Julian Wolf, der Partner von Frau Schubert, hatte den Langenthaler Firmenchef in einem gemeinsamen Seminar kennengelernt. Networking und Vitamin B, das Übliche halt. Du siehst, wir haben alles sauber überprüft, UP. Zurück zu unserem Opfer: Nach Beendigung des zweitägigen Workshops hat die Schubert nochmals im Bären übernachtet, wo sie dann am nächsten Morgen ausgecheckt hat. Im Laufe dieses Tages wurde sie in Stuttgart zurückerwartet.«

»Wo sie aber nie angekommen ist.«

»So ist es.«

»Und was niemandem aufgefallen ist.«

»Kann man so nicht sagen.« Stefania wärmte ihre Hände an der Kaffeetasse. »Herr Wolf fand es merkwürdig, dass sie sich nach ihrer Rückkehr nicht gleich bei ihm gemeldet hat, wie sie es eigentlich immer tut. Er hat sie auf ihrem Handy nicht erreicht und auf seine Textnachrichten keine Antworten erhalten. Das kam ihm merkwürdig vor. Reagiert hat er, als sie am nächsten Tag nicht zur Arbeit erschienen ist.«

»Und an diesem Tag wurde ihre Leiche bei uns gefunden.«

»Richtig. Er hat sogleich die Polizei informiert, sodass die Kollegen in Stuttgart schon im Bilde waren, als wir uns mit unserer Anfrage zu Kristina Schubert an sie gewandt haben. Dank der Vermisstenanzeige von Julian Wolf.«

»Eine Stuttgarterin in Langenthal. Ein einmaliger Besuch in der Schweiz. Sie muss gewusst haben, wie man sich sehr rasch Feinde macht. Oder geht ihr von einem Sexualdelikt aus?«

»Nichts weist darauf hin. Und was vielleicht noch interessant sein könnte: Fundort ist nicht gleich Tatort. Sie wurde von der Langete angeschwemmt und hat, nach ersten Einschätzungen, ziemlich genau einen Tag lang dort gelegen, bis eine Fußgängerin sie gefunden hat.«

»Hey, UP, ich sehe dich immer beim Kaffeetrinken.« Ein Mann in Anzug mit Aktenkoffer eilte auf der Straße vorbei. Hob grinsend die Hand. Hugi tat es ihm gleich.

»Sei gegrüßt, Walter. Dafür haben Pensionierte eben Zeit.«

»Gewiss, gewiss. Noch zwei Jahre, dann können wir uns zum gemeinsamen Kaffeeplausch treffen.«

Und schon war er verschwunden.

Stefania musterte Hugi mit Stirnfalten. »Gibt es in Langenthal eigentlich jemanden, den du nicht kennst?«

»Ein paar wenige, aber es gibt sie«, gab er mit Augenzwinkern zurück. »Lass uns nicht vom Thema abweichen. Wo waren wir stehen geblieben? Ah ja, die Leiche, die fast einen Tag lang unentdeckt geblieben ist. Tatsächlich hat niemand sie vorher bemerkt?«

»Nebel. Von dem habt ihr hier im Oberaargau ja reichlich. Ich muss schon sagen: Wie hältst du das nur aus? Ich bin bei strahlendem Sonnenschein in Bern aus dem Haus. Und je näher ich Langenthal gekommen bin …«

»Nicht vom Thema abweichen.« Hugi schmunzelte. »Erzähl weiter.«

»Ich habe eigentlich schon genug geplaudert.«

»Stefania!« Hugi schenkte ihr sein wärmstes Lächeln. »Du kannst mir nicht den Speck durchs Maul ziehen und ihn dann im Kühlschrank einschließen.«

»Ach, UP.« Stefania starrte auf die Pflastersteine der Marktgasse. Es war ihr anzumerken, dass sie mit sich selbst rang. »Also gut. Kristina Schuberts Gesicht war ziemlich verunstaltet. Jemand hat mit einem Stein mehrmals auf sie eingeschlagen. Die Todesursache war allerdings ein Schlag auf den Hinterkopf. Und an den Armen und auf der Brust wurden Hämatome festgestellt.«

»Erstaunlich, wie rasch die Gerichtsmedizin inzwischen arbeitet.«

»Erste Einschätzungen, kennst du bestens. Die genaue Analyse steht noch aus.«

»Wenn ich dich richtig verstehe, wurde ihr Gesicht nachträglich so zugerichtet?«

»Post mortem.«

Hugis Hände begannen zu zittern. Ein Fragekatalog listete sich in seinem Kopf auf. Er versuchte verzweifelt, die Aufregung zu unterdrücken. Zumindest so, dass Stefania nichts davon mitbekam. Er klaubte eine Zigarette aus dem Päckchen. Zog gierig das Nikotin in seine Lunge. Was er noch alles wissen wollte! Er versuchte eine beiläufige Bemerkung: »Eine gewaltige Wut muss sich da entladen haben.«

»So sieht es aus. Ihr Gesicht – wie gesagt kein schöner Anblick. Aber trotzdem wurde die Leiche einwandfrei identifiziert: Die Kleidung ist identisch mit derjenigen, die Frau Schubert beim Auschecken im Bären getragen hat. Und Julian Wolf, ihr Geschäftspartner, hat die Kette und den auffälligen Ring, die die Tote trägt, eindeutig erkannt.«

»Und wie geht es jetzt weiter? Was sind unsere nächsten Schritte?« Zu spät bemerkte er, dass er in seiner Aufregung die falschen Worte gewählt hatte.

»UP! Bis hierhin und nicht weiter! Es gibt kein *uns*. Zumindest bist *du* nicht dabei. Ich habe dir schon viel zu viel erzählt. Das muss reichen. Bist du nun zufrieden?«

»Danke für dein Vertrauen.«

»Von mir weißt du nichts.«

»Selbstverständlich.«

»Und du stöberst nicht auf eigene Faust rum.«

»Keinesfalls.« Sein Herz klopfte bei dieser Lüge so stark, dass er befürchtete, sie könnte es hören.

»Gut.« Stefania rückte die Wärmedecke zurecht. »Das Ding ist wirklich genial. Krieg ich noch 'nen Kaffee?«

SECHS

Nachdem Stefania in die Einsatzzentrale zurückgekehrt war, blieb Hugi noch eine Weile in den Lauben des Restaurants ala carte sitzen. Er fühlte die Kälte nicht, die sich inzwischen durch seine Kleidung geschlichen hatte. Ignorierte die klammen Finger. Sein Hirn lief auf Hochtouren. Gedankenverloren stieß er den Rauch seiner Zigarette in die kalte Luft.

Wer tötete hier im beschaulichen Langenthal eine Frau aus Deutschland? Eine Kursleiterin, die sich nur zwei Tage im Oberaargau aufgehalten hatte. Hatte sie jemanden kennengelernt? Eine flüchtige Affäre, die in roher Gewalt geendet hatte? Oder hatte sie Bekannte in der Gegend gehabt? Hatte sie eine Verbindung zur Schweiz? Weshalb war sie nach dem Auschecken an die Langete gegangen? War sie mit ihrem Mörder verabredet gewesen? Einer der Kursteilnehmer? Die massiven Schläge ins Gesicht ließen eher auf einen Mann schließen. Wobei auch eine verzweifelte und aufgebrachte Frau die Kraft dazu aufbringen würde.

Hugi konnte es nicht lassen. Er musste mehr wissen. Der Bären war nur wenige Schritte entfernt. Dort waren vielleicht noch ein paar zusätzliche Informationen zu erfahren. Er bezahlte und erhob sich schwungvoll. Beim Küchenfenster des ala cartes winkte er Lisi, seiner Lieblingsköchin, zu und schritt zügig zum Hotel.

An der Rezeption saß eine junge Frau, das blonde Haar hochgesteckt, die Hugi mit offenem Lächeln begrüßte.

Das goldglänzende Namensschild wies sie als Sara aus. Als er seine Absicht offenlegte, verdüsterte sich allerdings ihr Gesicht.

»Die Polizei – schon wieder?«

»Indirekt. Ich bin pensioniert und unterstütze meine ehemaligen Kollegen. Ortskenntnisse und so, Sie verstehen gewiss.«

Seine etwas zu lockere Vorstellung konnte sie nicht überzeugen. Zögernd musterte sie ihn. »Sie sind häufig hier, nicht?«

»Ihre Beobachtungsgabe ist exzellent, Sara. Mein Name ist Hugi. Urspeter Hugi.«

»Ich habe Ihren Kollegen bereits alles gesagt.«

»Darf ich trotzdem noch ein paar Fragen stellen?«

»Ich habe viel zu tun.«

»Bitte.«

Sie sah sich um, als ob sie von irgendwo Hilfe erwarten könnte. Nervös zupfte sie am Kragen ihrer hellblauen Bluse. Schien mit sich zu ringen. »Na schön.«

Hugi atmete auf.

»Haben Sie den Check-out mit Frau Schubert gemacht?«

»Ja, das war ich.«

»Ist Ihnen dabei etwas aufgefallen? Hat sie sich auffällig benommen, war sie vielleicht besonders nervös?«

Sara rieb mit dem Daumen über die Kante der Theke. Sie konnte ihre Anspannung nicht ablegen. Das Gespräch war ihr sichtlich unangenehm. »Sie war ausgesprochen freundlich. Wirkte zufrieden. Sie hat mir ein dickes Trinkgeld gegeben.«

»Sehr großzügig von ihr. Aber sie ist danach nicht weggefahren?«

»Ich erinnere mich, dass sie den Bären durch den Vordereingang verlassen hat.«

»Das hat Sie nicht erstaunt? Frau Schuberts Wagen stand doch hinten auf dem Parkplatz.«

»Wieso hätte ich mich darüber wundern sollen? Ehrlich gesagt war es mir egal. Die Formalitäten waren abgeschlossen. Frau Schubert konnte tun und lassen, was sie wollte.«

»Da haben Sie natürlich völlig recht.« Hugi überlegte sich die nächsten Fragen sorgfältig. Er musste Saras Aufmerksamkeit hochhalten, damit sie ihm nicht entglitt. Stellte fest, dass ihm die Routine abhandengekommen war. »Kehrte Frau Schubert immer allein ins Hotel zurück?«

»Ich hatte tagsüber Dienst. Und ja, sie ist allein gegangen und allein zurückgekommen.«

»Gegessen hat sie immer hier?«

»Nur das Nachtessen. Zu Mittag war sie nie da.«

Logisch, dachte Hugi. Den Lunch wird sie gemeinsam mit den Kursteilnehmern in der Kantine der Firma Neukomm eingenommen haben.

»Und nach dem Essen ist sie noch ausgegangen?«

»Möglich. Da hatte ich keinen Dienst mehr.«

»Dem Nachtportier ist auch nichts aufgefallen?«

»Ich kann nicht für ihn sprechen. Die Polizei hat aber mit ihm geredet.«

»Sie haben sich bestimmt ausgetauscht. Man spricht doch miteinander, wenn so was Schreckliches geschieht.«

Sara wand sich. Wich Hugis Blick aus. Schaute sich wieder um, ob ihr nicht jemand zu Hilfe eilen könnte.

Er versuchte es auf die charmante Art. Lehnte sich locker an die Theke. Setzte eine gütige Miene auf. »Bitte.«

Sie erwiderte sein Lächeln nicht.

»Er ist überzeugt davon, dass er sie nicht gesehen hat.«

»Sie zögern.«

»Vor dem Haus ist in der Nacht ein Betrunkener gestürzt. Unser Nachtportier hat sich um den Mann gekümmert, den Rettungswagen gerufen und ist bei ihm geblieben, bis Hilfe eintraf. In dieser Zeit war die Rezeption unbesetzt, und so hätte die Möglichkeit bestanden, dass jemand das Hotel verlassen hat, ohne dabei gesehen zu werden.«

Das Gleiche gilt auch für das Gegenteil, dachte Hugi. Könnte jemand unbemerkt ins Hotel eingedrungen sein?

Sara beugte sich über die Theke. »Von mir wissen Sie aber nichts.«

Hugi verließ den Bären, ohne wirklich neue Erkenntnisse gewonnen zu haben. Ein Schuss in den Ofen. Auch wenn er Sara etwas anderes wissen ließ. Vielleicht sollte er die Angelegenheit wirklich auf sich beruhen lassen. Stefania und ihr Team daran arbeiten lassen. Es war nicht seine Aufgabe. Und trotzdem …

SIEBEN

Urspeter Hugi versuchte, sich abzulenken, so gut es ging, um nicht dauernd an das Verbrechen, das unweit von seiner Wohnung begangen worden war, zu denken. Es fiel ihm schwer. Sehr schwer. Am nächsten Tag unternahm er einen Spaziergang durch das Städtchen, blieb neben dem Stadttheater stehen und schaute hinüber zum Glaspalast, wie das Gebäude der Stadtverwaltung genannt wurde, wo sich auch der Polizeiposten befand. Und wo jetzt ein Büro eingerichtet worden war, in dem Stefania mit ihrem Team arbeitete.

Danash Jeyakumar, den alle nur Kumi nannten, war dabei. Das hatte sie erwähnt. Der junge Mann, ein veritabler IT-Spezialist, hatte immer einen frechen Spruch parat. Groß, schlaksig, ein sauber getrimmtes Bleistiftbärtchen oberhalb seiner vollen Lippen. Ein Meister der Tastatur, der jede noch so verborgene Information aus den Tiefen des Internets angeln konnte. Mit seiner ständigen guten Laune – manchmal wirkte sie fast etwas penetrant und aufgesetzt – vermochte er die anspannte Stimmung, die häufig über anstrengenden Besprechungen lag, aufzulockern. Schokolade und Kekse gehörten zu seiner Grundausrüstung. Hugi hatte sich oft gefragt, wie Danash es schaffte, mit seinem Riesenappetit so schlank zu bleiben.

Dann war Alain Bärtschi mit von der Partie. Mit ihm arbeitete Stefania am liebsten zusammen. The Brain, das Gehirn, nannte sie ihn. Er hatte ein fotografisches Gedächtnis und vermochte es spielend, komplexe Zusammenhänge zu erkennen. Bärtschi war das komplette Gegenteil von Danash. Ein stiller Kriminalist, klein und bullig, der seine Arbeit sehr ernst nahm und präzise und messerscharfe Analysen zu liefern vermochte. Jeans, Veston und weiße Sneakers waren seine Standardkleidung. Die Haare stets millimeterkurz geschnitten.

Die zweite Frau im Team war Naomi Vogt, die ideale Ergänzung. Arbeitete akkurat, protokollierte jedes Detail genau, wusste immer, wo was zu finden war. Ließ keine

Halbherzigkeiten zu. Legte den Finger genau dorthin, wo es brannte. Auch wenn das unangenehme Fragen aufwarf und mühsame Ermittlungsarbeiten zur Folge hatte. Bei ihr liefen alle Fäden zusammen, sodass sie Stefania immer auf dem neusten Stand halten konnte. Naomi half, die unzähligen Fäden des kriminalistischen Wollknäuels zu entwirren, wenn ihre Teamleiterin den Überblick verloren hatte. Was bei Stefanias chaotischer Arbeitsweise etwas zu oft vorkam und woran Hugi während seiner Zeit als Leiter von Leib und Leben fortlaufend mit ihr gearbeitet hatte.

Er blickte neugierig zum Glaspalast hinüber, der ihn mit beinahe magnetischer Kraft anzog. Hätte seine Schritte am liebsten über die Straße gelenkt, um der Truppe wie zufällig einen Besuch abzustatten.

Hallo zusammen. Ich musste bloß ein Formular auf der Verwaltung abgeben. Und da dachte ich mir, ich könnte doch …

Stefania würde ihn auslachen. Seine wahren Absichten erkennen. Und ihn wohl neckisch nach dem Dokument fragen, das er soeben abgeliefert hatte.

Nein, nein. Es wäre peinlich. Und trotzdem – auch unabhängig von den Ermittlungen würde er die Truppe gern wiedersehen. Einen trockenen Spruch von Kumi hören. Alain auf die Schulter klopfen. Naomi zusehen, wie sie mit gerunzelter Stirn die Brille hochschob.

»Du bist ein Feigling, Urspeter Hugi«, brummte er. »Weshalb sollte ich meinen ehemaligen Kollegen nicht einen Besuch abstatten dürfen?«

Zwei vorbeischlendernde Teenager sahen von ihren Smartphones auf und warfen ihm einen irritierten Blick zu.

Er stapfte mit entschlossenen Schritten über die Straße zum Glaspalast, betrat ihn durch die Drehtür, wandte sich nach links zum Polizeischalter, wo ihn ein Uniformierter von oben bis unten musterte und ihm anschließend den Zutritt verwehrte.

Hugi forderte ihn auf, im Einsatzbüro nachzufragen, und stellte sich mit verschränkten Armen breitbeinig vor ihn, nicht gewillt, seinen Platz zu räumen und von seinem Vorhaben abzulassen.

Schließlich erhob sich der Polizist. Zögerte kurz, ob er Hugi hinauskomplimentieren oder seinem Wunsch entsprechen sollte. Provokativ langsam schlendert er den Gang nach hinten.

Hugi hörte sein Herz in einer ungesund hohen Kadenz schlagen. Himmeldotter, wie konnte man nur so nervös sein! Wie ein Teenager vor seinem ersten Date.

Als der Polizist ziemlich rasch zurückkam, setzte Hugi ein überlegenes Grinsen auf. Er kannte die Antwort. Der Uniformierte winkte ihn zu sich und deutete auf den Korridor.

»Zweite Tür links«, grummelte er, demonstrativ in den Monitor vertieft und ohne Hugi eines Blickes zu würdigen. Daher verzichtete dieser darauf, sich zu bedanken und klopfte kurz darauf an den Rahmen der offen stehenden Tür.

»Maestro Hugi!« Danash Jeyakumar erhob sich von seinem Stuhl. Er war der Einzige in der Abteilung, der Hugi nicht mit der Abkürzung ansprach. »Welch Glanz in unserer bescheidenen Hütte!« Er umarmte seinen ehemaligen Vorgesetzten kurz, und wie zuvor bei Stefania war Hugi diese Geste peinlich.

»Eine Hütte, in die ich fast nicht reingekommen wäre. Der Beamte am Schalter wollte mich nicht durchlassen.«

Danash setzte sein breitestes Grinsen auf, trat einen Schritt zurück und musterte Hugi aufmerksam. »Nichts gegen André. Er macht einen fantastischen Dienst. Hält uns unliebsame Gäste vom Leib.«

»Wie die Presse.«

»Oder dich.« Ein wieherndes Lachen erfüllte das Büro. »Blendend siehst du aus, Chef. Die Rente scheint dir gutzutun. Macht dich glatt fünf Jahre jünger.«

»Wie liebenswürdig, Kumi. Wie habe ich das doch vermisst. Bist du allein hier?«

»Alle ausgeflogen, Chef. Ein Stück Schokolade?«

»Danke, nein. Muss auf meine Linie achten. Und nenn mich nicht Chef.«

»Stimmt, Chef. Du bist ganz schön fett geworden.«

»Kumi!«

Danash hob abwehrend die Hände, begab sich an seinen Platz zurück und steckte sich einen Keks in den Mund.

Hugi blickte sich um. Die Einsatzzentrale war vollständig eingerichtet; das Team konnte auf jahrelange Erfahrung zurückgreifen und war eingespielt.

»Das dort ist Stefanias Platz, nicht wahr?«

»Ich muss schon sagen, Maestro. Klasse Ermittlungsarbeit. Du hast es immer noch drauf.«

Hugi verzog das Gesicht zu einer Grimasse. Auf Stefanias Tisch herrschte das nackte Chaos. Dokumente lagen quer über die Schreibunterlage verteilt, garniert mit ein paar Pfefferminzdragees, ihrem Haarband, einem Päckchen Papiertaschentücher und himmelblauen Wollhandschuhen. Wer sonst sollte dort sitzen?

»Ich freue mich sehr über deinen Besuch, Maestro. Schön, dass du uns nicht vergessen hast. Oder ist dir etwa langweilig?«

»Danke der Nachfrage. Ich habe genug zu tun.«

»Wer's glaubt. Sobald du eine Leiche riechst, juckt's dich

doch in den Fingern.« Danash lehnte sich in seinen Bürosessel zurück, schob sich einen weiteren Keks in den Mund und verschränkte die Arme hinter dem Kopf.

»Kumi, du bist nicht der Erste, der das denkt. Gibt's was Neues aus Stuttgart?«

»Siehst du, ich hab's genau gewusst! Stefania hat mich vor dir gewarnt.« Er deutete mit zwei Fingern eine Pistole an und zielte damit auf sein Gegenüber. »Aber aus mir kriegst du nix raus.«

»Weil du noch nichts Neues weißt.« Hugi stützte sich mit beiden Händen auf die Pultkante und spähte auf den Laptop. Zu seinem Erstaunen sah er geometrische farbige Figuren, die von oben nach unten rieselten. »Tetris?«

»Hehe.« Danash klappte den Laptop zu. »Hab gerade Pause – und nur so nebenbei: Tetris schärft das Denkvermögen.«

»Sind das neue Angewohnheiten?«

»Ne, ne, Maestro.« Danash bleckte seine Zähne. »Hab ich schon immer gemacht. Ist dir früher nur nicht aufgefallen.«

Hugi richtete sich wieder auf und ließ die Finger knacken. Er musterte sein Gegenüber aufmerksam. »So, Kumi, jetzt mal unter uns. Hast du Neuigkeiten über die Schubert?«

Danash zwinkerte ihm zu. »Nee, nicht wirklich. Es scheint, unser Opfer habe ein Leben in völliger Anonymität geführt.«

»Keine engen Bekannten? Freundinnen?«

»Wir konnten nur zwei ausfindig machen. Klara Rietmann und Sonja Koch.«

»Und aus denen war nichts rauszubringen?«

»Fehlanzeige. Kaffeeplausch, mal ein Spaziergang, Pizza beim Italiener und Kino. Unverfängliche Gesprächsthemen. Nix, was uns weiterhelfen könnte. Die Kollegen in Deutschland suchen natürlich nach weiteren Infos. Bisher sind sie nicht fündig geworden. Die Schubert war nicht auf Social Media unterwegs, und im Internet erscheint sie nur auf der Webseite von WOBASEMI. Keine weiteren Einträge.«

»Sonst nichts?« Hugi wurde hellhörig. »Wie meinst du das?«

»Sie ist quasi ein Phantom. Es ist nichts über sie herauszufinden. Frühere Arbeitsstellen, Schulen, Wohnorte. Nix. Sehr merkwürdig.«

»Ist denn auf der Webseite ihrer Firma zumindest ein Bild von ihr zu finden? Ihr wisst wohl auch nicht, wie die gute Frau ausgesehen hat, bevor ihr das Gesicht zertrümmert worden ist.«

»Bist schon etwas neugierig, Maestro.« Danash grinste, klickte das Spiel auf dem Bildschirm weg und startete den Browser. *»Here she is.* Ich nehme nicht an, dass du sie gekannt hast.«

Hugi betrachtete das Foto auf der sehr sorgfältig und publikumswirksam gestalteten Internetseite.

Kristina Schubert schaute ihm mit einem gewinnenden Lächeln entgegen. Ein modischer blonder Kurzhaarschnitt, schmale Nase, hohe Wangenknochen. Die Lippen waren etwas zu voll, um als natürlich durchzugehen. Als Hugi sich in ihren Blick vertiefte, kamen ihm Erinnerungen hoch. Eine ähnliche Augenpartie hatte er schon mal gesehen, und auch damals war die Frau ein Opfer gewesen. Erstaunlich, zu welchen Verknüpfungen das menschliche Gehirn in der Lage war!

»Wir halten das Stuttgarter Umfeld jedoch für irrelevant«, fuhr Danash fort, nachdem er Hugi einige Momente kontemplativer Ruhe gegönnt hatte. »Wer verfolgt schon sein Opfer aus Deutschland nach Langenthal, um es dann hier umzubringen? Der springende Punkt muss im Oberaargau zu finden sein.«

»Das glaube ich auch. Trotzdem ist es ratsam, in alle Richtungen zu denken.«

»Richtig!«

»Männerbekanntschaften?«

»Keine ernst zu nehmenden Beziehungen. Die Schubert war auf Tinder unterwegs. Hat sich dort für One-Night-Stands verabredet.«

»Tinder?«

»Maestro Hugi, so hinter dem Mond lebst nicht mal du. Die Nummer eins der Datingapps. Unverbindlich und unkompliziert.«

Hugi lag die nächste Frage schon auf der Zunge, verharrte jedoch mit offenem Mund.

»Was ist los mit dir?« Danash zog erstaunt die Augenbrauen hoch. »Hat's dir die Sprache verschlagen?«

»Mir ist gerade was in den Sinn gekommen.«

»Ein vergessenes Date?«

»Nicht ganz, aber so was Ähnliches. Grüß die anderen lieb von mir. Ich lade euch alle demnächst zu einem Spaghettiplausch ein.« Er drehte sich um und verließ hastig den Raum, ohne sich von Danash zu verabschieden.

»Ciao ciao, Maestro. Hat mich auch gefreut, dich wieder einmal zu sehen«, hörte er in seinem Rücken.

ACHT

So rasch war Urspeter Hugi schon lange nicht mehr nach Hause gelaufen. Er war außer Atem, als er im Lift den Schlüssel ins Schloss steckte, damit er direkt ins Penthouse hochfahren konnte.

Wie konnte er das nur vergessen!

Als Danash von Tinder gesprochen hatte, war ihm siedend heiß eingefallen, dass er selbst auf einer Datingplattform unterwegs war – wenn bisher auch nur sehr minim. Er hatte doch tatsächlich ganze zwei Tage lang nicht daran gedacht, seine Nachrichten aufzurufen, um nachzusehen, ob Tanja ihm zurückgeschrieben hatte.

Was hinterließ das für einen Eindruck!

Da hatte er ihr eine ausführliche und sorgfältig formulierte Nachricht geschrieben und danach vergessen, ihre Antwort zu lesen.

Wenn sie überhaupt zurückgeschrieben hatte.

Hugi merkte, dass er sich auf völlig fremdem Terrain befand. Er hatte keine Ahnung, welch ungeschriebenen Regeln in solch einer Partnerbörse galten. Eine Geschäftsmail sollte innerhalb von 24 Stunden beantwortet werden, so hatte er es einmal gelernt. Doch wie sah es hier aus? Signalisierte er mit seinem Verhalten Desinteresse Tanja gegenüber? Fragen über Fragen!

Er ließ sich auf seinen Bürosessel sinken und schnaufte kurz durch. Fuhr den Rechner hoch, während Zorro ihn vom Katzenbaum aus mit einem Auge beobachtete. Noch während der Bildschirm zum Leben erwachte, fiel Hugis

Blick auf Judiths Foto. Ein heftiger Stich in der Magengegend ließ ihn zusammenzucken und innehalten.

Was war nur los mit ihm?

Hatte ihm seine Mutter einen Virus eingeimpft, der das Verlangen nach einer Partnerin geweckt hatte? Es war für ihn unvorstellbar gewesen, jemand Neues kennenzulernen und sich zu öffnen. Und plötzlich rannte er in seine Wohnung zurück, nur um herauszufinden, ob ihm eine Frau geschrieben hatte, von der er außer ein paar wenigen Angaben gar nichts wusste.

Was hatte seine Mutter angerichtet!

Nun schau doch endlich nach, rief ihm Judith zu. Es gibt keinen Grund, sich dafür zu schämen. Deine Mutter hat recht. Es wird Zeit, dass du wieder am Leben teilnimmst. Sonst wird aus dir ein menschenscheuer Eigenbrötler!

»Also, menschenscheu ist doch etwas gar weit hergeholt«, rechtfertigte sich Hugi. »Ich bin gern unter Menschen.«

Dann mach schon, Liebling. Die Nachricht wartet schon viel zu lange in deiner verwaisten Box.

Es war ihm unangenehm, von seiner toten Frau beobachtet zu werden, wie er sich in die Plattform einloggte. Merkwürdigerweise hatte ihn das vor zwei Tagen, als er Tanja geschrieben hatte, nicht gestört. Doch nun wallten Schuldgefühle in ihm hoch. Er erwog gar, den Bilderrahmen zu drehen, damit sie ihm nicht zuschauen konnte.

Blödsinn, dachte er, öffnete den Browser und gab die Internetadresse ein.

Und tatsächlich – Tanja hatte ihm geschrieben. Eine ebenso lange Nachricht, wie er verfasst hatte.

Lieber Urspeter
Wenn es tatsächlich so etwas wie Seelenverwandte
gibt, so glaube ich stark, in dir jemanden gefun-
den zu haben, der auf ähnliche Weise fühlt und
der sich intensiv mit den Fragen des Lebens aus-
einandersetzt.

Hugi musste den Satz mehr als einmal durchlesen, einmal tat er es sogar mit lauter Stimme – nicht, dass er ihn inhaltlich nicht verstanden hätte, sondern um in den Klang einzutauchen. Die sorgfältig aneinandergereihten Worte, die auf eine Person mit hoher Bildung und starker Empathie schließen ließen.

Er vertiefte sich in Tanjas Nachricht und stellte tatsächlich viele Übereinstimmungen fest, was Ansichten und Haltungen betraf.

»Seelenverwandte«, murmelte er. War das nach ein paar ausgetauschten Zeilen nicht etwas zu hoch gegriffen?

Sollte er vorsichtig sein? Er hatte schon viel über Liebesbetrüger gelesen und sich gewundert, wie naiv manche Menschen sich auf Unbekannte einließen. Ihnen haufenweise Geld überwiesen, um zu guter Letzt als Geprellte dazustehen.

Aber solche Gauner trieben sich doch eher auf Social Media herum, nicht auf einer seriösen Plattform, oder etwa nicht?

Und dann Tanjas wundervolle Sprache. War es heute nicht jedem Trottel möglich, mit künstlicher Intelligenz seine Texte aufzupeppen und sie im gewünschten Stil zu bearbeiten?

Er schnaufte tief.

Urspeter Hugi, deine Berufskrankheit hat dich noch nicht verlassen. Du denkst, dass sich hinter jeder Ecke, in jedem Winkel das Böse verstecken und lauern könnte. Misstrauen als Prinzip. Opposition grundsätzlich vorhanden.

Sollte er sich nicht einmal völlig unvoreingenommen auf jemanden einlassen? Die ständigen Bedenken zur Seite schieben? Vorsicht war immer angebracht, natürlich. Aber war es ihm nicht möglich, den Zweifeln, die ihn im Beruf und nach Judiths Tod ständig geplagt hatten, Einhalt zu gebieten und einfach die Dinge auf sich zukommen zu lassen?

Urspeter Hugi, gib dir einen Ruck!

Er konzentrierte sich wieder auf den Bildschirm und las mit großen Augen den letzten Abschnitt der Nachricht.

Ich würde es schön finden und mich sehr freuen, wenn wir uns abseits der digitalen Welt einmal persönlich treffen würden, damit wir uns in die Augen blicken und dem Klang unserer Stimmen lauschen können. Was hältst du davon, lieber Urspeter?
Als Treffpunkt schlage ich die goldene Mitte vor. Mir schwebt das wunderschöne Solothurn vor, wo ich immer gern durch das malerische Altstädtchen spaziere. Es gibt direkt an der Aare ein Lokal, wo ich meine Besuche in der Barockstadt meistens beende. »Solheure« heißt es. Vielleicht kennst du es ja.
Was meinst du zu meinem Vorschlag?
Ich freue mich auf deine Antwort und verbleibe mit herzlichen Grüßen
Deine Tanja

Himmeldotter!

Hugi rieb sich die Augen. Kein langes Hin- und Hergeplänkel mit sanfter Annäherung. Die Frau wollte Fakten schaffen!

Er schielte zu Judiths Bild hinüber. Keine Widerrede? Sie blieb stumm.

Na denn!

Er verschränkte die Finger, ließ die Gelenke knacken und machte sich daran, eine Antwort zu verfassen. Aufmerksam las er sie mehrmals durch, korrigierte die eine oder andere Formulierung – man musste sich schließlich dem Gegenüber anpassen – und sendete die Nachricht mit einem guten Gefühl ab.

»Na, Zorro, wie habe ich das gemacht?«

Der Kater lag immer noch zusammengerollt auf dem Katzenbaum. Das Köpfchen ruhte auf der ausgestreckten Pfote, die andere hatte er eingezogen. Er spitzte ganz leicht die Ohren, öffnete ein Auge und befand, dass Hugis Aktivitäten für ihn von geringem Interesse seien.

Und dann ging der Tatendrang mit Urspeter Hugi durch.

Er schrieb auch den beiden anderen Damen – Annette und Claudia –, die seine Mutter für ihn ausgewählt hatte, und scrollte anschließend durch weitere Steckbriefe, die die Plattform ihm vorschlug. Wählte zwei Frauen aus, deren Beschreibungen ihn ansprachen, und sendete ihnen ebenfalls eine kurze Nachricht.

Nach über zwei Stunden stellte er erstaunt fest, dass sein Magen knurrte. Es war tatsächlich schon Essenszeit.

Geduld, Urspeter. Zuerst die Arbeit, dann das Vergnügen.

Er griff nach dem Notizblock, auf dem er bereits das Autokennzeichen von Kristina Schubert notiert hatte. Die Tote in der Langete behielt ihn im Griff. Er kaute am Bleistift und ließ seine Gedanken schweifen. Mit sauberer Druckschrift notierte er:

1. Leiche in der Langete – Kristina Schubert
2. Wohnt in Stuttgart – keine weiteren Angaben zu finden (??)
3. Führt mit ihrem Geschäftspartner – Julian Wolf – eine Beratungsfirma
4. Hat in der Firma Neukomm ein zweitägiges Seminar geleitet
5. Im Bären übernachtet
6. Wird erst einen Tag nach der Tat gefunden
7. Todesursache: Schlag auf Hinterkopf
8. Ihr Gesicht wurde zertrümmert – große Wut
9. Nach dem Check-out ist sie nicht weggefahren
10. Hatte sie jemanden kennengelernt?
11. Gibt es Bekannte aus der Umgebung?
12. Hatte sie sich mit jemandem verabredet?
13. Oder ist sie einfach spazieren gegangen?
14. Ist ihr jemand aus Stuttgart gefolgt?

Obwohl Hugi mit Danash einig war, dass der letzte Punkt eher unrealistisch war, notierte er sich auch diesen. Sein Bleistift kreiste über der untersten Zeile. Und dann kam ihm plötzlich ein Einfall, den er noch nicht in Erwägung gezogen hatte.

15. War Kristina Schubert früher schon einmal in dieser Gegend?

Ein wichtiger Gedanke! Wenn man Punkt 14 ausschloss, so hätte Frau Schubert innert zwei Tagen einen gewaltigen Hass auf sich gezogen, der sich in einem Mord entladen hatte. Die andere Möglichkeit wäre eine Tötung im Affekt. So oder so müssen heftige Emotionen im Spiel gewesen sein, das belegte Punkt acht eindeutig. Und dann kam eine entscheidende Überlegung dazu.

Hugi fuhr sich mit der Zunge über die Lippen.

16. Ist der Tatort vom Täter bewusst ausgewählt worden?
17. Hat er das Opfer während den zwei Tagen beobachtet?
18. Geschah der Mord im Affekt? War er geplant?
19. War Kristina Schubert völlig ahnungslos? Oder wusste sie von einer möglichen Bedrohung?
20. Wenn ja: Weshalb begibt sie sich allein auf einen Spaziergang – und das an einem Ort, wo sie nicht mit Hilfe rechnen kann?

Mit einem auffordernden Mauzen sprang Zorro auf den Schreibtisch und rieb seine Wange an Hugis Handrücken. Verdutzt stellte dieser fest, dass tatsächlich wieder eine Stunde vorüber war und der Kater seine abendliche Mahlzeit einforderte. Und überdies hatte er seinen eigenen Hunger ganz vergessen. »Na, Zorro. Was meinst du? *Food?*«

Das Tier, auf dieses Wort geprägt, spitzte augenblicklich die Ohren und ließ einen klagenden Laut vernehmen.

»Dann schauen wir doch mal, was wir Leckeres im Angebot haben.« Hugi stemmte sich aus dem Bürosessel hoch, spürte sofort sein schmerzendes Sakralgelenk und verfluchte sich im gleichen Moment, dass er die notwendigen Übungen, die er bei längerem Sitzen unbedingt durchführen sollte, sträflich vernachlässigt hatte.

Der Kater war bereits in die Küche gerannt und erwartete Hugi dort mit erneutem Mauzen. Nachdem der Futternapf gefüllt war, öffnete Hugi den Kühlschrank und überlegte sich, während er sich in den Haaren kratzte, wie seine Mahlzeit aussehen könnte. Schließlich warf er eine Tiefkühlpizza in den Backofen und beschloss, heute Abend, zugunsten eines Klassikers aus seiner DVD-Sammlung, auf Netflix zu verzichten.

Er entschied sich für »Das Fenster zum Hof«, schob die Silberscheibe in den Player und rückte die Kissen auf dem Sofa zurecht, um es sich so richtig gemütlich zu machen. Während er den Wein entkorkte, der natürlich nicht fehlen durfte, erinnerte er sich daran, dass er den Film vor mehr als 20 Jahren in einem Berner Kino anlässlich einer Hitchcock-Retrospektive gesehen hatte, was ihm unvergessen geblieben ist. Durch das Erleben auf Großleinwand hatte er sich gemeinsam mit James Stewart wie ein richtiger Spanner gefühlt, eine zusätzliche, emotionale Dimension, die auf dem Bildschirm nie so eindringlich auf ihn gewirkt hatte.

Er hatte das Meisterwerk gewiss über ein Dutzend Mal gesehen und konnte sich ständig aufs Neue dafür begeistern. Um dem Ganzen noch eine kleine pädagogische Komponente zu verleihen, beschloss er, den Film in der Originalversion zu genießen. Damit dürfte die Konzentration hoch genug sein, um keinen Gedanken mehr an Kristina Schubert zu verschwenden.

Stefania Russo

Um ein Verbrechen aufzuklären, braucht es Denkarbeit, und das war UPs Stärke. Es sind die *kleinen grauen Zellen,* die aktiviert werden müssen, wie das Hercule Poirot süffisant formuliert hatte. In meiner Jugendzeit habe ich die Kriminalromane von Agatha Christie verschlungen und war nach Beendigung der Lektüre stets fasziniert gewesen, wie komplex die Bücher der *Queen of Crime* aufgebaut waren.

Die Realität ist allerdings eine andere, das habe ich rasch erkannt. Bis auf wenige Ausnahmen sind die Täter meistens im näheren Umfeld der Opfer zu finden. Keine komplizierten Verbindungen, bei denen man um sieben Ecken denken muss. Keine Serienmörder, die sich ihre Opfer zufällig aussuchen und knifflige Schnitzeljagden mit der Polizei veranstalten. Das mögen findige und fantasievolle Thrillerautoren ihrer Leserschaft weismachen – auch ich verschlinge selbst gern solch haarsträubende Geschichten, die ich bis tief in die Nacht hinein nicht zur Seite legen kann –, doch so perfide Psychopathen sind mir bisher im wahren Leben noch nie begegnet.

Ermittlungsarbeit ist das mühsame Zusammentragen einzelner Puzzleteile, die, wenn man sie richtig anordnet, ein Gesamtbild ergeben, das zur Lösung des Falls entscheidend beitragen kann.

Das ist eine Seite der Medaille. Diejenige, die notwendig und aufschlussreich ist. Aber auch mühsam, zäh und zeitaufwendig.

UP hatte während seiner Zeit bei der Kriminalpolizei, als Leiter der Abteilung Leib und Leben, einen anderen Ansatz, auch wenn die Staatsanwaltschaft ihn häufig dafür belächelt hatte. Er interessierte sich für die Menschen, ihre Beziehungen zueinander und das Milieu, in dem sie lebten. Ein Mordfall übte eine morbide Faszination auf ihn aus, und er rückte das Umfeld des Opfers, die Leute, die mit ihm verkehrten, stets in den Mittelpunkt. Er musste ein *Gefühl* für sie entwickeln, die Schauplätze besichtigen, die Spannungen aufsaugen. Die Beteiligten waren für ihn wie Schachfiguren – der König als Opfer –, mit denen er sich auseinandersetzte, sie in sich aufnahm, ihre Sorgen und Ängste beinahe selbst spüren konnte. Nachdem er sie sorgfältig studiert hatte, lehnte er sich zurück und betrachtete das Spielfeld mit der Aufstellung, der Anordnung der Figuren.

Und dann begann die Denkarbeit. Für jede Figur musste herausgefunden werden, wieso sie sich in ebendiese Stellung manövriert hatte.

Natürlich waren die Ergebnisse des Kriminaltechnischen Dienstes und der Rechtsmedizin wichtige Fingerzeige, die unter Umständen die Ermittlungen zügig vorantrieben. Aber es waren nicht diese Indizien, die UP interessierten – und außerdem dauerte es immer lange, bis brauchbare Resultate vorlagen. Nicht so wie bei CSI.

Mit seiner feinfühligen Methode mochte er eine Etage weiter oben etwas anecken, unser Team hat ihn dafür allerdings geschätzt. Sein Bauchgefühl hat sich häufig als richtig erwiesen. Daher sah man es ihm nach, wenn er manchmal wortkarg war oder sich in ein Büro einschloss, um in aller Ruhe nachzudenken. Es entstand dadurch manchmal ein anderer Blick auf die Gesamtsituation, da seine Ansätze innovativ, manchmal auch sehr schräg waren.

Vielleicht kann er mit seiner Sichtweise neue Erkenntnisse in diese komplizierte Geschichte bringen.

NEUN

Fin ch'han dal vino, calda la testa, una gran festa, fa' preparar.

Die Champagner-Arie aus Mozarts »Don Giovanni« dröhnte durch das Wohnzimmer. Karl Ludwig Hugi sang inbrünstig mit, während er mit einem Kochlöffel ein imaginäres Orchester dirigierte. Mit Begeisterung hatte er seinem Bruder Urspeter zugehört, als dieser mit leuchtenden Augen von seinem eindrücklichen Opernbesuch erzählt hatte. Sogleich war die entsprechende CD in der Anlage gelandet.

»Dein Besuch eines Kulturtempels ist schon lange überfällig gewesen«, hatte er gemeint und sich an die Zubereitung des Essens gemacht.

Hugi streckte ihm die Faust mit abgespreiztem Zeigefinger und kleinem Finger entgegen. Heavy Metal – seine zweite Musikleidenschaft. Karl quittierte es mit lautem Lachen.

Die Höllenfahrt komme erst später, meinte er. Und dort werde der galante, charmante und wortgewaltige Don Giovanni Hugis langhaarige Rockerfreunde in Lederkluft antreffen und ihnen ganz tüchtig auf die Pelle rücken.

Karl Ludwig Hugi bewohnte eine prächtige Villa in Küsnacht, an der Zürcher Goldküste. Er war aus Mailand in die Schweiz gezogen, als er ein paar Jahre als Chefdirigent im Opernhaus am Sechseläutenplatz gewaltet hatte.

»Schön, hat es wieder einmal geklappt.«

»An mir liegt es nicht, Charly.« Hugi brachte es nicht über sich, seinen Bruder Karl zu nennen. Zu altmodisch. Zu spießig. Zu unpassend für den quirligen Musiker. »*Du* fliegst rund um den Globus. Für eine Audienz bei dir muss man sich Monate im Voraus anmelden.«

»Du übertreibst maßlos, Urs.« Und im Gegenzug beharrte Karl Ludwig auf Hugis erstem Vornamen.

»Und wenn du mal zu Hause bist, bekochst du eine deiner zahlreichen Verehrerinnen. Hoffentlich aber mit einer besseren Rasur als heute.«

Karl Ludwig rieb sich das Kinn, was ein kratzendes Geräusch erzeugte. »Stimmt. Heute hatte ich keine Zeit. Stress, Stress, Stress. Morgen fliege ich nach Budapest. Beethoven-Programm. Musste die Partituren nochmals überfliegen und anschließend einkaufen gehen. Aber wenn mein kleiner Bruder zu Besuch kommt, ist nur das Beste gut genug, damit wir es so richtig krachen lassen können.«

Essen, Trinken und Kochen waren Karl Ludwigs große Leidenschaften – neben der Musik natürlich. Was man seiner hageren Figur überhaupt nicht ansah. In einem Interview hatte er gar zu Protokoll gegeben, es wäre durchaus in seinem Sinn, nur mit Wein und Olivenöl bezahlt zu werden.

Die *Spaghetti musicale* waren sein Topgericht. Wenn man ihn nach dem Rezept seiner Soße fragte, hüllte er sich in geheimnisvolles Schweigen. Es war eine Abwandlung der Bolognese, zusätzlich mit Speck und einer einmaligen, delikaten Kräutermischung. Am laufenden Band probierte er neue Rezepte aus. Behielt sich aber immer vor, die Vorgaben abzuändern und mit einer eigenen Note zu versehen. Eigenwillig, genau wie in seinem Beruf.

Hugi nahm sein Weinglas und trat an die bodentiefe Fensterfront. Er bewunderte den imposanten Sonnenuntergang. Die Aussicht auf den Zürichsee war großartig.

Eine Weile lang schwebte nur Mozarts Musik zwischen ihnen im Raum. Karl Ludwig widmete sich seiner Spaghettisoße, Hugi stand verträumt am Fenster. Ein herrlicher Duft nach Knoblauch, gedünsteten Zwiebeln und gebratenem Speck wehte sanft durch die Wohnung und erinnerte ihn daran, wie hungrig er war.

»Zündest du bitte die Kerzen an?«, rief Karl Ludwig aus der Küche. »Der *Insalata caprese* ist gleich bereit.«

»Habe ich dir schon erzählt, dass Mutter mich auf einer Datingplattform angemeldet hat?«, rief Hugi in die Küche zurück, während er nach Streichhölzern suchte und mangels derer schließlich sein Feuerzeug aus der Tasche zog.

»Im Ernst?«

»Sie hat bereits vorsondiert. Die entsprechenden Damen angeschrieben.«

»Typisch Mutter. Seit Vaters Tod ist sie das blühende Leben.«

»Niemand weint ihm eine Träne nach.«

»Immerhin hat er uns die Liebe zur Musik in die Wiege gelegt.« Karl Ludwig balancierte auf einem Arm zwei Teller mit Salat, in der anderen Hand trug er eine kleine, quadratische Platte mit Gewürzen, Balsamico und Olivenöl.

»Und gesoffen wie ein Loch. Mutter hat sehr darunter gelitten. Der Unfall war die verdiente Quittung.«

»Bist du nicht etwas zu hart, Urs?« Er hielt Hugi die Platte hin. »Kannst du mir die mal abnehmen?«

»Du kennst meine Meinung. Als Musiker war er wundervoll. Als Mensch eine Katastrophe.« Hugi setzte sich und stellte die Gewürze zwischen die beiden Salatteller auf den Tisch.

»Komm, lassen wir die Vergangenheit ruhen.« Schwungvoll zog Karl die edle Serviette aus Baumwolldamast mit Satinbordüre vom Tisch und drapierte sie auf seine Oberschenkel. »Guten Appetit, kleiner Bruder.«

Bereits nach dem ersten Biss schloss Hugi genüsslich die Augen. »Köstlich, wie immer.«

»Danke schön. Du hast noch wenig von dir erzählt. Wie geht es dir?«

»Bin auf dem aufsteigenden Ast.«

»Schön, schön. Siehst auch gut aus. Das Rentnerleben tut dir gut. Eine Frau an deiner Seite wäre das Tüpfchen auf dem i. Da hat Mutter nicht ganz unrecht.«

»Charly, ich bitte dich!«

»Hast du die Profile der Damen wenigstens studiert?«

»Ich habe sie mir kurz angesehen«, log Hugi. Er mochte mit seinem Bruder nicht über Frauen diskutieren. »Es fehlt mir die Zeit, um stundenlang im Internet zu verweilen.« Die Unwahrheit ging ihm ohne Scham über die Lippen. Und gleichzeitig erinnerte er sich an den angeregten Austausch auf der Datingplattform. Das bevorstehende Rendezvous mit Tanja verursachte ein Kribbeln in der Magengegend.

Karl Ludwig hob sein Weinglas und deutete damit auf Hugi. »Das sagt man den Rentnern nach. Volle Agenda.

Alles verplant. Aber was machst du den lieben langen Tag? Spazieren? Deine Katze kraulen?«

»Es ist ein Kater.«

»Keine Details, Urs. Im Ernst. Wie verbringst du deine Freizeit?«

»Es gab eine Leiche in Langenthal.«

Karl Ludwig verschluckte sich beinahe, hob die Serviette hoch und hielt sie hustend vor seinen Mund. »Nicht dein Ernst. In der Provinz wird gemordet?«

»Zugegeben, unser ländliches Idyll hat nicht das Flair vom protzigen Zürich. Bei uns grüßt man einander noch.«

»*Touché*. Habe trotzdem nie begriffen, weshalb du dich dort niedergelassen hast. Genauso wenig, warum dir diese grauenhafte Musik mit den lärmenden Gitarren gefällt. Da hat unser Elternhaus komplett versagt.«

»Du kannst es nicht lassen, Charly. Vielleicht war es auch Protest meinerseits.«

»Deine aufmüpfige Teenagerphase, ich erinnere mich gut daran. Die sollte inzwischen aber längst vorbei sein, oder nicht?« Er legte das Besteck in den Teller und lehnte sich zurück. Betupfte die Mundwinkel mit der Serviette. Ganz der Mann von Welt. »Hör dir das doch an: Ist dieser Mozart nicht göttlich?«

»Unbestritten. Aber es gibt auch eine Welt jenseits der klassischen Musik.«

»Was das anbelangt, werden wir nie auf einen gemeinsamen Nenner kommen.« Karl Ludwig schwenkte nachdenklich sein Weinglas. »Aber um zum Thema zurückzukommen: Was kümmert dich eine Leiche in Langenthal?«

»Sehr viel.«

»Du bist nicht mehr bei der Polizei. Ein guter Entscheid, wie ich finde. Also, was soll das?«

»Ein bisschen Privatrecherche kann nicht schaden. Stefania ein wenig unter die Arme greifen.«

»Der hübschen Polizistin?« Karl Ludwigs Gesichtszüge hellten sich auf.

»So was vergisst du nicht, Charly!«

»Das nächste Mal darfst du sie gern mitbringen.«

»Niemals! Genau vor so Typen wie dir muss ich sie beschützen.«

»Du übertreibst maßlos.« Der Musikus erhob sich schwungvoll. »So, räumst du die Teller weg? Die grandiosen Spaghetti sollten inzwischen al dente sein.«

Während Hugi das Geschirr in die Küche trug und in die Spülmaschine stapelte, rührte Karl in der Soße und hielt eine Spaghetti über den Kopf, den er in den Nacken gelegt hatte. Ließ sie in den Mund gleiten und schnalzte anschließend mit der Zunge. »*Bellissimo,* besser geht's nicht.«

Hugi beobachtete ihn dabei.

Karl Ludwig, sein Bruder. Sein berühmter, großer Bruder, der vor langer Zeit seine Heimat verlassen hatte, um die musikalische Welt zu erobern. Er war acht Jahre älter als Hugi, war jetzt also im Pensionsalter, worüber er ständig witzelte: »Wir Dirigenten haben keine Pensionskasse. Ich werde bis an mein Lebensende schuften müssen, um nicht in Armut zu enden.«

Karl Ludwig hatte eine quirlige Persönlichkeit, ganz im Gegensatz zu Urspeter Hugi. Genau betrachtet durfte festgehalten werden, dass die beiden Brüder sehr wenig Ähnlichkeit miteinander aufwiesen. Das war schon immer so gewesen. Auf der einen Seite der ruhige und nachdenkliche Urspeter, der auf dem Spielplatz die Szenerie lieber zunächst aus der Distanz beobachtete, bevor er den Mut aufbrachte, sich den anderen Kindern anzuschließen. Dagegen konnte Karl Ludwig nie genug Gesellschaft haben, vorausgesetzt, dass er im Mittelpunkt stand. Er besetzte die Küche von Mutter Hugi mit seinen Kameraden, drückte jedem ein Küchengerät in die Hand und dirigierte anschließend das entstandene Orchester mit Leidenschaft, bis Mutter Elsa der lärmigen Kakofonie mit resoluter Bestimmtheit Einhalt gebot.

Und obwohl die beiden Brüder so verschieden waren, hielten sie wie Pech und Schwefel zusammen. Karl Ludwig nahm die Sache sofort in die Hand, wenn Urspeter weinend von der Schule nach Hause kam, und stellte sich schützend vor seinen kleinen Bruder. Ebenso bot er Vater Hugi Paroli, wenn dieser sturzbetrunken vom Stammtisch zurückkehrte und lautstark nach seiner Frau rief, die ihm das Abendessen zubereiten sollte.

Durch Karl Ludwigs rasanten Aufstieg zum weltweit gefragten Dirigenten verloren sich die Brüder ziemlich aus den Augen. Während Urspeter Anfang 20 Judith kennenlernte und eine Familie gründete, jettete der Musiker von einem Termin zum nächsten. Heute London, morgen New York, übermorgen Tokio. Erst als er während einiger Jahre das Zürcher Opernhaus als Generalmusikdirektor leitete, wurde er sesshaft. Erwarb eine Prachtvilla in Küsnacht als festen Wohnsitz, von wo aus er die Welt bereisen und sein Publikum erfreuen wollte.

»Urs, kannst du mal nachschauen, ob der Parmesan schon auf dem Tisch steht?«

Ganz der Chef, dachte Hugi. Kommandieren und delegieren. Er warf einen Blick zum Tisch rüber und hob anschließend den Daumen.

»Wunderbar.« Karl Ludwig servierte mit breitem Grinsen die Spaghetti, setzte sich hin und bat seinen Bruder mit einer eleganten Handbewegung, es ihm gleichzutun.

Charisma und klare Zeichengebung. Wie er es mit seinem Orchester machte. Hugi deutete eine leichte Verbeugung an und ließ sich ebenfalls vor dem herrlich duftenden Teller nieder. Karl Ludwig hatte die Serviette oben in sein Hemd gesteckt und rieb sich die Hände. Amüsiert beobachtete er seinen Bruder, der die Mahlzeit wie ein Kunstwerk betrachtete.

»Ich muss mich nicht fremdschämen und dir einen Löffel reichen, oder? In Italien würden sie dich für solch eine Barbarei aus der Trattoria komplementieren.«

Hugi winkte ab. »Du kennst mich doch. Ich würde es nicht übers Herz bringen, dein Kunstwerk auf solche Art und Weise zu entwürdigen.«

»Gut pariert!« Karl Ludwig prustete laut und drehte die Gabel in den Teigwaren. »Sag mal«, meinte er schmatzend – manchmal war er weit weg von einem Mann von Welt –, »wie geht es eigentlich meinen Lieblingsneffen? Immer noch Banker und Schauspieldirektor?«

Hugis erster Sohn, Damian, arbeitete in einer Großbank am Zürcher Paradeplatz im Aktiengeschäft, während der jüngere, Leonardo, in London ein kleines Theater leitete.

»Diese künstlerische Ader hat er nicht von dir, mein Lieber«, sagte Karl Ludwig lachend. »Und wie sieht die Familienplanung aus? Werde ich bald Großonkel?«

»Charly!« Hugi verwarf die Hände. »Du weißt genau, dass Leonardo auf Männer steht. Und Damian und Marion sind erst zwei Jahre zusammen. Nachwuchs ist kein Thema.«

»Recht haben sie«, erklärte Karl entschlossen. »Sie sollen ihr Leben genießen. ›Drum prüfe, wer sich ewig bindet, ob sich das Herz zum Herzen findet, der Wahn ist kurz, die Reu ist lang.‹ Hat schon Schiller gesagt.« Er gluckste und zwinkerte seinem Bruder zu.

Die Stimmung war entspannt, Hugi genoss den Abend in vollen Zügen. Viel zu selten kamen sie zusammen, um ihre brüderliche Verbundenheit hochleben zu lassen.

So war ihm, als er im Zug zurück nach Langenthal saß, noch nach mehr Familie. Wählte die Nummer seines älteren Sohns.

»Paps, was ist los?«

»Nichts, was soll schon sein? Ich wollte deine Stimme hören.« Hugi fühlte sich durch den Alkohol beschwingt.

»Um elf Uhr nachts?«

»Sag nicht, dass ich dich geweckt habe.«

Damian arbeitete meistens bis spät in die Nacht. »Sehr witzig, Paps. Bin im Homeoffice.«

»Du solltest dich mehr um Marion kümmern.«

»Die hat Frauenabend. Das dürfte spät werden.«

»Also der ideale Zeitpunkt für ein Vater-Sohn-Gespräch.« Die Worte kamen Hugi nicht mehr ganz sauber über die Lippen.

»Paps, hast du getrunken?«

Er erzählte Damian von seinem Besuch bei Karl Ludwig, worauf dieser schnaubte.

»Ehrlich, Paps. Ich sehe dich so selten. Du hättest mir Bescheid sagen können. Zeit für einen Kaffee mit dir ist immer drin.«

Das schlechte Gewissen überfiel Hugi augenblicklich. Damian hatte recht. Wieso hatte er nicht daran gedacht? Himmeldotter! Er entschuldigte sich mit etwas zu blumigen Worten – dem Alkohol geschuldet – und versprach Besserung. Damian schien zufrieden damit.

»Sag mal, Paps«, meinte er dann. »Was läuft eigentlich bei euch in Langenthal? Wilder Westen oder so? Hat das Verbrechen den Weg in die Provinz gefunden?«

»Witzbold.«

»Im Ernst, Paps. Das sind beunruhigende Neuigkeiten.«

Hugi erzählte ihm, was er wusste. Was er glaubte, erzählen zu dürfen.

»Und du bist hoffentlich außen vor«, stellte sein Sohn am Schluss fest.

»Was meinst du?«

»Dass du die Ermittlungen der Polizei überlässt.«

»Aber natürlich. Keine Sorge.«

Damian schien ihm das nicht so recht abzunehmen. Sie plauderten noch über seine Arbeit bei der Bank und verabschiedeten sich danach voneinander.

Die Textnachricht von Stefania sah er erst nach Beendigung des Anrufs.

up, wir müssen reden!!!!

Am meisten irritierten ihn dabei die vier Ausrufezeichen.

ZEHN

Urspeter Hugi saß auf einem Steinblock auf dem Wuhrplatz und erwartete Stefania. Sie hatten sich auf einen
gemeinsamen Spaziergang geeinigt, denn Stefania hatte
ein Treffen in einem Lokal abgelehnt. Viele Gedanken
waren ihm durch den Kopf gegangen. Hatte sich jemand
über ihn beschwert? Darüber, dass er eigene Ermittlungen angestellt hatte? War Staatsanwalt Nydegger etwas
zu Ohren gekommen, woraufhin er Stefania in den Sen-
kel gestellt hatte? Das junge Mädchen an der Rezeption
im Bären war bestimmt diskret gewesen.

Er hatte in der »Suteria« zwei *Coffee to go* geholt – einen
Cappuccino für sie, einen doppelten Espresso für sich –
und bedauerte, dass die Getränke langsam kalt wurden, da
Stefania bereits zehn Minuten auf sich warten ließ.

Endlich entdeckte er sie, von der Stadtverwaltung, durch
die Käsereistrasse, auf ihn zukommend, und erhob sich.
Zu roten Stiefeletten trug sie Leggins mit einem schwarz-
grünen Leopardenmuster. Ihre wilden Locken hatte sie
mit einem Haargummi zusammengebunden.

Hugi lief ihr entgegen. Reichte ihr den Becher.

»Danke, UP«, meinte sie außer Atem. »Kaffee kann ich
jetzt gut gebrauchen.«

»Deine Nachricht gestern hat mich sehr überrascht.«

»Und gefreut, nehme ich an.«

»Sie hat Fragen aufgeworfen. Laufen wir los?«

Sie gingen mit zügigen Schritten zwischen »Gelateria«
und »Platzhirsch« durch, passierten den großen Parkplatz

und marschierten auf dem Kiesweg der Langete entlang Richtung Fußballplatz. Plauderten dabei über Belangloses und lachten viel.

Auf der Waldhofstrasse angekommen, wandten sie sich nach links, rechts von ihnen das Parkhaus und der Neubau des Spitals.

Nach Momenten des Schweigens kam Stefania schließlich auf den Punkt. »Kristina Schubert.«

»Die Tote.«

»Ein Phantom.«

»Wie kann ich das verstehen?« Hugi beschloss, den Ahnungslosen zu spielen. Er wusste nicht, ob Danash ihr von seinem Besuch im Einsatzposten erzählt hatte.

»Staatsanwalt Nydegger hat Gas gegeben mit dem Amtshilfeverfahren. Die Kollegen aus Deutschland waren kooperativ. Haben innerhalb kürzester Zeit Erstaunliches ermittelt. Sie haben sich in der Beraterfirma umgehört, in der die Schubert gearbeitet hat. Die Frau hatte einen ausgezeichneten Ruf. Sehr zuverlässig. Korrekt. Geschätzt. Aber auch eine Einzelgängerin. Es gibt nur zwei Freundinnen, wenn man sie überhaupt so nennen kann, mit denen sie manchmal etwas trinken oder ins Kino gegangen ist.«

»Das soll ihr ganzes Beziehungsnetz gewesen sein. Eltern, Verwandte?« Vielleicht gab es neue Erkenntnisse.

»Die Firma ist auf Julian Wolfs Namen eingetragen. Kristina Schubert hat zwar eine beträchtliche Summe an Eigenkapital beigetragen, wird aber im Handelsregister nicht genannt. Die beiden hatten sich bei einem Wirtschaftsforum kennengelernt und rasch gemerkt, dass sie auf der gleichen Wellenlänge waren. Ähnliche Ideen und Vorstellungen. Vor fünf Jahren haben sie dann WOBASEMI gegründet.«

»Das heißt, dass Kristina Schubert gar keine entsprechende Ausbildung absolviert hatte?«

Stefania zuckte die Schultern.

»Wir konnten nichts über sie finden. Keine Ausbildungsstätten, keine Schulen, rein gar nichts. Außerhalb der fünf Jahre in Stuttgart scheint die Frau nicht existiert zu haben. Das Seminar in Langenthal hat sie nur gegeben, weil sich eine Terminkollision in der Firma angebahnt hat. Julian Wolf meinte, die Schubert habe zunächst gezögert, die Vertretung zu übernehmen. Das sei außergewöhnlich gewesen.«

»Weshalb?«

»Sie habe sämtliche Aufgaben und Aufträge immer mit Elan und Freude angenommen. Habe unglaublich viel gearbeitet. Wolf konnte sich zu 200 Prozent auf sie verlassen. Ihr Tod hat die Mitarbeiter geschockt. Keiner kann sich die Beweggründe für dieses Verbrechen erklären. Dass es im Ausland geschehen ist, setzt dem Ganzen die Krone auf.«

Hugi steckte sich eine Zigarette an. Sie bogen auf den Fußgänger- und Fahrradweg Richtung St. Urban.

»Niemand hat sie also wirklich gekannt.«

»Das ist richtig, UP. Die Befragung der beiden Freundinnen hat nichts Konkretes ergeben, was uns weiterhelfen könnte. Wie gesagt, Kristina Schubert war ein Phantom. Ohne Vergangenheit. Und in der Gegenwart hat niemand gewusst, was sie außerhalb ihrer Arbeit so getrieben hat.«

Ein paar vereinzelte Sonnenstrahlen verirrten sich durch die Nebeldecke in der stillen Landschaft. Stefania blieb stehen und legte die Hand über die Augen. Betrachtete den Hügel, der sich ein Stück weiter hinten zu ihrer Rechten erhob. »Was sind das dort oben für stattliche Gebäude?«

»Das ist der Waldhof. Darin befindet sich eine Schule.«

»Mit einem Bauernhof?«, meinte Stefania amüsiert.

»Der Waldhof war früher eine Landwirtschaftsschule mit dem entsprechenden Betrieb. Dieser ist geblieben, das gesamte Land rundherum gehört dazu. Ich habe einen Freund, der dort oben unterrichtet. Er meint, es sei der Arbeitsplatz mit der schönsten Aussicht in ganz Langenthal.«

Stefania nickte anerkennend, Hugi drückte die Zigarette aus und wickelte den Stummel in ein Papiertaschentuch, das er in seine Manteltasche gleiten ließ.

»Sehr mysteriös, diese Schubert-Geschichte. Aber weshalb erzählst du mir das alles – einem pensionierten Beamten?«

Stefanias Gesicht hellte sich auf. Ein vielsagender Triumph lag in ihrem Blick. »UP, jetzt kommt der Clou. Da wir über die Schubert nichts Konkretes herausfanden, ordneten wir einen DNA-Vergleich an. Ohne große Hoffnung, aber man kann nie wissen. Und tatsächlich gab es einen Treffer in unserer Datenbank.«

»In *eurer* Datenbank?« Hugi stoppte abrupt, wovon Stefania überrascht wurde. »Das heißt also, dass die Schubert unter falschem Namen in Deutschland gelebt hat? Und dass sie bereits einmal mit euch zu tun gehabt hat?«

Sie drehte sich zu ihm um. »Du hast richtig gehört. Persönlich mit uns zu tun hatte sie allerdings nur indirekt.«

»Das ist ja ein Ding.«

»Ein Kracher«, bestätigte Stefania. »Wie Kristina Schubert aber zu ihrem neuen Namen kam und wo sie sich zuvor aufgehalten hat, ist uns immer noch ein Rätsel. Wir konnten keine Spuren ihres vorherigen Lebens ausfindig machen. Auch die deutschen Kollegen tappen im Dunkeln. Aber du wirst gleich noch mehr staunen, UP.«

»Spann mich nicht auf die Folter.«

Sie lief weiter, sodass er die wenigen Schritte Distanz zu ihr aufholen musste.

»Es-ther Kauf-mann«, verriet sie, wobei sie jede Silbe einzeln betonte. »Unter diesem Namen ist die Tote in unserer Datenbank registriert.«

Hugi legte die Stirn in Falten. »Der Name kommt mir bekannt vor.«

»Sollte er auch. Du warst damals in die Ermittlungen involviert.«

Er sagte den Namen leise ein paarmal vor sich hin. Schüttelte resigniert den Kopf. »Ich komme nicht drauf.«

»Ich gebe dir eine kleine Hilfestellung: Roggwil.«

Hugis Gesicht hellte sich sogleich auf. »Tatsächlich, Esther Kaufmann. Das verschwundene Mädchen aus Roggwil. Das ist doch mindestens zehn Jahre her.«

»16, um genau zu sein. 2008 wurde sie von ihren Eltern als vermisst gemeldet. Du hast damals die Ermittlungen geleitet. Ein Verbrechen wurde nicht ausgeschlossen, aber es gab keine Hinweise darauf. Man ließ die Sache fallen. Die junge Frau war 20 Jahre alt. Volljährig. Durfte also hingehen, wo sie wollte.«

»Und das hat sie wohl auch getan. Davon waren wir überzeugt. Aber es gab eine unschöne Wendung. Nun erinnere ich mich wieder.«

Sie überquerten die St. Urbanstrasse, betraten einen Spazierweg und näherten sich wieder der Langete. Weit hinten, zu ihren Rechten, befand sich der Fundort der Leiche.

Hugi sinnierte weiter: »Der Gemeindepräsident wurde beschuldigt, sich an ihr vergangen und sie getötet zu haben. Doch es gab keine konkreten Hinweise. Teile der Bevölkerung haben trotzdem eine unschöne Hetzkampagne gegen

ihn gestartet. Bis er sich schließlich aufgehängt hat. Die
Unruhestifter betrachteten dies als Schuldeingeständnis.«

»Nun, es sieht so aus, als ob wir uns mit den Ereignissen von damals wieder befassen müssten. Und da du an
den Untersuchungen beteiligt warst …« Sie schielte zu
ihm herüber. »UP, habe ich da etwa ein feines Grinsen in
deinen Mundwinkeln entdeckt?«

Hugi setzte ein Pokerface auf und blickte geradeaus.
»Stefania, da hat dich wohl die Sonne geblendet.«

Stefania Russo

Die Sonne geblendet! Blödsinn!

Das kann der gute UP seiner Großmutter erzählen.
Seine schauspielerischen Fähigkeiten halten sich nämlich
in Grenzen.

Das feine Grinsen, das Zucken im Augenwinkel, die
Stimme, die etwas rauer wird.

Alles Anzeichen dafür, dass er Witterung aufgenommen
hat. Ich bin sicher, in seinem Kopf hat er bereits eine Pen-
denzenliste erstellt, die er akkurat abarbeiten wird.

Aber nach außen bleibt er cool, natürlich.

Und trotzdem hat er bereits seine ersten Schritte mit
mir geteilt: Die Familie Kaufmann ist sein erstes Ziel, auch

wenn er mit gemischten Gefühlen an diesen Besuch herangeht.

Ich kenne das – seine Taktik hat er nicht geändert. Zunächst das enge Umfeld des Opfers abchecken und von dort aus anschließend die Kreise erweitern.

Hoffentlich macht er das diskret, denn Staatsanwalt Nydegger habe ich über die Hinzunahme von UP nicht informiert.

Alles muss er nicht wissen …

ELF

Die alte Holztreppe knarrte, als Urspeter Hugi seinen Fuß darauf setzte. Splitter ragten aus dem dunklen Holz, das von hellen Furchen durchzogen war. Nichts für Barfüßer, dachte er, während er die Stufen hochstieg.

Diese Begegnung war unumgänglich für ihn. Verursachte ein flaues Gefühl im Magen, als er den balkonartigen Eingangsbereich erreicht hatte, auf dem eine Menge Plunder herumlag. Neben der Tür stand ein Schuhregal mit Stiefeln und Wanderschuhen, daneben ein Katzenkorb mit einer verblichenen, karierten Decke, auf der eine schwarze Mieze lag und ihn neugierig anstarrte.

Das alte Gebäude am Kilchweg hätte eine gründliche

Renovierung gut vertragen können. Der Putz löste sich von den Wänden, das Holz hätte dringend geschliffen und gebeizt werden müssen. Nichts hatte sich in den 16 Jahren verändert, seit Hugi zum letzten Mal hier gewesen war.

Auch die Frau, die ihm kurz nach dem Klingeln öffnete, schien, außer dem inzwischen schlohweißen Haar und den Falten im Gesicht, immer noch die gleiche zu sein. Sie trug einen altmodischen Rock, ihre Füße steckten in verfilzten Pantoffeln, und die Haare waren zu einem Dutt hochgebunden. Durch dieses altertümliche Auftreten wirkte sie gut zehn Jahre älter, als sie tatsächlich war. Mit einer gütigen Miene, die die Verzweiflung dahinter allerdings nicht ganz verstecken konnte, musterte sie ihren Besucher, bevor sie wissend nickte.

»Grüß Gott, Herr Hugi.«

Es verschlug ihm tatsächlich für einen Moment die Sprache. Dass sie sich noch an seinen Namen erinnerte!

»Bitte, kommen Sie doch herein.«

Er betrat einen dunklen Korridor, der Boden aus Holzbrettern, die Wände in einem verblichenen Gelb. Auch hier: Genau so, wie er es in Erinnerung hatte. Die Katze war inzwischen aufgestanden und ihm in die Wohnung gefolgt. Miauend huschte sie an ihm vorbei und verschwand vorne links. Hugi wusste, dass sich dort die Küche befand, die, wenn auch dort nichts verändert worden war, gefühlt aus dem vorletzten Jahrhundert stammte.

Marianne Kaufmann ging Hugi voraus, bog nach rechts in die Wohnstube und blieb hinter der Tür stehen. Der Raum war äußerst spartanisch eingerichtet. Links ein dunkelgrüner Kachelofen, auf dessen schwarzer Sitzfläche eine karierte Decke lag. Das gleiche Material wie im Katzenkorb. Daneben stapelte sich das Altpapier. Auf dem alten, ovalen Holztisch lag eine Häkeldecke, die einmal blütenweiß gewesen sein musste. Eine dunkelrote Kerze brannte, daneben stand ein Rahmen mit dem Foto ihrer toten Tochter Esther. Alles war sauber aufgeräumt, kein Vergleich zum chaotischen Eingangsbereich.

Der Mann, der sich nun erhob – ganz in Schwarz gekleidet, ein altmodisches Brillengestell auf der Nase –, musste ihr Sohn David sein. Vor ihm lag eine große Bibel, auf deren vergilbten Seiten einige Passagen angestrichen waren.

»David«, sagte Marianne Kaufmann, »das ist Herr Hugi. Er hat damals Esthers Verschwinden untersucht.«

Der Angesprochene schüttelte stumm Hugis Hand. Setzte sich wieder hin und vertiefte sich erneut in die Heilige Schrift.

»Ich hole rasch Christoph«, meinte Marianne. »Er musste sich für einen Moment hinlegen. Ihn haben die Ereignisse am meisten mitgenommen, müssen Sie wissen.«

Sie verschwand hinter einer Tür neben dem Sitzofen, und Hugi setzte sich gegenüber von David an den Tisch. Dieser schien ihn nicht zu beachten. Er las still in der Bibel, nur die Lippen bewegten sich.

Es entstand eine unangenehme Stille, die Hugi nach ein paar Minuten nicht mehr aushielt.

»Mein Beileid zum Tod Ihrer Schwester«, sagte er zu seinem Gegenüber.

David hob kurz den Kopf, nickte und las weiter.

So war Hugi erleichtert, als Marianne endlich zurückkehrte, ihren Mann im Schlepptau. Christoph Kaufmann sah fürchterlich aus. Das zerknitterte Hemd war halb aufgeknöpft. Darunter trug er ein weißes Unterhemd mit einem Kaffeefleck und einem Loch. Die verschlissenen ockerfarbenen Cordhosen waren ihm zu weit und hingen an Hosenträgern um seine Hüfte. Einer der Träger war über die Schulter gestreift, der andere hing hinunter. Die wenigen Haare standen wirr vom Kopf ab, und Bartstoppeln sprossen aus seinen Wangen. Seine graublauen Augen wirkten matt und trüb. Hugi hatte den Eindruck, dass es ihm schwerfiel, sich auf den Beinen zu halten. Vielleicht hatte er ein Schlafmittel eingenommen.

Ohne Hugi zu begrüßen, ließ er sich auf den Sitzofen fallen. Als er einen Blick auf Esthers Foto warf, lief ihm eine Träne über die Wange, die er sogleich wegwischte.

»Du hättest ihn schlafen lassen sollen«, meinte David vorwurfsvoll, der inzwischen das Bibelstudium aufgegeben hatte.

»Schon gut.« Christoph winkte mit einer schwachen Handbewegung ab und fuhr sich anschließend durch die Haare. Seine Müdigkeit war unübersehbar, was Hugis Annahme zu bestätigen schien. »Ich kann mich ja gleich wieder hinlegen.«

»Papa, du brauchst Ruhe. Niemandem ist geholfen, wenn du dich so quälst.« Bei diesen Worten warf David Hugi einen vorwurfsvollen Blick zu.

»Ich will Sie nicht lange aufhalten«, meinte Hugi und strich mit dem Finger über die Tischkante. »Ich bin hier, um Ihnen mein aufrichtiges Beileid zum Verlust Ihrer Tochter und Schwester auszudrücken.«

David rümpfte die Nase. Er stand ruckartig auf und drehte sich zum Fenster, wo er stehen blieb und mit auf dem Rücken verschränkten Armen nach draußen starrte.

»Vielen Dank, Herr Hugi. Gott segne Sie. Es ist sehr aufmerksam von Ihnen, dass Sie bei uns vorbeischauen. Sie haben sich damals sehr bemüht, Esther zu finden.«

Es war offensichtlich, dass Marianne das Verhalten ihres Sohns peinlich war.

»Leider erfolglos«, erwiderte Hugi.

Christoph hatte sich inzwischen an die Kacheln gelehnt und die Augen geschlossen. Aus seinem Mund drang ein kehliges Schnarchen. Seine Frau stupfte ihn kurz an. »Nimm dich doch bitte zusammen, Christoph. Wir haben Besuch.«

Ein Schnauben war vom Fenster zu hören.

Der Mann schaute verwirrt zu Hugi, als ob er ihn zum ersten Mal sehen würde, und meinte schließlich: »Sind Sie der Schroter von damals?«

»Christoph!« Marianne kniff ihn in den Oberarm. »Sie müssen ihn entschuldigen, Herr Hugi. Er weiß nicht, was er sagt. Es geht ihm sehr schlecht, wie Sie sehen.«

»*Es geht ihm sehr schlecht*«, äffte David sie kopfschüttelnd nach und drehte sich um. Bedachte Hugi mit einer abschätzigen Geste und verließ die Wohnstube.

Marianne ließ sich erschöpft auf den verlassenen Stuhl nieder. Sie strich über die gelben Seiten der Bibel. »David ist sonst nicht so. Esthers Tod hat ihm schwer zugesetzt. Er hat nie geglaubt, dass sie damals umgekommen ist, und hat ständig gehofft, sie wiederzusehen.«

»Sie auch?«

Sie sah von der Bibel hoch und schaute ihm direkt in die Augen. »Ich wusste, dass der Herr seine schützende Hand über sie hält, egal, wo sie sich befindet.«

Das hat ihr nichts genützt, dachte Hugi zynisch, verkniff sich jedoch die Bemerkung.

»Jetzt ist sie bei ihm«, fuhr Marianne fort. »Er hat sie in seine Arme genommen. Das spendet mir großen Trost.«

»Sie ist umgebracht worden«, warf Hugi ein. Er musste

nun doch etwas entgegensetzen. »Wollen Sie nicht wissen, wer das getan hat?«

»Die Wege des Herrn sind manchmal unergründlich, Herr Hugi. Wir verstehen sie nur oft nicht. Aber er weiß, was er tut. Er hat für alles seine Gründe. Und er wird auch Esthers Mörder vergeben. Er liebt alle Menschen, was immer sie getan haben. Auch den Verbrechern lässt er seine Fürsorge zukommen.«

»Was auch immer.« Hugi wollte darauf nicht eingehen. »Es ist unsere Pflicht, die Tat aufzuklären. Und vielleicht können Sie uns dabei helfen.«

»Wissen Sie«, Marianne hatte den Kopf wieder über die Bibel gesenkt, »ich habe jeden Tag für sie gebetet. Dass es ihr gutgeht. Dass sie glücklich ist. Und anscheinend hat der Herr mein Bitten erhört. Er hat auf sie geschaut, trotz ihrer Verfehlungen. Sie konnte ihren Glauben nicht offen zeigen, aber tief in ihrem Herzen hat sie gefühlt, dass Gott für sie da ist. Er hat ihr den Weg gezeigt, den er für sie vorgesehen hatte. Auch wenn das für uns unverständlich und schmerzhaft war. Doch wir haben es akzeptiert. Nun hat er sie endgültig zu sich geholt. Und auch das hat eine weit voraussehende Bedeutung, die wir nicht verstehen können. Er hat sie erlöst und ihr vergeben. Das wird er auch mit der Person machen, die ihr das angetan hat.«

Hugi wurde unruhig; ein grollender Zorn stieg langsam in ihm hoch. Meinte sie das, was sie da von sich gab, wirklich so? Wie konnte eine Mutter auf diese Art von jemandem sprechen, der ihr Kind getötet hatte?

Ein lautes Schnarchen erklang vom Ofen. Christoph war eingeschlafen. Sein Körper neigte sich gefährlich zur Seite, sodass Hugi aufsprang und ihn aufrecht rückte. Erschrocken schlug Christoph die Augen auf, sah sich um und fuhr sich mit der Hand über den Mund. Ein Tropfen Speichel blieb im Winkel hängen.

»Ich muss mich hinlegen«, meinte er. Hugi half ihm aufzustehen und führte ihn in den hinteren Raum, der ebenfalls sehr einfach eingerichtet war. Ein Schrank, eine Kommode, ein Bett. Darüber ein großes Kreuz.

Hugi legte seinen Arm um Christophs Körper. Dessen Gewicht war gering. Ein Arztbesuch wäre nicht verkehrt, dachte er, als er ihn aufs Bett gleiten ließ und die Beine auf die Decke hob. Der Mann drehte sich zur Seite und schlief sofort ein. Hugi betrachtete die schmale Gestalt. Er erinnerte sich, wie resolut der Vater damals, vor 16 Jahren aufgetreten war und die Polizei beschuldigt hatte, ihre Arbeit nicht gründlich zu erledigen.

Christoph Kaufmann war bloß noch ein Schatten seiner selbst.

Als Hugi in die Wohnstube zurückkam, saß Marianne unverändert da und blickte in die Kerzenflamme. »Sie hat es nun gut«, murmelte sie. »Sie ist bei ihm.«

Hugi dachte ans Verabschieden, doch die Frau schien ihn gar nicht mehr wahrzunehmen.

Hier würde er nichts mehr erfahren. Zumindest im Augenblick. Er zog einen weiteren Besuch in Erwägung. Später.

So verließ er den Raum. Vor der Haustür saß die Katze und drehte ihr Köpfchen zu ihm. Sie folgte ihm, als er nach draußen trat, und als er die Tür leise ins Schloss zog, lag sie bereits wieder im Körbchen und leckte mit der Zunge über ihre Vorderpfoten.

Unten angekommen entdeckte er David auf einer Bank, die an der Breitseite des Hauses stand. Starrte auf den Garten, dessen leere Beete aufs Frühjahr warteten. In den zitternden Händen hielt er eine Zigarette, die er nicht angezündet hatte. Hugi setzte sich neben ihn. Gab ihm Feuer.

»Danke«, flüsterte David kaum hörbar und nahm einen tiefen Zug.

»Ihre Mutter ist sehr gütig«, meinte Hugi. »Sie vergibt sogar Esthers Mörder.«

»Er soll in der Hölle schmoren«, zischte David.

»Die scheint es für ihre Mutter nicht zu geben.«

Er sah kurz zu Hugi und starrte dann wieder geradeaus. Verfolgte mit den Augen den Rauch seiner Zigarette.

Hugi wusste, dass er Theologie studiert hatte und in irgendeinem kleinen Dorf eine Kirchgemeinde leitete. Der Einfluss der Eltern hat auf ihn abgefärbt. Ganz anders als bei Esther.

»Mutter steht völlig neben sich. Das haben Sie ja gesehen. Und mein Vater kommt überhaupt nicht mehr aus dem Bett.«

»Und Sie? Wie gehen Sie damit um?«

»Was kümmert Sie das?«, fuhr er Hugi an.

»Nichts, da haben Sie recht. Aber ich sorge mich um den Zustand Ihrer Eltern. Und auch um Sie. Ihr Vater müsste unbedingt zu einem Arzt.«

Wütend stand David auf, warf die Kippe weg und sah auf Hugi herunter.

»Wissen Sie was? Kümmern Sie sich um Ihren eigenen Kram und finden Sie heraus, wer Esther das angetan hat. Wir können für uns allein sorgen.«

»Für einen Pfarrer finde ich Ihr Verhalten etwas befremdlich«, entgegnete Hugi.

Doch David hatte seine Worte nicht mehr gehört. Mit energischen Schritten war er um die Ecke verschwunden. Hugi hörte nur noch das Ächzen der Treppe.

ZWÖLF

»Merkwürdige Spaghetti hast du zubereitet, Maestro Hugi«, grinste Danash und hielt dabei ein Weizentortilla in der Hand.

Sie befanden sich in Hugis Wohnung, wohin er das Ermittlungsteam zum Essen eingeladen hatte.

»Hab ich was verpasst?« Naomi Vogt sah erstaunt hoch und griff nach einem bauchigen Weinglas. Wie immer trug sie schwarze Kleider, und durch ihren dunklen Pixie-Bob zogen sich ausnahmsweise keine farbigen Locken. Dafür hatte sie sich knallroten Lippenstift aufgetragen, der ihren blassen Teint noch stärker zur Geltung brachte. Die Brille mit dem markanten schwarzen Gestell hatte Hugi noch nie an ihr gesehen, und er fragte sich ohnehin, ob Naomi tatsächlich eine Sehschwäche hatte oder ob die Gläser ein rein modisches Accessoire waren.

Stefania hatte Hugi nach dem gemeinsamen Spaziergang eine Kopie der Akten von 2008 ausgehändigt und ihn gebeten, einen Blick darauf zu werfen, um ihr Team anschließend zu briefen.

»Kein anderer weiß besser Bescheid über die Geschehnisse von damals«, hatte sie gemeint.

Und so war er euphorisiert in seine Wohnung zurückgekehrt, hatte sich in den Bericht vertieft. Vergangene Erlebnisse und Begegnungen kamen wieder an die Oberfläche. Zufrieden stellte er fest, dass sein Erinnerungsvermögen noch immer ausgezeichnet war.

Er war wieder im Spiel! Das Schicksal hatte es gut mit ihm gemeint.

Esther Kaufmann.

Tochter von Christoph und Marianne. Ein jüngerer Bruder, David. Sehr gläubige Familie. Esther war das schwarze Schaf, das sich um alle Regeln foutiert hatte. Hatte immerhin die Matur abgeschlossen und sich für ein Psychologiestudium an der Uni Bern immatrikuliert. Im Herbst hätte sie das Studium begonnen. Die Eltern hatten sie im August 2008 als vermisst gemeldet. Zuletzt gesehen am Dorffest, gemeinsam mit dem Gemeindepräsidenten, Armin Bernhard. Dieser hatte zu Protokoll gegeben, dass er mit dem Mädchen herumgeknutscht habe. Nicht mehr, es war dem Alkohol geschuldet, hatte er gemeint. Danach war Esther wie vom Erdboden verschwunden.

Und nun wieder aufgetaucht – als Leiche. Neue Frisur und Haarfarbe. Wohl auch der eine oder andere kosmetische Eingriff war vorgenommen worden. Die 16 Jahre hatten außerdem ihre Spuren hinterlassen.

Hugi hatte Stefania vorgeschlagen, das Team zu sich nach Hause einzuladen, um ihnen von den Ermittlungen im Jahr 2008 zu erzählen. Der Spaghettiplausch, den er Danash bei seinem Besuch auf dem Posten angekündet hatte, musste ins Wasser fallen. Er hatte Zeit benötigt, um sich mit den Fakten erneut vertraut zu machen. So hatte er Teresa gebeten, für den Abend ein opulentes Fajitas-Büffet zusammenzustellen, was diese mit Freude in Angriff genommen hatte.

Nun saßen sie zu fünft an Hugis mächtigem Holztisch im Wohnzimmer und füllten sich die Tortillas mit saurer Sahne, Guacamole, scharfer Salsa, Käse und Tomaten. Außerdem hatte Teresa je eine Pfanne mit Rind- und Hähnchenstreifen sowie Garnelen vorbereitet. Für das leibliche Wohl war also hervorragend gesorgt.

»Ihr habt somit dazu tendiert, dass das Mädchen von zu Hause weggelaufen ist?«, fragte Alain Bärtschi, wie immer in seiner Standardkleidung: Jeans, Veston und weiße Sneakers. Das Jackett hatte er allerdings ausgezogen und über die Stuhllehne gehängt. Der Schweiß lief ihm von der Stirn, während er bereits die zweite Teigrolle verdrückte. Heute war er ausnahmsweise besonders gesprächig.

»Das ist so«, bestätigte Hugi. »Es gab jedoch auch Indizien, die dagegensprachen. So wurde zum Beispiel ihre Kreditkarte nach dem Verschwinden nie mehr benutzt. Auf ihrem Konto lag eine sehr bescheidene Summe, die unangetastet blieb. Trotzdem waren wir der Meinung, dass Esther ihr Zuhause freiwillig verlassen und sich ins Ausland abgesetzt hatte.«

»Und davon können wir nun mit Sicherheit ausgehen«, warf Naomi ein.

»Mit Bestimmtheit«, antwortete Stefania und rieb über den Rand des Weinglases. Die Haare hatte sie zusammengebunden, eine einzelne Locke fiel ihr in die Stirn. Der einzige Farbtupfer zu ihren schwarzen Kleidern heute war ein buntes Halstuch. »Sie muss die Grenze ziemlich rasch überquert haben. In der Schweiz wäre sie bestimmt gefunden worden.«

»Die digitale Technik war damals noch weit weg vom heutigen Stand«, warf Danash ein. »Das erste iPhone war erst ein Jahr zuvor auf den Markt gekommen.«

»Was außerdem gegen ein freiwilliges Verschwinden gesprochen hat: Es konnte niemand bestätigen, dass in ihrem Schrank Kleider fehlten, die sie mitgenommen haben könnte. Wahrscheinlich nicht, da er sehr voll war. Ihre Lieblingskleidungsstücke waren jedenfalls noch da«, fuhr Hugi fort. »Das gilt auch für sämtliche Koffer. Es wurde gesucht und ermittelt, ohne brauchbare Resultate. Die Dorfbewohner haben bei der Suche tüchtig mitgeholfen. Bei uns hat sich relativ rasch der Verdacht erhärtet, dass Esther von zu Hause weggelaufen war. Ihre Eltern wehrten sich vehement gegen diese Vermutung. Niemals würde ihre Tochter sie verlassen, ohne ihnen etwas zu sagen, meinten sie. Sie waren überzeugt, dass Esther einem Verbrechen zum Opfer gefallen war. Eine Gruppe der Roggwiler Bevölkerung teilte diese Ansicht. Als die Suche nach mehreren Tagen erfolglos verlief, kippte die Stimmung. Armin Bernhard wurde zur Zielscheibe dieser Gruppierung. Schließlich hatte er mit dem Mädchen, das fast 30 Jahre jünger war, herumgemacht, wie er es ausdrückte. Schon dieser Fakt war ungeheuerlich. Aber nicht strafbar.«

»Wieso hätte Esther ihrem Zuhause den Rücken kehren sollen?« Danash leckte sich die Finger.

»Sie stand in permanentem Konflikt mit dem Elternhaus. Vater und Mutter sind gläubige Christen mit einem Hang zu extremen Ansichten. Ihr zweites Kind, David, passte sich der Lebensweise der Eltern an und studierte später Theologie. Esther hingegen hatte sich gegen ihre Eltern aufgelehnt, wo sie nur konnte. Alkohol, Zigaretten und Männer.«

»Männer?« Naomi runzelte die Stirn.

»Es wurde gemunkelt, dass sie sich mit Vorliebe an ältere Männer herangeschmissen habe und sich für die Dienste hat bezahlen lassen.«

»Das ist belegt?«, wollte Stefania wissen.

Hugi schüttelte den Kopf. »Es gab logischerweise niemanden, der zu diesen Gerüchten konkret Stellung bezogen hätte. Außer Armin Bernhard, der zugegeben hat, auf dem Dorffest mit ihr mehr als nur geflirtet zu haben. Es blieb ihm gar nichts anderes übrig, als das Techtelmechtel zu gestehen. Er war mit Esther schäkernd im Barzelt gesehen worden.«

»Das hätte er besser nicht getan.« Alain schüttelte den Kopf. Er reckte die Arme in die Luft, wobei riesige Schweißflecken unter den Achseln zum Vorschein kamen. Es war heiß in der Wohnung, wie Hugi feststellte. Er stand auf und stellte das Fenster schräg. Alain nickte ihm dankbar zu und fuhr fort: »Ich meine das Flirten *und* das Gestehen. Er wollte wohl ehrlich sein. Aber vielleicht würde er heute noch leben ...«

»Er war dem Druck nicht gewachsen und hat sich auf dem Dachboden aufgehängt«, erklärte Stefania.

»Krass!« Danash legte seine Weizenrolle auf den Teller zurück. »Und das wegen ein paar Wutbürgern, die glaubten, alles besser zu wissen als die Polizei?«

»Nun.« Hugi lehnte sich zurück und rieb sich das Kinn. »Ich habe die Hetzjagd gegen den Gemeindepräsidenten nur am Rande mitbekommen. Es schien sehr wüst zugegangen zu sein. In alle Roggwiler Briefkästen wurde eine Hassschrift verteilt, die übelste Anschuldigungen gegen Bernhard auflistete. Dazu muss man wissen, dass er allgemein eine Schwäche für junge Frauen hatte. Als er sich dann erhängte, mussten wir harsche Beschuldigungen aus Roggwil einstecken. Wieso die Polizei nie in diese Richtung ermittelt habe. Nun sehe man, was herausgekommen sei. Und die armen Eltern wüssten nicht einmal, wo der Unhold die Leiche hingeschafft habe. Können sich nicht von ihrer Tochter verabschieden. Ein Skandal sei das!«

»Und das war's dann?« Danash stützte den Kopf auf die Hände. Er hatte aufmerksam zugehört.

»Na ja.« Hugi entkorkte eine neue Weinflasche. »Für uns war mit Bernhards Selbstmord die Suche nach Esther Kaufmann natürlich nicht abgeschlossen. Es gab keinen Abschiedsbrief von Bernhard, kein Schuldeingeständnis. Wir vermuteten damals, dass sein Selbstmord eine Kurzschlussreaktion war, ausgelöst durch den gewaltigen Druck, der auf ihm lastete. Die Fahndung nach der jungen Frau verlief schließlich im Sand. Esther war, wie gesagt, volljährig und konnte tun und lassen, was sie wollte. Und ohne Leiche – kein Verbrechen. Wenigstens wissen wir nun, dass unsere Vermutung richtig war.«

»Und niemand hat sich gemeldet, der Esther auf ihrer Flucht gesehen hatte? Sie muss doch öffentliche Verkehrsmittel benutzt haben. Oder sie hat getrampt. Dann müsste sie Autofahrern aufgefallen sein.« Alain kostete vom neuen Wein und nickte Hugi zu.

»Die Ermittlungen haben nichts ergeben. Und natürlich kann trotzdem ein Verbrechen geschehen sein, eine Vergewaltigung durch den Gemeindepräsidenten zum Beispiel, die Esther in ihrem Bestreben fortzulaufen bestärkt hat. Das wissen wir nicht. Wie Stefania bereits erwähnte, muss sie sich sehr rasch aus der Schweiz abgesetzt haben, wahrscheinlich nach Amerika, Ozeanien oder Asien. Vielleicht mit einem Frachtschiff, als blinde Passagierin oder als Handlangerin für freie Fahrt und Logis. Die Fluglisten sind wir durchgegangen. Ihr Name tauchte nirgends auf. Dass sie bereits damals einen falschen Pass besessen hat, erscheint mir unrealistisch.«

»Aber benötigte sie nicht Geld, um ihren Plan zu finanzieren?«, wunderte sich Danash.

»Hast du UP nicht zugehört?«, tadelte ihn Naomi. »Sie hat sich für ihre Schäferstündchen bezahlen lassen.«

»Sie hat sich prostituiert?« Danash warf einen Blick zu Hugi.

Dieser hob abwehrend die Hände. »Wir wissen nichts Konkretes. Das ist Getratsche von damals, vielleicht nur üble Nachrede. Aber du hast natürlich recht.« Er bedachte Danash mit einem anerkennenden Blick. »Sie hat Geld gebraucht, und wir wissen nicht, woher sie das hatte.«

»Nun gut, UP.« Stefania reckte sich. »So weit die Vergangenheit. Und nun? Was denkst du über die Ermordung von Esther Kaufmann alias Kristina Schubert?«

»Versetze dich in die Lage von Armin Bernhards Familie. Der Vater wird in aller Öffentlichkeit eines Verbrechens beschuldigt. Man setzt ihm so zu, dass er keinen Ausweg mehr sieht, als sich das Leben zu nehmen. Und dann taucht das vermeintliche Opfer viele Jahre später quicklebendig wieder auf. Was löst das in der Familie Bernhard aus? Kürt sie Esther Kaufmann zum Hassobjekt Nummer eins?«

»Nicht nur die Familie!« Naomis Miene verdüsterte sich. »Alle Roggwiler, die gegen Bernhard gehetzt hatten, kommen sich bestimmt verschaukelt vor.«

»Jemand hat sie wiedererkannt!«, rief Danash.

Hugi nickte. »Wenn der Mord wirklich etwas mit den Ereignissen von 2008 zu tun hat, dann gehe ich stark davon aus. Aber vielleicht suchen wir auch in die komplett falsche Richtung. Esther Kaufmann taucht elf Jahre nach ihrem Verschwinden in Stuttgart auf. Unter falschem Namen. Mit falschen Dokumenten. Was hat sie in diesen elf Jahren gemacht? Wo hat sie sich aufgehalten?«

»Ich fürchte, darauf werden wir keine Antworten erhalten, UP.« Stefania schüttelte resigniert den Kopf. »Wenn ihr es damals nicht geschafft habt, etwas über ihre Flucht zu erfahren, so werden wir auch heute nicht dahinterkommen.«

»Da teile ich deine Meinung. Diese Zeitspanne wird ein schwarzes Loch in euren Ermittlungen bleiben.«

»Du sagst *euren* Ermittlungen, UP.« Stefania beugte sich über den Tisch. »Dürfen wir nicht weiterhin auf deine Hilfe zählen?«

Hugi strahlte. »Ich werde mich in den nächsten Tagen in Roggwil herumhören.«

DREIZEHN

Am nächsten Tag wäre Hugi am liebsten im Bett geblieben. Das letzte Glas Rotwein muss das eine zu viel gewesen sein, dachte er grimmig, während in seinem Schädel ein Schmied auf einen Amboss einschlug. Stöhnend rappelte er sich hoch und vergrub sein Gesicht in den Händen. Zorro saß vor ihm auf dem Boden und starrte ihn mit kugelrunden Augen an.

»Manchmal ist Papa ein richtiger Hohlkopf«, sagte er zum tierischen Kater, während der andere aufgrund von Wassermangel in seinem Körper unerbittlich tobte.

Hugi blickte auf und starrte eine Weile vor sich an die Wand. Als er das Haupt senkte, um Blickkontakt mit Zorro aufzunehmen, schlugen die Blitze erneut unerbittlich ein.

Ächzend erhob er sich, schleppte sich durch den Korridor – der ihm unendlich lang vorkam – ins Bad und entnahm dem Spiegelschrank eine Packung Paracetamol.

Dann fütterte er das Tier mit Ach und Krach – nur nicht den Kopf senken, sauber in die Knie gehen und dabei geradeaus schauen!

Der Holztisch im Wohnzimmer war mit Geschirr vollgestellt, in der Spüle stapelten sich Schüssel und Teller. Hugi hatte es gestern vorgezogen, so rasch wie möglich das Schlafzimmer aufzusuchen, anstatt das Gröbste aufzuräumen.

Er setzte sich in den Sessel vor einer Wandverkleidung aus beigem Naturstein und beobachtete den Kater, der gierig seinen Futternapf leerte.

Zum Glück ist heute Samstag, dachte Hugi – als ob das bei einem Rentner eine Rolle spielen würde. Im nächsten Augenblick keuchte er entsetzt auf.

Ja, heute war Samstag, und für heute, am späten Nachmittag, hatte er sich mit Tanja in Solothurn verabredet.

»Ach, mein Kleiner, hast du's gut«, sagte er jammernd zu Zorro, der inzwischen seine Ration gefuttert und sich vor dem Schrank mit der Katzennahrung niedergelassen hatte, um Hugi darauf hinzuweisen, dass ein Nachschlag keine schlechte Idee wäre. »Du bist ein Fressmonster!« Er stemmte die Hände auf die Oberschenkel, ignorierte Zorros Mauzen und entschied, dass eine lange Dusche die einzig veritable Alternative in diesem Moment war.

Und tatsächlich fühlte er sich danach besser – was den Zustand seines Körpers, aber auch seine Laune betraf. Er beschloss, einen Spaziergang zu unternehmen, um den Kopf tüchtig durchzulüften. Außerdem würde er es nicht aushalten, zu Hause herumzusitzen, bis er nach Solothurn fahren konnte. Schon jetzt breitete sich kribbelnde Nervosität in ihm aus.

Er passierte linker Hand das Krankenhaus und bog beim Fußballplatz Rankmatte auf den Kiesweg ein, der entlang der Langete Richtung Roggwil führte. Dieselbe Strecke, die er bereits vor einigen Tagen genommen hatte, als er den Ermittlern am Tatort begegnet war.

Dichter Nebel lag bodentief über den Feldern und verschluckte zur Umgebung auch sämtliche Geräusche; die Stimmung passte zu Hugis nachdenklichem Voranschreiten. Etwas Sonnenschein hätte ihm das Herz für das Rendezvous heute Abend in Solothurn gewärmt und ihm gutgetan.

Es ist, wie es ist, dachte er, verschränkte die Arme auf dem Rücken – »So siehst du aus wie ein Lehrer«, hatte Judith ihn ständig aufgezogen – und drosselte sein Tempo. Er wollte es sachte angehen. Nicht außer Atem kommen. Die Zeit draußen nutzen, um sich Gedanken über die Ereignisse vor 16 Jahren zu machen.

Eine dunkle Gestalt schälte sich aus dem Nebel. Erst im letzten Moment erkannte Hugi Frau Debrunner, seine Nachbarin aus dem ersten Stock. Ihr schien es genau gleich zu ergehen. Sie hielt abrupt an. Legte sich eine Hand auf die Brust und atmete tief durch.

»Jetzt bin ich tatsächlich erschrocken«, meinte die Frau – Mitte 70, schätzte sie Hugi. »Ich habe Sie gar nicht kommen hören. Plötzlich steht ein großer Mann vor mir, und dann sind Sie es, Herr Hugi.«

Er sprach ein paar beruhigende Worte, bestärkte sie, es sei ihm gleich ergangen, zumal er mit dem Kopf anderswo gewesen sei.

»Seltsam, durch den Nebel zu wandeln«, gab sie frei

nach Hermann Hesse wieder. »Niemand kennt den anderen, ein jeder ist allein.«

»Da sprechen Sie ein wahres Wort«, stimmte Hugi zu. »Ein wundervolles Gedicht. Ich musste es damals in der Schule auswendig lernen und habe es gehasst, das können Sie mir glauben. Ich brachte es einfach nicht in meinen Schädel hinein. Doch heute habe ich es in mein Herz geschlossen.«

»Wem sagen Sie das.« Frau Debrunner strahlte. Sie wohnte allein in ihrer Wohnung, ihr Mann war ein Jahr nach seiner Pensionierung gestorben. Und sie war immer dankbar für einen Schwatz.

UP, da musst du durch, dachte Hugi und stellte sich auf Small Talk ein. Er musste feststellen, dass es ihm schwerfiel, dem unstrukturierten Geplapper seiner Nachbarin zu folgen. Viel zu viel ging ihm durch den Kopf. Die Verabredung, seine Gedanken zu den Ermittlungen.

So beschränkte er sich auf zustimmendes Nicken und kurze Bemerkungen zu Frau Debrunners Monolog über ihre Gebrechen, die ihr in dieser Jahreszeit und bei solchen Wetterverhältnissen besonders zu schaffen machten.

Und dann war der Gedanke plötzlich da.

Natürlich! Himmeldotter!

Hugi trat nervös von einem Bein aufs andere, während seine Nachbarin fortlaufend intensiv auf ihn einredete. Über die kreischenden Kinder in der Nachbarschaft, die ihre Nachmittagsruhe störten. Über den Gärtner, der ihrer Meinung nach viel zu häufig vorbeikam und somit unnötige Kosten für die Stockwerkeigentümer verursachte.

Ungeduldig hörte Hugi ihr zu. Versuchte vergeblich, zwischen ihre Sätze hineinzugrätschen. Schließlich konnte er sich nicht mehr zurückhalten. »Frau Debrunner, es tut mir leid. Ich muss unbedingt weiter.« Sprach's und drehte sich um.

»Wollten Sie nicht in die andere Richtung«, wunderte sie sich.

Hugi winkte ab. »Kurzfristige Planänderung. Ich muss unbedingt zurück. Wir trinken demnächst mal einen Kaffee miteinander.« Er wusste genau, dass dies ein leeres Versprechen war, wollte aber nicht unhöflich erscheinen. Im Stechschritt marschierte er in die Elzmatte zurück – gemütliches Schlendern war nicht mehr angebracht.

In seiner Wohnung angekommen, tigerte er zunächst unruhig durch die Räume, sortierte seine Gedanken und griff schließlich zum Telefon.

»UP, hast du den Mörder schon gefunden?« Stefania konnte einen Hauch von Ironie nicht verbergen.

»Scherzkeks.«

»Und von gestern Abend hast du dich einigermaßen erholt?«

»Es geht mir besser.«

»Lass mich raten: das berühmte letzte Glas Wein.«

»Sehr witzig, Stefania.«

»Ich wollte dich auch soeben anrufen. Hör zu, ich mach's kurz. Wir haben heute mit der Witwe und den drei Kindern von Armin Bernhard gesprochen.«

Hugi stutzte. »Heute ist doch Samstag.«

»Machst du Witze, UP? Niemand weiß besser als du, dass es während einer Mordermittlung kein Wochenende gibt.«

»Natürlich. Schieß los.«

Er hörte, wie Stefania in den Akten wühlte.

»Gut.« Ein Blätterraschen war zu vernehmen. Dann ein dumpfer Knall. Hugi blickte aufs Display. Doch, die Verbindung stand noch. »Sorry, UP. Das Handy ist runtergefallen. Ich kleiner Schussel.«

Bei dem Chaos auf deinem Tisch würde ich das Gerät gar nicht erst finden, dachte Hugi.

Erneut wurden Dokumente hin und her geschoben. Langsam verlor er die Geduld.

»Also, wie gesagt, Erika Bernhard hat wieder geheiratet und lebt in Münchenbuchsee. Dann haben wir die Kinder Michael, Isabelle und Beatrice. Letztgenannte ist ebenfalls inzwischen verheiratet, wohnt in Langenthal und heißt nun Capparelli. Die beiden anderen haben sich in Bern niedergelassen. Michael war am Tag des Mordes an Kristina Schubert – oder nennen wir sie von nun an konsequent Esther Kaufmann – bei Kundschaft in Salzburg. Alle anderen hätten theoretisch zu besagter Zeit an Ort und Stelle sein können.«

»Theoretisch.«

»Richtig. Sie haben kein Alibi für den Vormittag, hätten also an der Langete sein können, um Esther zu erschlagen. Wir haben außerdem drei Zeugen, die am Morgen des Mordes den Fluss entlanggelaufen und Esther begegnet sind. Ein Mann, der mit seinem Hund spazieren gegangen ist, und zwei Frauen. Auf dem Bild, das wir ihnen gezeigt haben, erkannten sie Esther. Sie sei in ein Gespräch mit einer anderen Person vertieft gewesen, zu der allerdings niemand von den dreien konkrete Angaben machen kann. Sie hatte eine Kapuze über den Kopf gezogen, und die beiden hätten sich mit gedämpfter Stimme unterhalten. Keiner der Zeugen konnte sich entscheiden, ob es sich bei der zweiten Person um einen Mann oder eine Frau gehandelt hat. Aufgefallen ist aber allen, dass der Dialog sehr intensiv gewesen sein muss. Denn die beiden hätten von den

Vorbeigehenden keine Notiz genommen und den Gruß nicht erwidert.«

»Der Täter oder die Täterin?«

»Wir gehen davon aus. Mit wem sonst könnte Esther ein intensives Gespräch geführt haben?«

»Das heißt, dass der Tat ein Disput vorangegangen ist. Ein Disput, der die Gemüter so stark hochkochen ließ, dass daraus der Mord erfolgte.«

»Siehst du eine andere Interpretation?«

»Kaum. Ich habe heute einen Spaziergang entlang der Langete gemacht. Dichter Nebel, gleiche Verhältnisse wie am Tag der Tat. Die Menschen, die einem entgegenkommen, bemerkt man erst in letzter Sekunde.«

Schweigen in der Leitung. Dann: »Und das heißt?«

»Stefania, denk doch mal nach.« Hugi musste sich zur Ruhe mahnen. »Es wäre unmöglich gewesen, Esther Kaufmann innerhalb dieses kurzen Augenblicks zu identifizieren, zumal sie sich äußerlich verändert hat. Die Begegnung mit ihrem Mörder oder ihrer Mörderin kann demnach kein Zufall gewesen sein.«

»Du meinst …?«

Hugi fiel ihr ins Wort: »Ich meine, dass die entscheidende Frage sein muss, *wann* und *von wem* Esther Kaufmann erkannt worden ist. Das muss zuvor, irgendwann während den beiden Seminartagen, geschehen sein.«

»Du meinst, man hat ihr aufgelauert?«

»So in etwa, ja. Und wenn wir davon ausgehen, dass sie nur zwischen der Firma Neukomm, wo sie das Seminar gab, und dem Hotel hin- und hergependelt ist, so muss der Täter mit großer Wahrscheinlichkeit einer der Kursteilnehmer sein oder jemand, der sie im Bären erkannt hat. Vielleicht während sie dort gegessen oder an der Bar etwas getrunken hat.« Hugi war von einem inneren Feuer gepackt worden, hatte sein Sprechtempo und die Lautstärke kontinuierlich gesteigert. Er merkte, wie ihm das alles gefehlt hatte. Dieses Kribbeln im Bauch, wenn eine wichtige Entdeckung gemacht worden war.

Stefania hingegen schien seine Ausführungen lediglich zur Kenntnis zu nehmen. Kein Aha-Effekt. Keine eifrige Zustimmung. Kein Lob.

»Nun ja, UP. Danke für den Hinweis. Viel weiter bringt er uns aber nicht. Wir nehmen ohnehin die Liste der Seminarteilnehmer genau unter die Lupe und sprechen mit den Angestellten des Bären, damit wir ungefähr rekonstruieren können, wo unser Opfer sich überall aufgehalten hat und wer zu dieser Zeit ebenfalls im Lokal anwesend war. Sind fast alles Stammgäste. Wir sind auf einem guten Weg, die Namen zusammenzutragen und die entsprechenden Personen zu befragen.«

Hugi musste sich eingestehen, dass ihn diese nüchterne Rückmeldung kränkte. Aber was hatte er sich eingebildet? Stefania arbeitete mit ihrem Team Tag und Nacht an den Ermittlungen. Und zu seiner Einsicht waren sie wohl auch bereits gekommen – ohne einen Spaziergang an der Langete und einen Schwatz mit Frau Debrunner.

Und trotzdem. Er war enttäuscht.

Als er nach dem Telefonat das Gehörte nochmals Revue passieren ließ und verarbeitete, intensivierte sich die Ernüchterung.

Am liebsten hätte er Tanja für heute Abend abgesagt.

Stefania Russo

Wenn ich an die gemeinsame Zeit mit UP bei der Kriminalpolizei zurückdenke, so kommt mir eine Episode in den Sinn, die bei uns allen Verblüffung ausgelöst hatte.

Wir arbeiteten an einer komplizierten Geschichte. Untersuchten den Mord an einem Hotelier im Berner Oberland, und ich glaube, dass ich mit Fug und Recht behaupten darf, dass wir auf dem Zahnfleisch gingen. Die Ermittlungen verliefen zäh, die Befragungen hatten keine nennenswerten Ergebnisse geliefert. Wir kamen keinen Schritt voran, obwohl wir uns bereits zwei Wochen lang mit dem Fall beschäftigten.

Dann geschah das Unglaubliche.

Für den späten Nachmittag war eine Teamsitzung gemeinsam mit der Staatsanwaltschaft angeordnet worden, und UP erschien ganze zehn Minuten zu spät.

Das war noch nie vorgekommen und überraschte uns alle so sehr, dass selbst Staatsanwalt Nydegger, der sonst nie um einen Spruch verlegen war, innehielt, als UP ins Sitzungszimmer trat.

UP nahm seinen Platz oben am Tisch ein, nickte uns zu, entschuldigte sich für seine Verspätung und ließ schließlich die Bombe platzen: »Die Täterin sitzt im Vernehmungszimmer. Wir können den Fall somit abschließen.«

Ich erinnere mich noch gut an Nydeggers Gesicht. Mit offenem Mund starrte er UP an, ungläubig und überfordert. Langsam nahm sein Teint eine rötliche Färbung an. Es war schwer abzuschätzen, ob er wütend war oder kurz vor einem Lachanfall stand.

Es war mucksmäuschenstill im Raum, man hätte eine Stecknadel aufs Parkett fallen hören können.

»Schön«, meinte der Staatsanwalt schließlich und setzte zu einer ironischen Tirade an. »Wir sind alle sehr erleichtert, dass Sie im Alleingang diesen komplizierten Sachverhalt aufklären konnten. Darf ich Sie bitten, uns die Beweise offenzulegen?«

UPs Miene blieb ausdruckslos. Wie beiläufig antwortete er: »Wir brauchen keine Beweise. Wir haben ein Geständnis. Das sollte meines Wissens ausreichen.«

Nydegger blieb im wahrsten Sinn des Wortes die Spucke weg. Er griff nach einem Wasserglas und leerte es gierig in einem Zug. »Natürlich, ein Geständnis ist doch …« Er schaute in die Runde. Die Blicke aller ruhten erwartungsvoll auf ihm. »Wen haben Sie uns überhaupt mitgebracht, Hugi?«

»Die Schwester des Opfers. Eine Geldgeschichte, aber das kann sie Ihnen selbst erzählen.«

Der Staatsanwalt musterte Hugi argwöhnisch. »Die Schwester des Opfers, natürlich. Und wie zum Teufel haben Sie aus ihr ein Geständnis herausgebracht, wenn Sie keine Beweise haben?«

Hugi zuckte lediglich mit den Schultern. »Ich habe sie mit meinen Beobachtungen und meinem Verdacht konfrontiert. Das hat gereicht.«

Die Geschichte machte in der Abteilung Leib und Leben blitzschnell die Runde und verlieh UP den Mythos eines »Mörderflüsterers«. Es sollte nicht das einzige Mal bleiben, dass er uns die Täterschaft mit einem Geständnis präsentierte.

Keiner wusste, wie er das anstellte. Wie er es schaffte, dass die Beschuldigten einbrachen und gestanden. Unvorstellbar, dass er den Bad Cop heraushängen ließ, das war nicht sein Stil. Ich denke, dass die Gespräche ruhig und sachlich verlaufen sind. Und irgendwie hatte er es geschafft, dass die Täter geständig wurden. Mit Überzeugungskunst, mit Einfühlungsvermögen, ja, vielleicht hatte er sogar geblufft. Wir hatten keine Ahnung.

UPs Methode basierte auf seinem Denkvermögen und seinem Instinkt. Höflich hörte er zu, wenn bei den Meetings die KTU oder die Gerichtsmedizin ihre Analysen abgaben, lauschte den Resultaten von Kumis ausgiebigen Recherchearbeiten im Internet, aber eigentlich – so denke ich jedenfalls – erstellte er von jeder Person, die in den Fall involviert war, ein ausgiebiges Psychogramm in seinem in Leder gebundenen Moleskin, zog Verbindungslinien zwischen den Verdächtigen, las die Befragungen durch und dachte sich intensiv in das Umfeld des Opfers ein.

Natürlich waren es meistens die unwiderlegbaren Beweise, mit denen wir einen Fall schließen und zu den Akten legen konnten, doch UPs Instinkt war legendär und hatte uns nicht selten neue Sichtweisen offenbart, wenn wir mit Scheuklappen zu eng in eine Richtung gedacht hatten.

Kurz gesagt: UP war ein Phänomen – und ich bin sicher, er ist es heute immer noch.

VIERZEHN

Der Regen setzte ein, als Hugi nach Oberönz gerade die Grenze zum Kanton Solothurn passierte. Zähneknirschend konstatierte er, wie sich die Tropfen auf der Frontscheibe sammelten und damit die Scheibenwischer aktivierten.

Auch das noch! Mit Niederschlag hatte er nicht gerechnet.

Er war bewusst früh in Langenthal losgefahren, damit er eine Stunde vor der verabredeten Zeit in Solothurn eintraf. Hatte geplant, dass er vor dem Treffen mit Tanja durchs Altstädtchen oder an der Aare entlangschlendern würde, um sich mental auf das Date einzustimmen.

Doch diese Absicht fiel definitiv ins Wasser. Der Regen wurde immer stärker. Fette Tropfen prasselten auf die Scheibe. Und wenn Hugi Richtung Jura blickte, so war in nächster Zeit keine Besserung zu erwarten. Eine Stunde lang mit dem Regenschirm in der Hand durch die wohl verlassene Barockstadt zu spazieren und sich anschließend durchnässt im »Solheure« einzufinden – nein, das war keine Option.

Es ist, wie es ist. Er würde viel zu früh im Lokal ankommen. Müsste die Zeit totschlagen. Immerhin gab es im Lokal eine reichhaltige Auswahl an Zeitungen und Magazinen. Außerdem könnte er versuchen, den Puzzleteilen der Ermittlungen einen passenden Ort in seinem Kopf zuzuweisen.

Er parkierte den Wagen beim Baseltor. Stieg die Treppe zur Aare hinunter, vorbei am kleinen Park, wo bei schönem Wetter die Kinder spielten.

Die Regentropfen prasselten in nervösem Rhythmus auf den Schirm. Passend zu Hugis Stimmungslage. Er zog den Kopf etwas ein, als ob das helfen würde. Das »Solheure« lag direkt an der Aare und war früher ein Schlachthof gewesen. Vor dem Eingang blieb er einen Moment unschlüssig stehen. Er war überhaupt nicht in der Stimmung für ein Date – wobei, was hieß das schon? Es war sein erstes seit weit über 30 Jahren. Als er Judith kennengelernt hatte. Vergleichsmöglichkeiten hatte er keine. Ob es klare Regeln gab, die man unbedingt befolgen sollte? Bestimmt gab es unzählige Fettnäpfchen, in die man treten konnte. Er könnte sich im Internet noch schlaumachen, nach guten Tipps googeln. Doch er mochte dieses Stöbern im Netz nicht, den digitalen Fortschritt hat er seit eh und je mit Skepsis beobachtet. Und wenn Tanja ihn nicht so mochte, wie er war, so sollte es eben nicht sein. Er würde sich auf keinen Fall verstellen.

Als er zu Hause vor dem Kleiderschrank gestanden hatte, war er bereits von Verunsicherung heimgesucht worden. Normalerweise bereitete es ihm keine Probleme, die passende Kleidung auszuwählen. Er war stets gepflegt und geschmackvoll angezogen, was ihm häufig Komplimente einbrachte.

Aber für ein Date …

Schließlich beschloss er, seinem Stil treu zu bleiben. Schlicht, aber trotzdem mit einer gewissen Eleganz. Er wählte blaue Jeans, ein schwarzes Shirt und ein dazu passendes Sakko.

So betrat er das »Solheure« durch den hinteren Eingang, neben dem sich links das »Kino im Uferbau« befand. Er schlenderte an der langen Bar entlang zu den Tischen und Polstermöbeln. Auf einem bunt gemusterten Sofa ließ er sich nieder – ein guter Platz, um die beiden Eingänge im Blick zu behalten.

Das Lokal war nur spärlich besucht; nach den samstäglichen Einkäufen waren die Solothurner wohl lieber direkt nach Hause in die warme Stube gegangen. Hugi wusste aber aus Erfahrung, dass in spätestens drei Stunden die Gäste hier Schulter an Schulter stehen würden. Er war froh, dass Tanja und er sich für den frühen Abend verabredet hatten. Volle Kneipen, in denen man das eigene Wort kaum verstand, schätzte er überhaupt nicht.

Er legte seinen Mantel auf die Sofalehne, den Schirm daneben auf den Boden. Erhob sich, um an der Bar seine Bestellung aufzugeben. Ein Latte macchiato sollte es sein, um das Warten zu verkürzen. Wenn Tanja eintraf, würde er sich für einen guten Tropfen Rotwein entscheiden, den sie bestimmt nicht verschmähen würde, wie er aus ihren Nachrichten erfahren hatte.

Gerade als er sich mit dem Getränk wieder auf dem Sofa eingefunden hatte, vibrierte das Handy in der Innentasche seines Sakkos.

Tanja? Würde sie ihm kurzfristig absagen?

Nein, das konnte gar nicht sein, denn sie hatten ihre Nummern nicht ausgetauscht. Wieso eigentlich nicht? Könnte sich das im Nachhinein als Fehler herausstellen?

Als er aufs Display sah, zog er scharf die Luft ein.

»Mama?«

»Urspeter, ich wollte mich schon lange bei dir melden, bin aber bis jetzt noch nicht dazu gekommen.«

Dafür triffst du jetzt genau den richtigen Moment, dachte Hugi zähneknirschend. »Das macht doch nichts.« Er löffelte sich etwas Milchschaum in den Mund.

»Du weißt ja, Susanne kann sehr anstrengend sein. Sie

fordert meine ganze Aufmerksamkeit. Sie hat immer so viel zu erzählen.«

»Susanne?«

»Urspeter!« Elsa Hugi stöhnte. »Ich habe dir doch erzählt, dass ich mit ihr im Schwarzwald bin. Gestern haben wir eine wunderbare Schiffsfahrt auf dem Schluchsee unternommen. Ein herrlicher Herbsttag. Wie ist das Wetter bei euch?« Bevor er antworten konnte, fuhr sie bereits fort. »Neblig, nehme ich an. Wie könnte es auch anders sein. Hör zu, ich wollte eigentlich nur nachfragen, wie dein Stöbern auf der Singlebörse angelaufen ist. Du musst zugeben, meine Vorauswahl ist famos.«

Hugi überlegte einen Moment, ob er seine Mutter in die aktuelle Lage einweihen wollte. Was soll's, dachte er dann. »Ich warte momentan gerade auf mein erstes Date.«

»Du hast dich verabredet? Welche der Damen ist es denn?«

»Tanja.«

»Meine Favoritin!« Sie schrie beinahe, sodass Hugi das Gerät ein Stück vom Ohr weghalten musste. »Ich wusste, dass sie dir gefällt, Urspeter. Und ihr trefft euch bereits? Na, das ging aber zügig. Das hätte ich dir nicht zugetraut. Du wirst dich hoffentlich von deiner besten Seite zeigen. Was hast du angezogen?«

»Mutter!«

»Schon gut, schon gut. Und nenn mich nicht so. Ich will nicht länger stören, aber mein Einsatz scheint sich gelohnt zu haben. Halte mich bitte auf dem Laufenden. Morgen erwarte ich einen Bericht von dir, haarklein. Alles musst du mir erzählen.«

»Werde ich tun.« In diesem Moment klopfte ein weiterer Anruf an. Stefania. »Tut mir leid, Mama, ich muss ein anderes Gespräch entgegennehmen.«

»Gut, gut. Melde dich, aber bitte erst am späten Nachmittag. Wir fahren morgen nach Titisee, da habe ich tagsüber keine Zeit für lange Gespräche. Und außerdem muss Susanne dabei nicht zuhören. Das geht sie nichts an! Also, ich drück dir die Daumen, Urspeter. Mach's gut und bis morgen.«

Wenn sie sich nur kurzfassen könnte!

Hugi stöhnte und stellte gleichzeitig fest, dass Stefania bereits aufgelegt hatte. Er rief sie zurück.

»UP, störe ich gerade?«

»Wo denkst du hin? Gibt's was Neues.«

»Es gibt zwei Hinweise. Ich dachte mir, dass du sie auch erfahren möchtest.«

»Spann mich nicht auf die Folter.«

»Nun, die Serviceangestellten im Bären haben unabhängig voneinander berichtet, dass unser Opfer am Abend vor seiner Abreise an der Bar einen Schlummertrunk zu sich genommen hat. Dabei hat Esther intensiv mit einem Mann geflirtet.«

»Und weiter?«

»Wir haben den drei Frauen, die an besagtem Abend an der Bar gearbeitet haben, Bilder sämtlicher männlicher Kursteilnehmer gezeigt. Der Mann von der Bar war nicht darunter.«

»Eine Zufallsbekanntschaft.«

»Vielleicht. Eine der Serviceangestellten vermutet, dass Esther Kaufmann den Mann mit aufs Zimmer genommen hat.«

»Wurden Spermaspuren an der Leiche festgestellt?«

»Davon ist mir nichts bekannt. Aber somit müssen wir natürlich auch andere mögliche Motive in Betracht ziehen.«

»Eine Tat im Affekt? Er ist ihr am Morgen gefolgt, hat sich mehr von ihr erwartet und sie dann umgebracht?«

»Könnte eine Möglichkeit sein.«

»Hm.« Hugi dachte lange nach. »Und der zweite Hinweis?«

»Eine der wenigen Freundinnen, die Esther in Stuttgart hatte, konnte sich inzwischen an eine Szene erinnern. Sie haben zusammen in einer Pizzeria zu Mittag gegessen. Als sie das Lokal verließen, stand auf der gegenüberliegenden Straßenseite ein Mann, der zu ihnen hinüberblickte. Esther habe sehr heftig auf ihn reagiert und den Stinkefinger gezeigt. Dieser Typ schleiche ihr seit Wochen hinterher, nachdem sie einen One-Night-Stand mit ihm hatte. WhatsApp-Nachrichten, Geschenke, Anrufe – das volle Programm.«

»Ein Stalker.«

»Nun, bei ihren häufigen Tinder-Dates gab es wahrscheinlich den einen oder anderen, der sich mehr erhofft hat.«

»Und besagter Mann ist ihr dann nach Langenthal gefolgt, hat sie am letzten Tag ihres Aufenthalts gestellt und umgebracht. Klingt irgendwie nicht besonders schlüssig.«

»Wie gesagt, UP, wir ermitteln in alle Richtungen. Und wenn du jetzt mit an Bord bist, so finde ich es wichtig, dich mit den wichtigsten Informationen zu versorgen.«

»Das ist lieb von dir, Stefania. Wie geht es dir?«

Ein Ächzen ertönte. »Wie wohl? Müde bin ich. Die Tage sind lang, die Pendenzen wollen nicht enden, und Wochenende gibt's nicht. Das kennst du ja bestens.«

»Gib auf dich acht. Und gönn dir die notwendigen Ruhepausen.«

»Einfacher gesagt als getan. Wer wüsste das besser als du. So, ich muss Schluss machen. Wir hören voneinander.«

»So sicher wie das Amen in der Kirche.« Hugi beendete das Gespräch und warf einen Blick auf die Uhr.

Noch eine halbe Stunde bis zu Tanjas Eintreffen. Er sah sich aufgeregt im Lokal um. Vielleicht war sie ja während den Telefongesprächen hereingekommen – mit der gleichen Absicht wie Hugi. Aber hätte sie ihn dann nicht erkannt und sich zu ihm gesellt?

Niemand war zu sehen, der mit Tanjas Bild auch nur im Entferntesten in Einklang zu bringen war.

Nun gut, 30 Minuten noch. Hugi war entschlossen, die Zeit sinnvoll zu nutzen. Die zahlreichen Informationen zum Mordfall Esther Kaufmann etwas zu bündeln.

Er fragte an der Bar nach einem Notizblock und zog sich auf den Polstersessel zurück.

- August 2008: Esther Kaufmann verschwindet von zu Hause.
- Wird am Dorffest Roggwil (Samstagabend) das letzte Mal gesehen, nachdem sie in Begleitung des Gemeindepräsidenten Armin Bernhard das Zelt verlassen und mit ihm geknutscht hat.
- Aufenthalt: wahrscheinlich im Ausland – wo genau? Ist das überhaupt wichtig?
- Nach ihrem Abgang: Hetze gegen den Gemeindepräsidenten, er nimmt sich das Leben. Wird als Schuldeingeständnis für Mord gewertet. Im Nachhinein falsch. Könnte es für seinen Selbstmord noch ein anderes Motiv geben?

- 2019: E. K. taucht in Stuttgart unter dem Namen Kristina Schubert wieder auf, gründet mit Geschäftspartner die Beratungsfirma WOBA-SEMI.
- Wohnung von E. K. in Stuttgart – wurden Hinweise gefunden? Stefania fragen.
- Eine Freundin glaubt, dass E. K. gestalkt wurde. Begegnung vor der Pizzeria. – Relevant?
- Muss ihren Partner Julian Wolf in Langenthal vertreten – mit welchen Gefühlen reist sie in ihre Heimat zurück? Fürchtet sie sich vor einer Begegnung mit jemandem von damals?
- Trifft am Tag vor dem Seminar in Langenthal ein. Bezieht ihr Zimmer im Bären.
- Leitet in der Firma Neukomm ein zweitägiges Seminar. Wurde sie dabei von jemandem erkannt?
- Was hat sie außerhalb der Kurszeiten in Langenthal gemacht? Lokale, Geschäfte besucht? Kaum anzunehmen, will anonym bleiben.
- Flirtet am letzten Abend im Bären mit einem unbekannten Mann. Hat sie ihn mit aufs Zimmer genommen? Weitere Zeugen? Wann hat er das Hotel verlassen?
- Check-out. Fährt danach nicht zurück, sondern macht einen Spaziergang. Hatte sie sich mit jemandem verabredet?
- Wird von mehreren Zeugen gesehen: spricht aufgeregt mit einer Person. Keine weiteren Hinweise darauf.
- Stirbt durch einen Schlag mit einem Stein auf den Hinterkopf. Hat der Täter den Schlag aus-

geführt oder wurde E. K. gestoßen und ist auf
den Stein gefallen? Stefania fragen.
- Gesicht wurde post mortem zertrümmert –
große Wut. Weshalb?
- Verdächtig: Familie von Armin Bernhard –
Rache für seinen Selbstmord. Ex-Frau Erika.
Töchter Isabelle und Beatrice. Sohn Michael
mit Alibi: Geschäftsreise nach Salzburg.

Hugi schnaufte durch. Das reichte fürs Erste. Nun wollte
er seine Überlegungen beiseitelassen. Sich auf sein Date
konzentrieren.

Fünf Minuten noch.

Seine Handflächen waren von einem Schweißfilm überzo-
gen. Es war eine Form der Nervosität, wie er sie schon lange
nicht mehr gespürt hatte. Am ehesten vielleicht, wenn das
entscheidende Puzzleteilchen in einem Fall auftauchte und
man nur noch einen Schritt von der Aufklärung entfernt war.

Sein Latte macchiato war inzwischen kalt geworden. Er
trank das Glas aus, freute sich auf einen guten Wein. Freute
sich auf Tanja.

Erneut sah er sich um.

Hatte er sie verpasst, weil er in seine Aufzeichnungen
vertieft gewesen war?

Inzwischen hatte sich das »Solheure« etwas gefüllt. Die
Tische waren allesamt besetzt; an der Bar war das Service-
personal eifrig damit beschäftigt, die Wünsche der Kundschaft zu erfüllen.

Hugi setzte sich aufrecht hin, wischte ein paar Staub-
fussel von seinem Sakko. Kontrollierte, ob seine Schuhe
sauber waren.

Er fühlte einen aufkommenden Harndrang, außerdem

wäre es gut, die Hände rasch zu waschen. Aber dann ging er vielleicht das Risiko ein, dass Tanja eintraf, ihn nicht finden und das Lokal wieder verlassen würde.

Nein, er blieb sitzen.

Wie begrüßt man sich bei einem Date? Schüttelt man sich die Hände? Seit der Pandemie war das von einigen Leuten nicht mehr gern gesehen. Umarmt man sich kurz? Haucht man sich die obligaten drei Küsschen auf die Wange, die vor Corona normal waren?

So viele Fragen! Himmeldotter, was war er doch für ein alter Esel, was solche Sachen betraf!

Erneut checkte er die Zeit. Es war exakt 17 Uhr. Würde sie sich verspäten?

Hugi blickte sich erneut im Lokal um. Fast alle Tische waren von mehreren Besuchern besetzt, nur zwei Gäste saßen allein. Ein Senior, der in eine Zeitung vertieft war, und eine Frau, die auf ihr Handy starrte. Sie wies nicht die geringste Ähnlichkeit mit Tanja auf.

Erst jetzt, als Hugi die Stimmung in sich aufsog, wurde ihm bewusst, wie lange er solchen Lokalen ferngeblieben war. Abends hatte er es sich auf seinem Sessel bequem gemacht und die Nachrichten im Fernsehen geschaut. Danach hatte er meistens zu Netflix gewechselt. Höchst selten war er ausgegangen. Manchmal hatte er sich mit einem Bekannten auf ein Bier getroffen. Die Kinobesuche, die Judith und er sehr häufig unternommen hatten, hatte er komplett gestrichen. Der Opernbesuch im Stadttheater kürzlich hatte ihm aufgezeigt, wie gern er sich eigentlich in Gesellschaft aufhielt. Das kulturelle Leben genoss. Es kam vor, dass ihn gemeinsame Freunde von Judith und ihm zum Essen einluden. Ob sie von ihm eine Revanche dafür erwarteten? Eigentlich war er ein guter Koch, doch in letzter Zeit hatte sich Teresa gut um ihn gekümmert. Oder er hatte Fertiggerichte in die Mikrowelle geschoben.

Das müsste sich ändern! Er würde Tanja bekochen. Ein leckeres Fünfgängemenü auf den Tisch zaubern. Im Kerzenschein und mit sanfter Musik im Hintergrund.

Fünf Minuten nach fünf.

Tanja hatte also Verspätung.

Hugi erinnerte sich. Wie oft hatte er auf Judith warten müssen, wenn sie sich verabredet hatten! Sie war auf Shoppingtour gegangen, er hatte sich inzwischen ein Gläschen Wein gegönnt. Selten war sie zur verabredeten Zeit aufgetaucht. Die akademische Viertelstunde war eher die Regel als die Ausnahme. Und meistens hatte sie eine Ausrede parat gehabt:

»Du glaubst nicht, UP, wie lange die Schlange hinter der Kasse gewesen ist!«

»Es ist einfach unfassbar, UP, nirgends habe ich meine Kleidergröße gefunden!«

»Alles nur Schrott im Ausverkauf, UP, ich musste lange suchen, bis ich endlich etwas gefunden hatte.«

Die Erinnerung an Judith schlug ihm für einen Moment auf den Magen.

Nimm dich zusammen, UP, ermahnte er sich. Streckte den Rücken durch. Die verfluchte Bandscheibe!

Zehn Minuten nach fünf.

Ein junges Mädchen fragte ihn, ob der Sessel ihm gegenüber frei sei. Er schüttelte mit bedauernder Miene den Kopf.

Inzwischen hatte sich der Durchgang entlang der Bar weiter gefüllt, sodass Hugi die vordere Eingangstür nicht mehr im Blick hatte. Er wischte die verschwitzten Handflächen an der Hose trocken. Er benötigte unbedingt ein

Getränk; seine Kehle fühlte sich so rau an, dass er glaubte, kein Wort hinauszubringen. Außerdem brauchte er etwas zur Beruhigung.

Er erhob sich vom Sofa, schritt zur Bar. An der Theke musste er anstehen; die gesamte Länge war von durstigen Besuchern besetzt. Er stellte sich in die zweite Reihe, konnte sich aber nicht auf die Bedienung konzentrieren, da er den Kopf ständig nach allen Seiten drehte, um nach Tanja Ausschau zu halten. Und als er die Bestellung aufgeben wollte, hatte sich bereits jemand anderes vorgedrängt.

Viertel nach fünf.

Hugi fühlte sich mit der Situation überfordert. Einerseits ein Glas Wein zu ordern und dabei den Überblick nicht zu verlieren. Verzweifelt beschloss er, sich auf das Personal zu fokussieren. Rutschte in die entstandene Lücke, als der Gast vor ihm sich wegdrängte, und bestellte ein Glas Zweigelt.

Mit dem Wein in der Hand schlängelte er sich zu seinem Platz zurück und ließ sich erschöpft aufs Polster fallen.

Zwanzig nach fünf.

Eine Mischung aus Wut und Traurigkeit schoss in ihm hoch und breitete sich in seinem Magen aus. Der Wein war köstlich, doch Hugi konnte ihn nicht genießen. Er hatte es aufgegeben, das Lokal zu scannen. Niedergeschlagen saß er auf dem Sofa und nahm seine Notizen wieder zur Hand. Doch die Buchstaben verschwammen vor seinen Augen zu einer zähen Masse. Am liebsten hätte er den Zettel zusammengeknüllt und auf den Boden geworfen.

Als ein Mann nach dem Sessel fragte, gab er ihn frei. Sollte Tanja sich neben ihm aufs Sofa setzen. Wenn sie überhaupt käme.

Vielleicht stand sie im Stau. Oder sie hatte eine Panne, einen Unfall.

Hugi erinnerte sich an eines seiner Lieblingsbücher. »Das Versprechen« von Friedrich Dürrenmatt, wo das gesamte Polizeikorps auf den Mörder wartete. Die Falle war gestellt, alles war angerichtet, doch der Täter verunglückte tödlich auf dem Weg zu seinem Opfer. Die Fahnder zogen ab, nur der Kommissär, der den Eltern des ermordeten Mädchens das Versprechen gegeben hatte, den Unhold zu finden, gab nicht auf und verblödete schließlich in seinem Wahn. Die Lektüre hatte Hugi die Erkenntnis verschafft, niemals als Polizist ein Versprechen zu geben. »Wir tun alles, was in unserer Macht steht, um den Täter zu finden«, war die verbindlichste Aussage, die man ihm entlocken konnte.

17:30 Uhr.

Resigniert nippte Hugi an seinem Wein. Er hatte die Hoffnung aufgegeben, dass Tanja noch erscheinen würde.

Weshalb machte sie das? Wieso versetzte sie ihn auf diese Art und Weise?

Hugi kam in den Sinn, dass er sich nicht in die Datingplattform eingeloggt hatte, bevor er losgefahren war. Vielleicht hatte sie ihm eine Nachricht hinterlassen. Kurzfristig abgesagt und ein Treffen zu einem späteren Zeitpunkt in Aussicht gestellt.

Er zückte sein Handy und öffnete den Browser. Wurde nach Benutzername und Passwort gefragt. Ratlos betrachtete er die Eingabefelder. Er hatte die Angaben auf seinem PC gespeichert – automatisches Ausfüllen, wie man das nennt. Und nun hatte er keine Ahnung mehr. Vielleicht waren die Angaben auch irgendwo auf seinem Smartphone gespeichert, doch dazu reichte Hugis digitale Affinität nicht aus.

Seufzend steckte er das Handy in die Tasche zurück und ließ seinen Blick erneut über das Lokal schweifen. Überall saßen oder standen die Gäste zu zweit oder in Gruppen zusammen, unterhielten sich, diskutierten und lachten.

Hugi fühlte sich ausgestellt, ausgegrenzt und verraten. Als Einziger war er allein – wie bestellt und nicht abgeholt –, während überall um ihn herum Stimmen schwirrten und sich zu einer Geräuschkulisse vermischten, die immer lauter in seinen Ohren dröhnte.

Die Enttäuschung war inzwischen einer brodelnden Wut gewichen. Hugi kämpfte sich durch die Menge zur Bar vor und bestellte noch einen Zweigelt. Alkohol gegen den Frust!

Als er sich aus dem Sofa erhob, war es 18 Uhr geworden, und er benötigte einen Moment, um das Gleichgewicht zu finden. Der Wein!

Das Wetter war inzwischen nicht besser geworden. Es schüttete wie aus Kübeln, und trotzdem entschied sich Hugi für einen Spaziergang durch die Altstadt, in der Hoffnung, den Kopf durchzulüften und den Frust zu verdauen.

Obwohl er den Schirm aufgespannt hatte, war sein Mantel innert kurzer Zeit feucht und die Hosenbeine nass. Es regnete waagrecht; der Wind wehte Hugi die Tropfen ins Gesicht und bald vermischte sich der Regen mit den Tränen der Verzweiflung und rann über seine Wangen.

Als er zum Baseltor zurückkehrte, war er bis auf die Unterwäsche durchnässt. Zu allem Übel hatte er das Parkticket verloren und musste beim Wächter vorstellig werden.

Und als auf der Heimfahrt anstelle von trostvoller oder aufputschender Musik eine Informationssendung im Radio lief, schaltete er das Gerät wutentbrannt aus und fuhr ohne Berieselung nach Hause – vom klatschenden Regen auf der Windschutzscheibe abgesehen.

Zu Hause angekommen, setzte er sich sogleich an den Rechner und loggte sich in die Datingplattform ein.

Tanjas Account war gelöscht.

FÜNFZEHN

Urspeter Hugi saß auf einem der Steinblöcke, die über den Schulhausplatz als Sitzgelegenheiten verteilt waren. Vor sich die südwestliche, schmale Fassade des Gebäudes, rechts von ihm die reformierte Kirche von Roggwil. In seinem Rücken ein Bauernhof, daneben ein Miststock und ein kleines Silo. Der Gestank stach ihm in die Nase, der Wind trug das Seinige dazu bei. Er drehte den Kopf nach links, blickte nach hinten, wo sich die Wiese befand, auf der damals, 2008, das große Festzelt aufgerichtet gewesen war.

Als er heute Morgen aufgewacht war, hatte es nicht lange gedauert, bis ihm das gestrige Erlebnis wieder in den Kopf geschossen war. Auf die Sonntagszeitung hatte er sich nicht konzentrieren können, und deshalb hatte er beschlossen, sich etwas Ablenkung zu gönnen. Konzentration auf den Mordfall. Auf die Ereignisse vor 16 Jahren.

So saß er nun auf dem Roggwiler Schulhausplatz und

erinnerte sich verschwommen an das Dorffest. Gemeinsam mit Judith war er über das Festgelände geschlendert, rechts die Kirche, links die Migros, geradeaus über den Bahnübergang, direkt zur Monsterrutschbahn. Die große Attraktion.

Damals war die Welt noch in Ordnung gewesen.

Hugi fokussierte seine Gedanken wieder auf die Wiese. Im Festzelt hatte sich Esther mit zwei Freundinnen aufgehalten. Dort waren sie gesehen worden. Wer war dabei gewesen? Er machte eine mentale Notiz, dieser Frage nachzugehen. Der Gemeindepräsident war zu ihnen getreten, hatte sie auf einen Drink im Zelt der Vereine, im sogenannten Barzelt, eingeladen. Das war in den Unterlagen nachzulesen. Armin Bernhard höchstpersönlich hatte es zu Protokoll gegeben.

Wahrscheinlich waren sie hier durchgekommen. Da, wo Hugi jetzt saß. Eine Pétanquebahn war aufgestellt gewesen. Er stand auf, lief zwischen Schulhaus und dem künstlich angelegten Grünhügel mit einer kleinen Arena durch. Erreichte den Platz, wo das Barzelt gestanden hatte, in das Bernhard die Mädchen eingeladen hatte.

Einige der Steine am Sockel des Schulhauses hatten die Schüler farbig angemalt. Einer sah aus wie ein riesiger Marienkäfer, ein anderer wie ein Frosch und wieder ein anderer glich einem Eisenbahnwagen.

Gedankenverloren setzte Hugi sich auf eine der steinernen Tischtennisplatten neben der niedrigen Mauer, die das Schulgelände einzäunte. Vor ihm erhob sich das mächtige, altehrwürdige Schulhaus, dessen Fassade oben in ein gleichschenkliges Dreieck mündete.

Das Barzelt. Darin war Esther zum letzten Mal gesehen worden. Danach hatte sie ihre Freundinnen verlassen, den

Gemeindepräsidenten im Schlepptau. Eine wilde Knutscherei in einer dunklen Ecke – nach Bernhards Angaben. Dann war sie verschwunden.

Esther Kaufmann war eine mündige Person gewesen. Hatte niemandem Rechenschaft geschuldet. Hatte tun und lassen können, was sie wollte. Einfach weggehen. Niemand hätte sie zurückhalten können.

Dann hatte sich Armin Bernhard aufgehängt. Für die aufgebrachte Dorfbevölkerung der Beweis seiner Schuld. Hohn für die Polizei. Man hatte es doch besser gewusst. Hugi hatte sich eine Menge Vorwürfe anhören müssen.

Doch alles war korrekt abgelaufen. Sein Team und er hatten sich exakt ans Protokoll gehalten. Zweifelsohne. Das hatte ihm auch die Staatsanwaltschaft bestätigt, die sich schützend vor ihn gestellt hatte.

Und trotzdem hatte die Geschichte Spuren bei Hugi hinterlassen. Spuren, die mit den Jahren an Kontur verloren hatten. Verblasst waren. Doch irgendwo ganz hinten in seinen Erinnerungen waren sie abgespeichert. Und jetzt war alles wieder da. Von Neuem hatte er die Akten von 2008 studiert. War überzeugt, dass die Wurzeln des heutigen Mordes in den Ereignissen von damals zu finden waren.

In den Augenwinkeln nahm er eine Bewegung wahr. Eine Frau kam aus Richtung des Schulhauses. Blaue Jeans und ein senffarbener Cardigan. Das Haar zu einem Zopf geflochten. Eine Zigarette in der Hand.

»Ein schönes Schulhaus haben Sie da«, rief er ihr zu.

»Ein ungewöhnlicher Platz, um sich an einem Sonntag aufzuhalten«, konterte sie und näherte sich ihm.

»Misstrauen Sie mir?« Hugi erhob sich vom steinernen Pingpongtisch.

Sie deutete ein Lächeln an. »Man kann nie vorsichtig genug sein.«

»Unterrichten Sie hier?«

»Sieht man mir das an?«

»Das würde ich so nicht unbedingt sagen. Irgendwie habe ich jedoch den Eindruck, dass Sie hierher gehören. Eine Lehrerin, die selbst am Wochenende ihre Arbeit nicht vernachlässigt.«

»Das haben Sie nett gesagt.« Sie war bei Hugi angekommen und lehnte sich an die Tischtennisplatte.

»Mir ist bewusst, mit welchen Klischees Lehrpersonen überhäuft werden.«

Das Lächeln auf ihrem Gesicht wurde breiter. »Das wird ja immer besser mit Ihren Schmeicheleien. Aber Sie haben recht. Ich bereite den Unterricht vor. Das mache ich lieber im Schulhaus. Klare Trennung zwischen Arbeit und Privatleben. Sie verstehen.«

»Ein herausfordernder Job.«

»Wem sagen Sie das.« Sie drückte die Zigarette auf dem Boden aus, holte eine kleine Dose aus ihrer Hosentasche und versorgte die Kippe darin. Dann musterte sie Hugi aufmerksam. »Ich bin mir nicht sicher, habe ich Sie schon mal gesehen?«

»Das kann sein. Wenn Sie vor 16 Jahren hier gelebt haben … Während des Dorffests …« Er wartete ihre Reaktion ab.

Sie runzelte die Stirn und schien angestrengt nachzudenken. Dann hellte sich ihre Miene auf. »Na klar, jetzt wo Sie's sagen. 16 Jahre. Das Dorffest mit dem großen Skandal. Ihr Bild war damals häufig in der Zeitung zu sehen. Ich habe zwar nicht in Roggwil, sondern in Aarwangen gelebt, aber in der näheren Umgebung von Langenthal kennt jeder jeden. Der Oberaargau ist ziemlich übersichtlich, was das betrifft.«

»Ihr Erinnerungsvermögen funktioniert ausgezeichnet. Ich bin einer der Polizisten, die den Fall damals untersucht haben.«

»Ich habe in der Zeitung gelesen, dass diese – wie heißt sie schon wieder?« Sie tippte mit dem Zeigefinger an die Lippen. »Ach ja, Esther hieß dieses Flittchen. Dass sie aufgetaucht und schon wieder weg ist. Der Traum aller testosterongesteuerten Männer. Überall ist sie gewesen, in einem Club oder bei einem Waldfest. Aber jetzt hat sie endlich bekommen, was sie verdient hat.« Sie kniff die Lippen zusammen.

Nun wurde es interessant. Hugi beugte sich leicht vor. »Wie soll ich das verstehen?«

Die Frau machte eine abwertende Geste. »Wegen ihr war doch das Dorf in Aufruhr. Ach, was sage ich? Im ganzen Oberaargau hat es bloß noch ein Gesprächsthema gegeben. Eine Riesensache. ›Wo ist Esther? Was hat man ihr angetan? Wer ist der Bösewicht?‹ Und jetzt werden all diese Verdächtigungen widerlegt: Von zu Hause weggelaufen ist sie. So einfach ist es. Ich habe es schon damals vermutet. Nein, ich war mir sicher.«

»Sie haben Esther also gekannt?«

»Das wäre zu viel gesagt. Jeder, der in Langenthal unterwegs war, kannte die liebreizende Esther.« Sie verzog verächtlich einen Mundwinkel. »Eine Bitch, die die Männer ausgenommen und schließlich den Gemeindepräsidenten in den Selbstmord getrieben hat.«

Hugi bedauerte, dass er die Sprachaufnahme seines Handys nicht eingeschaltet hatte. Er versuchte, sich so viel wie möglich zu merken. Den genauen Wortlaut. Alles konnte wichtig sein. »Für den Suizid kann man Esther wohl kaum verantwortlich machen«, beschwichtigte er die aggressive Aussage der Lehrerin.

»Finden Sie?« Sie schnaubte und steckte sich eine neue Zigarette an. Hielt Hugi die Schachtel hin. Er griff zu. Gemeinsames Rauchen schafft Vertrautheit. Vielleicht konnte er so wichtige Informationen aus ihr herausholen. Sie inhalierte tief, stieß eine dichte Rauchwolke gegen den Himmel und fuhr fort: »Alles hat mit ihrem Verschwinden angefangen. Sie war eine Narzisstin. Lechzte nach Aufmerksamkeit. Wickelte alle um die Finger.«

Hugi wusste, worauf sie anspielte. Er mimte jedoch den Unwissenden. »Das müssen Sie mir erklären.«

»Sie hatte eine große Vorliebe für ältere Männer und hat sich von ihnen für ihre Dienste bezahlen lassen. Und anschließend hat sie Geld für ihr Schweigen verlangt. Und wenn die Erpressten nicht klein beigaben, erhielten ihre Frauen einen netten Brief. Nein, Sie müssen verstehen, da hält sich mein Mitleid in Grenzen. Sie war eine Schlampe. Aber nun hat sie die Quittung dafür erhalten. Karma, sag ich da nur.«

Erpressung! Himmeldotter!

Das war Hugi neu. Daraus ergaben sich vollkommen neue Ansätze. »Woher wissen Sie das alles?«

»Es wurde damals viel geredet.«

»Auch eine Menge Unsinn.«

»Ich weiß, was ich gehört habe. Und ich glaube nicht, dass es sich dabei um Lügenmärchen handelt.«

»Ich habe Sie gar nicht nach Ihrem Namen gefragt«, meinte Hugi, streckte die Hand aus und stellte sich vor.

»Freut mich. Camilla Weber. Ich war drei Jahre jünger als Esther und habe das ganze Trara aus der Ferne mitbekommen. Sie können sich nicht vorstellen, was damals los war.«

»Leider doch, fürchte ich.«

»Es war unglaublich«, eiferte sich Camilla. »Ich hatte gute Kollegen in Roggwil, die mir brühwarm berichteten, was bei ihnen so abgeht. Wie auf den armen Gemeindepräsidenten eingetreten wurde. Eine richtige Hexenjagd war das.«

»Er war allerdings nicht völlig unschuldig daran«, gab Hugi zu bedenken.

»Er hat sich von ihr verführen lassen. Wie viele andere Männer auch. Das war ihre Spezialität. Jeder glaubte, dass er das große Los gezogen habe. Es war lächerlich und traurig zugleich, wie sie all die gestandenen Kerle um den Finger wickelte.«

»Eine geschickte Manipulatorin.« Hugi drückte die Zigarette zusammen, sodass die Glut herausfiel, und reichte Camilla den Stummel.

Sie versorgte ihn in ihrer Blechdose. Dann blickte sie ihm direkt in die Augen. »Ich sag bloß: Männer. Wenn ihnen das Blut aus dem Hirn fließt, sind sie zu allem bereit.«

»Verallgemeinern Sie da nicht etwas?«

»Ich habe meine Erfahrungen gemacht. Mit den Kerlen bin ich durch. Alle ticken sie gleich!«

Die Bemerkung versetzte Hugi einen Stich in der Magengegend. Der gestrige Abend schwappte wieder hoch, und er unterdrückte den aufkeimenden Ärger, so gut es ging. »Das tut mir leid.«

»Muss es nicht. Ich bin mit meinem Leben zufrieden.«

»Schön, wenn man das sagen kann.«

»Sie etwa nicht?«

»Ich bin auf einem guten Weg.«

Plötzlich verdüsterte sich ihre Miene. »Sagen Sie, was machen Sie hier eigentlich? Sind Sie am Ermitteln? War das soeben eine Befragung oder wie Sie das nennen?«

Hugi hob abwehrend die Hände. »Keine Sorge. Ich bin pensioniert. Aber ich muss zugeben, dass mich dieser ungelöste Fall lange noch beschäftigt hat. Und ich überlege mir anhand der neuen Ausgangslage, was damals passiert sein könnte.«

»Ist das nicht Sache der Polizei?«

»Ach, betrachten Sie es als mein kleines Hobby. Ich habe mich schon immer für Cold Cases interessiert.«

»Na denn.« Nun wirkte sie etwas verlegen. »Hat mich gefreut, Sie kennenzulernen, Herr Hugi. Entschuldigen Sie mich bitte. Ich habe noch zu arbeiten.«

Mit großen Schritten ging sie zum Schulhaus zurück. Bevor sie um die Ecke bog, winkte sie Hugi noch kurz zu.

Er winkte lächelnd zurück.

Der Ausflug nach Roggwil hatte sich gelohnt.

SECHZEHN

Zorro lag zu einer Kugel zusammengerollt auf Hugis Bett, hob kurz den Kopf und entschied, dass es keinen Grund gab, der Heimkehr seines Mitbewohners Aufmerksamkeit zu widmen – zumal die Fressenszeit noch in weiter Ferne war.

Urspeter Hugi blieb im Türrahmen stehen und betrachtete den Kater, für den die Welt in bester Ordnung war, wenn er rechtzeitig seine Mahlzeiten bekam und ausreichend Streicheleinheiten erhielt.

Katze müsste man sein, dachte Hugi, setzte sich neben das Tier aufs Bett und streichelte es zwischen den Ohren, was dieses mit einem verärgerten Knurren quittierte. Nicht jetzt, lass mich in Ruhe, lautete die Übersetzung.

Seufzend erhob Hugi sich und schlenderte in sein Büro. Der Besuch in Roggwil hatte ihn von dem gestrigen Erlebnis in Solothurn ausreichend abgelenkt, doch nun prasselte das ganze Elend wieder schonungslos auf ihn herab. Das Gewicht der Schwermut drückte unbarmherzig auf seine Schultern, sodass er sich entkräftet auf den Bürostuhl sinken ließ, was natürlich auch keine Linderung brachte.

Draußen zeigte sich seit einigen Tagen wieder einmal die Sonne, was seine Stimmung allerdings nicht aufzuheitern vermochte. Vor seinem inneren Auge sah er Pärchen händchenhaltend durch die Stadt spazieren. Familien, die mit den Kindern im Tierpark herumtollten. Und er saß hier in seinen vier Wänden, umgeben von einer depressiven Wolke, die die Sonnenstrahlen erfolgreich abblockte.

Er drehte den Kopf nach links. Schaute auf Judiths Porträtfotografie.

»Himmeldotter, was bin ich doch für ein alter Esel«, sagte er zu ihr. »Einen Zipfel der Leidenschaft ergreifen und sich anschließend quälen wie ein Teenager nach der Trennung von seiner ersten großen Liebe.«

Judith blieb stumm. In ihren Blick interpretierte er ein *Hab dich nicht so.*

Neben dem Bild lag das Notizbuch, in das er jeden Tag sorgfältig und gründlich drei positive Erlebnisse notiert hatte. Schnaubend fegte er es vom Tisch.

»Was soll am gestrigen Tag gut gewesen sein?«, lamentierte er und schlug dreimal mit der Faust auf den Tisch.

Doch dann ließ ihm sein Pflichtbewusstsein keine Ruhe, und er hob das Buch wieder auf. Blätterte bis zum letzten Eintrag. Die leere Seite daneben strahlte ihn an. Forderte ihn zum Schreiben auf. Doch Hugi ließ mutlos den Stift sinken.

»Was soll am gestrigen Tag gut gewesen sein?«, wiederholte er und schüttelte dabei den Kopf.

Hab dich nicht so.

Judiths vorwurfsvoller Blick.

Schließlich konnte er sich überwinden und notierte:

1. Solothurn ist auch im Regen eine schöne Stadt.
2. Das »Solheure« ist nach wie vor ein nettes Lokal.
3. Der Zweigelt war hervorragend.

Demonstrativ knallte er den Deckel zu und schob das Büchlein von sich weg.

Sein Blick fiel auf das Handy. Zwei Anrufe in Abwesenheit.

Mutter.

Nein, nein und nochmals nein. Der neugierigen Fragerei wollte er sich nicht aussetzen. Er würde sie zurückrufen, wenn es ihm besser ging. Allerdings könnte es guttun, mit jemandem zu reden.

Er wählte die Nummer von Karl Ludwig, seinem Bruder. Besser als nichts.

»Was für ein Zufall«, tönte es aus dem Gerät. »Urs, du glaubst es nicht, aber ich wollte dich auch gerade anrufen.«

»Schön, Charly«, erwiderte Hugi. »Wo bist du gerade?«

»Habe ich dir doch neulich bei unserem Essen gesagt. Budapest. Wundervolle Stadt, viel Historie, eine Menge Sehenswürdigkeiten. Warst du schon mal dort?«

Hugi verneinte und lauschte anschließend dem atemlosen Bericht seines Bruders. Was er sich alles angesehen hatte. Wie das Orchester auf ihn reagiert hatte. Wie willig die Musiker doch seien.

Kunststück, dachte Hugi, mit einem Autokraten wie Orbán als Präsidenten würde ich auch lieber auf die Schnauze sitzen.

»Und dann habe ich noch jemanden getroffen«, fuhr Karl Ludwig fort und erzählte in übersprudelnden Worteskapaden von der Begegnung mit einer Dame, die sie beide in ihrer Jugendzeit gekannt haben.

Hugi konnte sich nicht an sie erinnern.

»Du hast einfach kein Gedächtnis für die wirklich schönen Dinge im Leben, Urs.«

»Wenn du meinst …« Mehr wollte Hugi dazu nicht sagen. Schweigen lag in der Leitung.

Zögernd brach Karl Ludwig schließlich die Stille. »Urs, bist du sicher, dass es dir gut geht?«

»Was soll die Frage?« Hugi bereute den Anruf bereits.

»Nun, nach obligatem Drehbuch hätte deine nächste Frage gelautet: ›Und, Charly? Hast du sie mit in deine Suite genommen?‹«

Hugi seufzte. »Und, hast du?«

»Halt, halt. Nicht ausweichen, Urs. Die Dame hat keine Priorität. Was ist los mit dir?«

Und so erzählte Hugi detailliert vom gestrigen Tag in Solothurn, beschönigte nichts und endete damit, dass er nun zu Hause sitze und es ihm so richtig beschissen gehe.

»Das ist eine echte Schweinerei, Urs«, meinte Karl Ludwig nach einer kurzen Denkpause. »Und das sage ich nicht bloß als Trost, weil du mein Bruder bist. Die Dame hat dich richtiggehend *geghostet*. Und erwachsene und vernünftige Menschen machen das nicht. Wer sich so verhält, legt Zeugnis von seinem wahren Charakter ab. Du solltest der Frau keine Träne nachweinen, auch wenn das in deiner Situation schwierig ist. Versuche, es nicht persönlich zu nehmen.«

»Wie sonst soll ich es denn betrachten?«, schnaubte Hugi.

»Sorry, falsche Formulierung. Ich meine, die gute Frau hätte wohl jeden sitzengelassen, aus welchem Grund auch immer. Und es ist natürlich schade, dass gleich dein erstes Date so ausgehen musste. Aber, und damit musst du dich aufbauen: Das ist nicht die Regel. Ich habe viele Bekannte, die auf einer Datingplattform ihre große Liebe gefunden haben. Diese Tanja ist also kein Maßstab. Ärger dich tüchtig über sie, wirf meinetwegen eine Tasse oder einen Teller zu Boden – und dann zurück zur Tagesordnung.«

»Wie jetzt?«

»Na, mach weiter. Diese Tanja ist ja wohl nicht der einzige Fisch im Datingnetz. Es sind bestimmt andere gut aussehende Damen mit Charakter unterwegs, die nur darauf warten, von dir kontaktiert zu werden. Kopf hoch, und weiter geht's.«

Hugi atmete tief durch. »Das hat mir gutgetan, Charly. Echt jetzt. Vielen Dank.«

»Keine Ursache, kleiner Bruder. Immer für dich da. Und um auf die Dame aus Budapest zurückzukommen: Nein, ich habe sie nicht mit in meine Suite genommen.«

Kichernd hatte er den letzten Satz von sich gegeben, und Hugi stimmte in sein Lachen mit ein.

Nach dem Gespräch mit seinem Bruder fielen ihm die Notizen ein, die er sich gestern im »Solheure« gemacht hatte. Er fischte den Zettel aus dem Mantel und stellte fest, dass er durch den starken Regen beinahe unlesbar geworden war. Gewellt und mit verflossener Schrift lag das Papier vor ihm.

Hugi griff nach einem neuen Blatt, schrieb die einzelnen Punkte, soweit er sie noch erkennen konnte, ab und ergänzte sie um die Informationen, die er heute von Camilla Weber erhalten hatte.

- E. K. war auch außerhalb von Roggwil bekannt.
- Flirtet leidenschaftlich gern, besonders mit älteren Männern.
- Bietet sich diesen an, lässt sich dafür bezahlen – Gerücht? Üble Nachrede? – Gibt es einen konkreten Fall, der belegt ist?
- Erpresst angeblich die Männer anschließend – auch hier: Gibt es eine geschädigte Person, die Auskunft darüber geben könnte?
- Droht damit, die Affäre öffentlich zu machen – Ehefrauen. Hatte E. K. Bilder, mit denen sie Druck machen konnte? Selbst geschossen oder hatte sie eine/n Vertraute/n?
- Kann eine Erpressung, die 16 Jahre zurück liegt, ein Grund für einen Mord sein? Kann es um viel Geld gegangen sein? – Nicht anzunehmen.
- Hat jemand nicht gezahlt, worauf er bloßgestellt wurde? Nachricht an die Ehefrau mit anschließender Trennung, beträchtliche finanzielle Folgen?

Der letzte Punkt ließ ihn nachdenklich innehalten. Wenn Esther Kaufmann bei jemandem mit ihrem Erpressungsversuch ein mittelschweres Erdbeben ausgelöst hatte, so sollte dies nicht unbeachtet geblieben sein. Vor allem nicht in einem kleinen Dorf, wo sich Gerüchte und Getratsche in der Regel in Windeseile verbreiteten.

Gab es jemanden, dem Esther mit ihren amourösen Spielereien inklusive des kriminellen Nachspiels – sofern es sich bei beidem um mehr als nur üble Nachrede handelte – empfindlich auf die Füße getreten war, wodurch sie eine Lawine losgetreten hatte, der sie sich gar nicht bewusst gewesen war?

Könnte es sein, dass ihr Mörder bereits vor 16 Jahren aktiv geworden wäre, wenn Esther sich nicht aus dem Staub gemacht hätte?

Waren ihr die Folgen etwa gar bewusst gewesen, und sie war nicht nur von zu Hause weggelaufen, sondern geflüchtet?

Eine Menge Fragen.

Der neue Aspekt warf ein ganz neues Licht auf den Mordfall Esther Kaufmann. Und wenn sie damals eine familiäre Tragödie ausgelöst haben sollte, so wäre das bestimmt nicht unbemerkt geblieben.

Urspeter Hugi wusste, wo er sich Informationen dazu holen würde.

Stefania Russo

Was für eine ungewöhnliche Kleinstadt dieses Langenthal doch ist! Ich gebe zu, sie hat Charme, und dem Zentrum, wo die Straße mit Pflastersteinen belegt ist, kann man den Reiz nicht absprechen. Die hohen Trottoire, die dem Dorf den Kosenamen »Klein-Venedig« eingebracht haben, prägen das Stadtbild auf eine spezielle Art und Weise.

25-mal musste der Fluss insgesamt wegen Hochwassers in die Innenstadt umgeleitet werden. UP hat mir Bilder der Überschwemmungen von 1975 gezeigt. Beeindruckend. Die entstandenen Schäden waren enorm; die Fotografien hingegen verleiten die Betrachter zu einer romantischen Vorstellung einer kanalartigen Ortschaft. Von Trottoir zu Trottoir waren Brücken gelegt worden, damit die Straße – oder besser gesagt: der Fluss – überquert werden konnte. Es sei jeweils ein Ereignis gewesen, welches viele Besucher angezogen hat. Man habe dabei sein wollen, um dieses Schauspiel mit eigenen Augen zu sehen. Selbst UP bekommt jedes Mal glänzende Augen, wenn er von damals erzählt. Ganz euphorisch wird er, wenn er ein Video von 2007 zeigt – katastrophale Bildqualität! –, als es letztmals, völlig überraschend geheißen hat: »*D Langete chunnt!*« – »Die Langete kommt!«

Und irgendwie spüre ich bei ihm ein gewisses Bedauern, dass man dies heute nicht mehr erleben kann.

Denn es wurde ein Entlastungsstollen gebaut, in den das überschüssige Wasser umgeleitet werden kann. Eine Attraktion weniger, meint UP. Die Überschwemmung von

2007 war das letzte Mal, dass die Langete – trotz dem Stollen – das Zentrum des Städtchens überflutet hatte.

Wie also bereits zu Beginn gesagt: Langenthal hat durchaus seinen Reiz, auch wenn neulich am Sonntag, als ich durch das Städtchen spazierte, die Straßen leer waren und viele Gaststätten geschlossen hatten. Schade eigentlich, die Marktgasse und der Wuhrplatz laden zum Verweilen ein, zum Treffen mit Freunden auf einen kleinen Schwatz oder einfach nur zum Erholen.

Doch wie ich von UP weiß: Die Langenthaler lieben ihre Stadt, und ich als Bernerin darf den hübschen Ort nicht mit der Bundesstadt vergleichen.

Wenn der Fall abgeschlossen und der Druck weg ist, muss ich UP unbedingt einmal besuchen, damit er mir noch weitere schöne Orte zeigen kann.

SIEBZEHN

Das »Gambrinus« oder das »Pintli«, wie es auch genannt wurde, war eines der letzten Lokale in Roggwil, nachdem der Bären und das Rössli ihre Pforten geschlossen und die Besitzer keinen Pächter gefunden hatten. Beides waren beliebte Gaststätten im Dorf gewesen, wo man sich ungezwungen am Stammtisch treffen konnte oder von den jeweiligen Köchen verwöhnt worden war. Nun standen beide Häuser leer, und für die alteingesessenen Roggwiler war nur das »Gambrinus« übrig geblieben, wo man einen ungezwungenen Schwatz abhalten konnte.

Als Urspeter Hugi sein Fahrzeug vor dem »Gambrinus« parkte, hatte sich seine Laune im Vergleich zum Vortag deutlich gebessert. Nach dem Telefonat mit seinem Bruder sah er sich quasi gezwungen, auf die Anrufe seiner Mutter zu reagieren. Ihr erzählte er allerdings nicht, dass er versetzt worden war, sondern berichtete, dass man sich gut unterhalten, aber zu wenig Gemeinsamkeiten gefunden habe, um sich für ein zweites Date zu verabreden. Mit einem ausufernden Wortschwall drückte Elsa Hugi ihr Bedauern aus, animierte ihren Sohn allerdings dranzubleiben. Es seien gewiss noch viele charmante Damen auf der Plattform anzutreffen, und sie bot ihm an, noch einmal eine Vorauswahl für ihn zu treffen, was er dankend ablehnte. Sie insistierte darauf mit solcher Intensität, dass er ihr schließlich versprach, weiter nach potenziellen Kandidatinnen Ausschau zu halten. Und dieses Zugeständnis machte er nur, weil er das Gespräch endlich beenden wollte.

Trotzdem setzte er sich direkt im Anschluss an den Rechner und schrieb eine Nachricht an Claudia, um den Kontakt aufrechtzuerhalten.

Annette hatte ihm nach einem kurzen Austausch auf seine Mails nicht mehr geschrieben, ohne den Grund dafür zu nennen. Sie hielt es damit wie Tanja.

War das in der Welt des Onlinedatings normal? Französische Abschiede?

Er scrollte durch die Vorschläge, die der Algorithmus ihm präsentierte. Fand zwei Frauen, deren Profile ihn ansprachen. Sandte ihnen je eine Nachricht, wovon eine umgehend beantwortet wurde. Andrea hieß die Schreibe-rin, und es entfaltete sich ein solch lebhafter Chat zwischen den beiden, dass Hugi sich ein Glas Rotwein und einen Teller mit Käse, Wurst und Brot aus der Küche holte. Nach beinahe zwei Stunden war er mit einem schmerzhaften Sakralgelenk, aber einem guten Gefühl zu Bett gegangen.

Als er nun am Montagmorgen das Wirtshaus in der Mitte von Roggwil, gegenüber des Coops, betrat, war die Gaststube gefüllt mit Handwerkern, die ihren Pausenkaf-fee tranken und sich ein Sandwich dazu gönnten. Er ergat-terte sich einen Stehplatz an der Bar, direkt gegenüber dem Eingang. Orderte einen Espresso und legte die neuste Aus-gabe der Boulevardzeitung auf die Theke. Große Lettern verkündeten die neusten Entwicklungen im Fall Esther Kaufmann – ideal, um ein Gespräch in Gang zu bringen.

Doch momentan war der Raum überfüllt, der Lärm-pegel hoch. Hugi blätterte durch die Seiten und widmete sich den Sportresultaten.

Es dauerte eine gute Viertelstunde, bis die Gaststube sich allmählich leerte, die Handwerker wieder an ihre Arbeit zurückkehrten. Übrig blieben nur zwei Senioren mit einem Bier vor sich, die rechts von der Bar an einem Tisch saßen. Hugi erklomm einen Barhocker, musterte unauffällig die beiden Gäste und bestellte ebenfalls eine Stange.

Als sie ihm serviert wurde, hob er das Glas in die Rich-tung des Stammtischs. »Zum Wohl, die Herren.«

Die Männer murmelten etwas Unverständliches und musterten ihn misstrauisch. Hugi hielt die zusammenge-faltete Zeitung in die Höhe. »Furchtbar, was da passiert ist. Roggwil ist wieder einmal über die Grenzen des Ober-aargaus hinaus ein Gesprächsthema.«

»Bist du von der Presse?«, argwöhnte der Jüngere – so schätzte Hugi jedenfalls – mit heiserer Stimme. Er trug eine abgewetzte Baskenmütze und über einem ausgebleichten schwarzen Shirt ein Cordhemd, das auch schon bessere Zeiten gesehen hatte. »Dann kannst du nämlich gleich 'nen Abgang machen.«

Hugi hob entrüstet und theatralisch die Hände. »Sehe ich etwa so aus, als ob ich auch nur eine lesenswerte Zeile in meinem Leben verfasst hätte?«

»Als ob das einer der Schmierfinken jemals getan hätte«, meldete sich der zweite Mann zu Wort. Er trug das wenige Haar, das er noch besaß, in langen Strähnen über den Kopf gekämmt. Auf einer mächtigen Adlernase thronte eine runde, randlose Brille, die ihm einen leichten intellektuellen Touch verlieh.

Hugi beschloss, die Karten auf den Tisch zu legen, um dem Argwohn entgegenzutreten. »Ich bin pensionierter Beamter der Kriminalpolizei und habe daher ein persönliches Interesse an dem Fall.«

Die beiden warfen sich gegenseitig einen erstaunten Blick zu, dann musterte ihn das Cordhemd aufmerksam und nickte schließlich.

»Er hat recht«, meinte er. »Ich glaube, ich habe ihn gesehen, als die Polizei überall herumgeschnüffelt hat.«

»Wenn ihr eure Arbeit vernünftig getan hättet, wäre dies alles nicht passiert«, warf der andere ein.

Hugi erhob sich. Klemmte die Zeitung unter den Arm und setzte sich zu den Männern an den Tisch. Er deutete fragend auf die fast leeren Biergläser. Ein Nicken war die Antwort, und die zwei Stangen standen im Handumdrehen auf dem Tisch.

»Wie hast du das gemeint?«, wandte er sich an die

Adlernase. »Dass wir unseren Job nicht richtig gemacht hätten.«

»Wenn ihr die Kleine gefunden hättet, hätten sich alle wieder beruhigt, nicht wahr, Hermann?«

»Aber ich muss schon sagen«, erwiderte Hugi mit gerunzelter Stirn. »Es wurde ein Verbrechen vermutet, wo gar keines gewesen ist. Und die Kleine, wie ihr sie nennt, war volljährig und durfte gehen, wo immer sie hinwollte. Es war nicht Aufgabe der Polizei, sie daran zu hindern.«

»Der Bernhard Armin würde noch leben.« Er nahm die Brille von der Nase. Putzte die Gläser am Hemdzipfel.

»Das ist das Resultat einer üblen Hasskampagne. Und ich vermute, dass zwei so alte Hasen, wie ihr es seid, genau wissen, aus welcher Ecke diese Hetzjagd inklusive Schmähschriften gekommen ist.«

»Soll das jetzt ein Verhör werden?«, fragte Cordhemd, der anscheinend Hermann hieß, und Adlernase fügte hinzu: »Die Schroter können schlimmer sein als die Pressefritzen.«

»Mooo-ment.« Hugi betonte die Silben einzeln und deutete mit dem Zeigefinger abwechselnd auf die beiden. »Ihr seid doch vernünftige Leute, das sehe ich gleich. Und ihr habt sicher ein Interesse daran, dass aufgedeckt wird, wer dieses scheußliche Verbrechen an Esther Kaufmann begangen hat, oder etwa nicht?«

Die Rentner blickten schweigend auf ihre Stange, als ob darin ein Goldfisch schwimmen würde.

»Schaut mal«, fuhr Hugi fort. »Ich habe keine Hintergedanken und will euch nicht aufs Kreuz legen. Ich unterstütze die untersuchende Behörde bei den Ermittlungen, weil ich damals in Roggwil dabei gewesen bin.«

»Hermann, Rolf, nun macht doch nicht so auf stur.«
Der Wirt war mit einem feuchten Lappen neben den Tisch
getreten. Die Senioren hoben brav ihr Bierglas, damit die
Platte feucht abgewischt werden konnte. Dann setzte sich
der Beizer auf einen freien Stuhl an der Breitseite.

»Die beiden sind manchmal etwas grummelig, aber es
sind keine üblen Kerle«, klärte er Hugi auf.

»Du verkaufst uns jedenfalls gern ein Bier, Janosch«,
keifte Rolf. »Aber wir können unseren Stamm auch im
Hufeisen abhalten. Dann guckst du in die Röhre, nicht
wahr, Hermann?«

Der Angesprochene nickte eifrig, während Hugi sich
vom Wirt erklären ließ, dass das Hufeisen ein Lokal war,
das zum Reitsportzentrum gehörte, welches Richtung
St. Urban vor einigen Jahren aus dem Boden gestampft
worden war.

»Wie oft hast du das schon gesagt, Rolf«, meinte Janosch,
»und trotzdem sitzt ihr zwei jeden Tag bei mir und verhan-
delt das Dorfgeschehen vorwärts und rückwärts.«

»Hier fühlen wir uns eben daheim«, meinte der Alte und
stupste seinen Trinkkumpan an den Oberarm. »Aber Bier
gibt's auch im Hufeisen, nicht wahr, Hermann?«

Gemeinsames Nicken und freches Grinsen.

»Janosch, du weißt, dass du immer auf uns zählen
kannst«, meinte Hermann schließlich versöhnlich und
unterstrich seine Aussage mit einem tüchtigen Schluck
Bier.

»Also, wollen wir uns mal über den toten Gemeindepräsidenten unterhalten?«, warf Hugi, der sich brav im
Hintergrund gehalten hatte, etwas schüchtern ein.

»Der Armin war eine arme Sau«, sagte Rolf, kaum dass
Hugi seinen Satz beendet hatte. »Als Politiker und Lei-

ter einer Bankfiliale konnte er seine Führungsqualitäten ausspielen.«

»Aber zu Hause …«, ergänzte Hermann, »uiuiui, da sagte seine Frau deutlich, wo's langgeht.«

»Kein Wunder hat er seine Bestätigung anderswo gesucht.«

»Er ist gut bei den jungen Frauen angekommen, der Armin. Eloquent und charmant.«

»Bei Erika musste er um jeden Rappen betteln. Knallhart hat sie über das Familienbudget gewacht.«

»Und die Kinder, die haben alles bekommen, was sie wollten.«

»Verwöhnte Gören waren das. Sind immer mit dem neusten Modefummel am Arsch durch das Dorf stolziert, nicht wahr, Hermann?«

»Rolf, deine Ausdrucksweise lässt zu wünschen übrig.«

Kichernd griffen die älteren Männer zu ihrem Bierglas. Hugi hatte mit offenem Mund vom einen zum anderen geblickt. Plötzlich waren die beiden aufgetaut. Wie beim Pingpong hatten sie sich die Stichwörter zugeworfen.

»Warum fragst du uns nach Armin?«, wollte Hermann schließlich wissen. »Er kann das Mädchen wohl kaum getötet haben.« Erneutes Gekicher.

Langsam erinnerten die zwei Stammgäste Hugi an die alten Stänkerer aus der Muppet Show. Wie hießen sie doch gleich?

Doch bevor er darüber nachdenken konnte, nahmen Rolf und Hermann ihr Duett wieder auf.

»Ja, und da war noch sein politischer Widersacher, der ihm die kommunale Arbeit nicht einfach gemacht hat.«

Hugi horchte auf. Davon hörte er zum ersten Mal.

»Gerhard Gloor«, fuhr Hermann indes fort. »GG, der Graue Gerhard, wie wir ihn nannten.«

»Alles an ihm war grau. Seine Kleidung, seine Ausstrahlung, seine Politik. Ein verbissener Pedant, akribisch und exakt. Aber mit einem unwahrscheinlichen Organisationstalent, das muss man ihm lassen.«

»Armin hatte ihn bei der Wahl zum Gemeindepräsidenten knapp hinter sich gelassen. Das war für Gerhard eine große Schmach. Er wurde Vizepräsident und hat Armins Entscheidungen torpediert, wo er nur konnte.«

»Aber Armin hat die Attacken souverän pariert, nicht wahr, Hermann? Und mit seinem Charme und Charisma hat er sowieso alle in die Tasche gesteckt. Ein kleiner JFK, ja, das war er.« Rolf kicherte, und als er Hugis staunenden Blick wahrnahm, schob er nach: »Kennedy, 35. Präsident der Vereinigten Staaten. Alles klar?«

»Natürlich kenne ich JFK.« Hugi winkte ab. »Mir sind bloß ein paar Gedanken durch den Kopf geschossen.«

»Lässt du uns daran teilhaben, Herr Ex-Polizist?« Hermann stellte den Bierdeckel auf die Kante und ließ ihn Pirouetten drehen.

»Das Motiv für Armin Bernhards Selbstmord. Da kommen ganz neue Aspekte zum Vorschein. Könnte es außerdem sein, dass Esther Kaufmann ihn ebenso erpresst hat wie die anderen?«

Die beiden Stammgäste schauten sich verwundert an. Hermann schlug auf den Bierdeckel, sodass dessen wirbelnde Bewegung abrupt stoppte. »Erpressen – wie die anderen?«

»Keine Ahnung, was er meint. Du, Hermann?«, fügte Rolf hinzu.

»Ich bitte euch.« Hugi lehnte sich mit verschränkten Armen zurück. »Das war in Roggwil ein ständig wiederkehrendes Gesprächsthema. Die junge Dame aus gläubigem Haushalt, die den Männern den Kopf verdreht und anschließend noch Nutzen daraus zieht.«

»Nur Gerüchte.«

»Dummes Geschwafel.«

Hugi verengte die Augen zu Schlitzen. »Wo Rauch ist, da ist normalerweise auch Feuer. Oder seid ihr etwa auch auf sie reingefallen?«

Die Mienen der zwei Männer veränderten sich schlagartig. Rolf presste die Lippen zu einem dünnen Strich zusammen, und Hermann schlug empört auf den Tisch. Hugi zuckte nicht mit der Wimper.

»Hör mal zu.« Hermanns Gesicht war puterrot angelaufen. »Wir finden es ja nett, mit dir zu plaudern. Aber einfach so reinzuspazieren und uns zu beschuldigen, das geht eindeutig zu weit.«

»Ganz ruhig, Hermann«, beschwichtigte Janosch, der Wirt, der immer noch mit ihnen am Tisch saß.

Hugi schwieg und fixierte Rolf und Hermann abwechselnd mit seinem Killerblick, wie Danash ihn nannte. Bei völliger Ahnungslosigkeit dem Gegenüber zu suggerieren, dass man etwas wusste und nur darauf wartete, dass dieses aufgab und gestand.

»Nun gut«, meinte Rolf schließlich, während Hermann kopfschüttelnd sein Bierglas fixierte. »Es gibt da einen Bekannten von uns. Den hat die Kleine ganz schön geschröpft, nicht wahr, Hermann?«

»Hat dieser Bekannte auch einen Namen?« Hugi hatte seine Haltung keinen Millimeter verändert.

»Spielt das eine Rolle?«, brummte Hermann.

»Jetzt hört mal zu, ihr beiden.« Hugi lehnte sich nach vorne und faltete die Hände auf dem Tisch. »Die Kleine, wie ihr sie nennt, wurde vor ein paar Tagen getötet. Und ihr könnt mir glauben, jemand hatte eine gewaltige Wut auf sie. Wir, das heißt die Polizei und ich, suchen nach möglichen Motiven. Da tappen wir im Dunkeln. Und so, wie du das soeben erzählt hast«, er wandte sich an Rolf, »hat dieser Bekannte von euch einen beträchtlichen Grund, ziemlich sauer auf Esther Kaufmann zu sein.«

»Aber deshalb bringt er sie doch nicht gleich um«, fiel ihm Hermann ins Wort.

»Und woher wollt ihr zwei das wissen?« Hugis Blick war lauernd. Er durfte den Kontakt zu den Rentnern nicht verlieren. Vielleicht stand er kurz davor, eine wichtige Information zu erfahren.

Die zwei schauten sich kurz an. Hermann knickte den Bierdeckel hin und her, bis er in zwei Teile zerfiel.

»Ich nehme an, du kennst das Landhaus an der Murgenthalstrasse.«

Natürlich war Hugi dieses herrschaftliche Gebäude bekannt. Sehr häufig war er schon daran vorbeigefahren und hätte zu gern einmal eine Führung über das stattliche Gelände und durch das Innere des Hauses erhalten.

»Der Guthauser Franz kann dir bestimmt mehr dazu erzählen«, knurrte Rolf.

»Franz Guthauser? Der ehemalige Regierungsrat?« Hugi war verblüfft.

»Bingo«, sagte Rolf, »aber er wohnt schon lange nicht mehr dort. Seine Frau hat ihn rausgeschmissen – mit Pauken und Trompeten. Alles hat ihr gehört, deshalb ist ihm nicht viel geblieben. Doch er hat anschließend Politkarriere gemacht. Ein geschickter Manipulator ist er, der Franz. Frag ihn doch mal, weshalb die Ehe in die Brüche gegangen ist.«

»Von uns weißt du aber nichts«, zischte Hermann, und Rolf nickte dazu wie wild.

Hugi musste die Nachricht zuerst einmal sacken lassen. Durch den Besuch im Gasthaus hatte er interessante Informationen erhalten: die Namen von zwei Männern – Gerhard Gloor und Franz Guthauser –, von denen er vielleicht neue Erkenntnisse erfahren konnte.

Er wandte sich an Janosch, der stumm zugehört hatte. »Bringen Sie den beiden nochmals eine Stange. Und für mich bitte die Rechnung.«

ACHTZEHN

Am Empfang des Polizeipostens im Glaspalast saß derselbe Uniformierte wie beim letzten Mal. Heute hinderte er Hugi nicht am Weitergehen. Er sah nur kurz hoch und deutete mit dem Daumen nach hinten.

»Sie werden bereits erwartet«, murmelte er und vertiefte sich erneut in seine Unterlagen.

Hugi passierte die Theke, durchschritt den Korridor und bog links ab ins Einsatzbüro der Kriminalpolizei, wo Danash, kaum dass er ihn erblickte, die Hände in die Höhe streckte.

»Maestro Hugi!«, rief er, griff nach einer in Folie eingepackten Schokokugel und warf sie dem Eintretenden zu. Dieser fing die Schleckerei wie ein professioneller Baseballcatcher auf und grinste schelmisch.

»Immer noch in Form«, stellte Danash anerkennend fest, während er sich eine Kugel aus der Folie schälte.

»Guten Morgen, UP.« Stefanias Empfang war etwas weniger euphorisch, doch ihr Gesichtsausdruck spiegelte ebenfalls die Freude darüber wider, dass Hugi zu ihnen gestoßen war.

Naomi und Alain standen auf und begrüßten den Neuankömmling mit Handschlag.

Hugi hatte mit Stefania vereinbart, dass sie sich heute zu einem Meinungsaustausch treffen würden. Eine Auslegeordnung war angebracht, um die nächsten Schritte zu besprechen.

Während Naomi sich um Kaffee kümmerte – heute zierten grüne Strähnen ihre schwarzen Haare –, schoben Alain und Stefania zwei Tische zusammen, damit genug Platz für alle vorhanden war. Danash platzierte eine Handvoll Schokokugeln in der Mitte der Arbeitsfläche.

»Schön, dass du da bist«, sagte er fröhlich und klopfte Hugi auf die Schulter. »Aber nur damit du's weißt: Das vorher, das war ein harmloser Wurf. Ich habe meine Technik deutlich verbessert. Das nächste Mal musst du dich vorsehen.« Mit weißen Zähnen strahlte er Hugi an, und plötzlich merkte dieser, wie sehr er die Treffen mit seinem Team vermisst hatte. Als Naomi eine dampfende Tasse Kaffee vor ihn stellte, hatte er beinahe das Gefühl, er sei nie weggewesen.

»Also«, begann Stefania, setzte ihre Lesebrille auf und überflog Hugis Liste mit den Fragen und Überlegungen, die er ihr zuvor zugesteckt hatte. »Ich kann nicht verhehlen, dass wir uns momentan in einer Sackgasse befinden. Es sind keine wirklichen Fortschritte festzustellen, und daher habe ich UP gebeten, sich für einen informellen Austausch uns anzuschließen.«

»Tolle Idee«, frohlockte Danash, nach hinten gelehnt, die Arme hinter dem Kopf verschränkt. Alain piekte ihn in die Rippen, sodass er zusammenzuckte und drohend einen Finger erhob.

»Haltung annehmen, wenn wir Senioren zu Besuch haben«, mahnte Alain mit theatralischem Ton, worauf Danash sich kerzengerade hinsetzte und versuchte, einen ernsten Gesichtsausdruck aufzusetzen, was ihm allerdings völlig misslang. Wenigstens hatte er damit die Lacher auf seiner Seite.

»Legen wir los«, forderte Stefania die Truppe auf. »Esther Kaufmann vor 16 Jahren.«

»Aufgewachsen in strenggläubiger Familie.« Alain blickte auf seinen Laptop. »Bruder David, ganz nach dem Gusto der Eltern, drei Jahre jünger als Esther, späteres Theologiestudium. Reformierter Pfarrer in Rohrbach. Wird von der Bevölkerung nicht als Idealbesetzung angesehen.«

»Weshalb?«, wollte Hugi wissen.

»Manche Kirchgänger beschreiben seine Predigten als unverständlich und manchmal zu radikal. Außerdem scheint er der Gemeinde nicht dasselbe Ausmaß an Empathie entgegenzubringen, das sie von seiner Vorgängerin gewöhnt ist.«

»Das klingt nach Problemen«, warf Naomi ein. Die Brille, die heute auf ihrer Nase saß, hatte einen schmalen Goldrand. »Und nicht unbedingt kleinen.«

»Richtig.« Alain rieb sich die Nasenspitze. »Es sind bereits einige Beschwerden beim Kirchgemeinderat eingegangen. Dieser ist daran, die Reklamationen zu überprüfen, und will demnächst mit David das Gespräch suchen.«

»Ich habe mit ihm gesprochen«, meldete sich Stefania zu Wort. »Er ist sich der Spannung zwischen ihm und der Gemeinde nicht bewusst. Oder gibt es zumindest nicht zu.«

Hugi rief sich den jungen Kaufmann in Erinnerung. Die ablehnende Haltung ihm gegenüber. Der Wutausbruch vor dem Haus. Ihm fiel ein, dass er vorgehabt hatte, nochmals mit der Familie zu sprechen. Ein weiterer Punkt auf seiner To-do-Liste.

»Verzerrte Wahrnehmung der Realität«, warf Danash ein und biss in eine Schokokugel. »Aber ein Alibi hat der gute Pfarrer nicht, oder?«

»Er hat am betreffenden Morgen im Homeoffice gearbeitet. Keine Ehefrau, keine Partnerin, keine Zeugen.«

»Wir schwenken von der Vergangenheit in die Gegenwart«, mahnte Hugi und bedauerte, dass er nicht die Gesprächsleitung innehatte.

»Macht nichts«, murmelte Stefania, während sie auf ihren Notizblock kritzelte. »Der Tod seiner Schwester hat ihn schwer mitgenommen. Er hat beim Kirchgemeindepräsident um ein zweiwöchiges Time-out gebeten, was ihm gewährt wurde.«

»Also ein illustrer Kandidat für uns als Mordverdächtigen«, merkte Danash schmatzend an.

»Mit welchem Motiv?«, wollte Hugi wissen.

»Enttäuschung über seine ungläubige Schwester? Ein Konflikt aus vergangener Zeit?«

»Und bei welcher Gelegenheit sollte er sie in Langenthal erkannt haben?«

Schweigen.

»Da gibt's bestimmt einige Möglichkeiten«, durchbrach Danash schließlich die Stille. »Als sie nach dem Seminar ins Hotel zurückgekehrt ist. An der Bar oder beim Essen im Bären.«

»Aber sie hätte ihn bestimmt rechtzeitig erkannt und wäre ihm ausgewichen. Außerdem war sie gewiss nicht sofort zu identifizieren. Und auf der Straße …« Hugi blies die Backen auf. »Das Wetter war regnerisch und kalt. Ich kann mir vorstellen, dass sie einen Schal trug, der den unteren Teil des Gesichtes verhüllt hat. Nicht nur wegen des Wetters, sondern auch um sich vor neugierigen Blicken zu schützen.«

»Wir können David Kaufmann jedenfalls nicht von der Liste der Verdächtigen streichen«, unterbrach Stefania die Diskussion zwischen Hugi und Danash. »Lasst uns über die Eltern sprechen. Naomi?«

»Ähnlich wie der Bruder. Ich habe ihnen gemeinsam mit dem psychiatrischen Notdienst die Nachricht überbracht. Sie waren beide geschockt. Marianne, die Mutter, hat laut geschrien und war kaum zu beruhigen. Sie hat schließlich Hilfe in Anspruch genommen. Die Reaktion von Christoph, dem Vater, war genau gegenteilig. Er ist verstummt. Man konnte fast zusehen, wie eine Mauer um ihn herum gewachsen ist. Die Therapeutin hat sich anschließend auch um ihn gekümmert.«

»Und dein zweiter Besuch bei ihnen?« Stefania unterbrach ihre Kritzeleien und warf ihr einen Blick über den Rand der Lesebrille zu.

»Fassungslos. Niedergeschlagen. Sie waren kaum zu befragen. Die Mutter hat ständig die Hände gefaltet und ein stilles Gebet aufgesagt. Ich habe deutliche Spannungen zwischen ihr und ihrem Mann festgestellt. Er hatte sich schon vor Jahren damit abgefunden, dass seine Tochter tot war. Marianne hingegen war immer überzeugt davon gewesen, dass Esther eines Tages heimkehren würde. ›Mit Gottes Hilfe‹, sagte sie ständig. ›Ich war mir sicher, dass Er sie auf den rechten Weg zurückführen würde.‹ Als ich die beiden nach ihrem Alibi gefragt habe, kippte die Stimmung. Vor allem die Mutter konnte nicht verstehen, weshalb ich das wissen wollte. Christoph hat ihr dauernd gut zugeredet, dass dies Routinefragen seien. Dass die Polizei ihre Arbeit erledigen müsse. Er selbst hat mir allerdings auch einen pikierten Eindruck gemacht, als ich die beiden auf ihr Alibi angesprochen hatte.«

»Und? Haben sie eines?« Hugi lehnte sich gespannt nach vorne. Naomis Schilderung deckte sich mit seinen Beobachtungen bei den Kaufmanns.

»Marianne war am Morgen des Mordes einkaufen und hat sich um den Haushalt gekümmert. Christoph war im Wald spazieren. Zeugen dafür konnten beide nicht nennen. Aber die Kassiererin in der Migros glaubte sich zu erinnern, dass sie Marianne an der Kasse bedient hatte.«

»Gutes Gedächtnis.«

»Es ist ihr eingefallen, weil Mutter Kaufmann mit Kreditkarte bezahlte. Das hat sie erstaunt, da sie die Einkäufe sonst immer bar begleicht.«

»Aha. Und Christoph Kaufmann?«

»Er glaubt, dass er zwei Menschen unterwegs begegnet ist. Aber er habe sie nicht richtig wahrgenommen. Sei mit den Gedanken bei irgendeinem Bibelspruch gewesen. Wir konnten die Zeugen bisher nicht auftreiben.«

»Also hat keiner aus der Familie ein hundertprozentiges Alibi«, schloss Hugi. »Marianne Kaufmann wurde zwar im Supermarkt gesehen, hätte danach aber durchaus nach Langenthal fahren und ihre Tochter stellen können.«

»Richtig, UP.« Stefania hatte ihren Bleistift niedergelegt und trommelte mit Zeige- und Mittelfinger auf den Notizblock. »Bei allen fehlt mir allerdings ein glaubwürdiges Motiv.«

Bekümmertes Nicken von sämtlichen Gesprächsteilnehmern.

»Guten Morgen allerseits.«

Alle drehten verwundert den Kopf. Keiner hatte bemerkt, dass Staatsanwalt Nydegger ins Büro getreten war.

Hugi schluckte leer und fixierte sofort Stefania, die die Hand auf die Brust legte und ihm mit einem verzweifelten Kopfschütteln signalisierte, dass sie nichts vom Besuch gewusst hatte.

»Ich dachte mir, dass ich mal bei Ihnen vorbeischaue und mir ein Bild von den Ermittlungen mache.« Nydegger hatte seinen Mantel bereits ausgezogen und legte ihn sorgsam über eine Stuhllehne. Erst jetzt stellte er fest, dass neben den Ermittlern noch ein weiterer Teilnehmer in der Runde weilte.

»Hugi«, bellte er mit zusammengekniffenen Augen.

Der Angesprochene stand auf. Hob abwehrend die Hände. »Ich wollte meinem ehemaligen Team nur einen kleinen Besuch abstatten, Herr Staatsanwalt.«

»Und er hat leckere Schokokugeln mitgebracht«, kam ihm Danash zu Hilfe und deutete darauf. »Wollen Sie auch eine?«

Nydeggers Miene entspannte sich. »Geschenkt, Hugi, geschenkt. Es hätte mich schon sehr verwundert, wenn Sie nicht unterstützende Arbeit geleistet hätten. Ist ja quasi ein Heimspiel für Sie, nicht wahr. Und außerdem: Mit Ihren

Vorkenntnissen von 2008 sind Sie bestimmt ein Gewinn für die Truppe. Aber ich sage Ihnen eines, und das geradeheraus: Wenn Sie in irgendwelche Schwierigkeiten geraten sollten, so weiß ich nichts davon und kann auch keine schützende Hand über Sie halten. Ist das klar?« Ohne eine Antwort abzuwarten, schnappte er sich eine Schokokugel und wickelte mit wenigen Bewegungen die Folie ab. »Und nun los. Gibt's zu den Süßigkeiten auch eine Tasse anständigen Kaffee?«

NEUNZEHN

»Also, ich fasse mal zusammen.« Nydegger rückte seine vitriolgrüne Krawatte zurecht. »Sämtliche Familienmitglieder haben kein Alibi, ein Motiv ist allerdings nicht erkennbar. Und diese Esther scheint sich ziemlich ausgelebt zu haben. Scheint mir nicht so ungewöhnlich für eine junge Frau, zumal es wohl nicht so leicht gewesen war, bei solch bigotten Eltern aufzuwachsen. Und sie hat sich gern mit älteren Männern eingelassen, am liebsten verheiratete, die sie anschließend ausnehmen konnte.«

»So in etwa kann man das sagen«, bestätigte Stefania, während sie wieder auf ihren Notizblock kritzelte.

»Stellen wir uns doch mal Folgendes vor.« Nydegger

ließ seine Kaffeetasse auf dem Tisch kreisen. »Esther und der Gemeindepräsident hatten am Dorffest Sex. Unmittelbar danach fordert sie von ihm Schweigegeld. Eine nicht unbeträchtliche Summe, wenn man bedenkt, wie die Information seinem Ansehen schaden könnte. Von der Furcht, dass seine Ehefrau davon erfahren könnte, ganz zu schweigen. Das Geld hätte er wohl von ihr erbetteln müssen, wenn die Verhältnisse bei den Bernhards so gestaltet waren, wie Hugi uns das erzählt hat. Es wäre eine Katastrophe für ihn gewesen. Er bedroht Esther, wird vielleicht sogar gewalttätig, sodass sie vor ihm flieht. Sie entscheidet, dass dies der geeignete Moment ist, um alles hinter sich zu lassen. Ihre Familie, ihr Umfeld, ihre Heimat. Möglicherweise wirft sie vor ihrer Flucht bei Erika Bernhard noch einen Brief ein. Es gibt zwar kein Geld, aber schweigen will sie trotzdem nicht.«

»Das würde ihr Motiv fürs Weglaufen nicht grundsätzlich verändern. Möglicherweise wäre es sonst nur später geschehen.«

»Einverstanden, Hugi. Aber überlegen wir uns doch mal, wie es nach ihrer Flucht weitergegangen sein könnte. Die Bernhards kennen beide den Grund für Esthers Verschwinden. Sie wissen, dass sie nicht tot ist. Sie schweigen aber über den Tropfen, der für Esther das Fass zum Überlaufen gebracht hat. Was das familienintern auslöst, können wir nur vermuten. Was kriegen beispielsweise die Kinder mit? Wie heißen sie doch gleich wieder?«

»Beatrice, Michael und Isabelle«, half Danash.

»Außerdem wissen wir, dass Armin Bernhard auch andere Probleme wälzte. Denken wir an Gerhard Gloor, den Vizepräsidenten, der sich jede Blöße seines Konkurrenten zu Nutzen machte«, gab Hugi zu bedenken.

»Ziemlich viele Baustellen. Neben all den politischen Problemen, die ihn gewiss stark belastet hatten. Und dann kommen noch die Gerüchte dazu, dass er verantwortlich sein soll für das Verschwinden der jungen Dame. Beziehungsweise wirft man ihm vor, sie getötet zu haben.« Nydegger nickte nachdenklich. »Und das alles hat er nicht mehr verkraftet und hat nur noch den Strick als Ausweg gesehen.«

»Der Selbstmord ist verbürgt?« Naomi sah von ihren Papieren hoch. Der Staatsanwalt leitete mit einer eleganten Geste die Frage an Hugi weiter.

»Durchaus«, antwortete dieser. »Keine Fremdeinwirkung. Zu 100 Prozent.«

»Weiß man eigentlich, wer diese Schlammschlacht gegen Armin Bernhard damals orchestriert hat?« Nydegger blickte Hugi herausfordernd an.

»Dazu hatten die beiden Stammgäste im ›Gambrinus‹, von denen ich euch erzählt habe, auch eine Meinung. Ich musste sie ihnen allerdings Stück für Stück aus der Nase ziehen.«

»Na, da sind wir jetzt aber gespannt, Hugi. Ich sehe, Sie haben vortreffliche Arbeit geleistet. Und das alles mit einem simplen Besuch in einer Gaststätte. Sagen Sie, wann wollen Sie wieder bei uns beginnen?«

Gequält lächelnd winkte Hugi ab. »Man munkelt, dass Erika Bernhards Bruder hinter dieser Zettelaktion gesteckt hat.« Nachdem er die Rechnung beim Wirt geordnet hatte, hatten Hermann und Rolf ihm auch noch diese Information anvertraut. »Er hat die Schmähschriften drucken und sie in jedem Roggwiler Briefkasten verteilen lassen.«

»Der Bruder?« Nydegger lehnte sich ruckartig nach vorne. »War ihm denn nicht bewusst, dass er damit der ganzen Familie inklusive Schwester sowie Neffe und Nichten schadet?«

Hugi zuckte mit den Schultern. »Ich gebe nur wieder, was mir zugesteckt worden ist. Anscheinend war ihm das egal, und wahrscheinlich stand die Ehe der Bernhards damals ohnehin auf sehr wackeligen Beinen.«

»Nun denn.« Der Staatsanwalt griff wieder nach seiner leeren Kaffeetasse. »Was haben wir also? Einen Vizegemeindepräsidenten, der an Bernhards Stuhl gesägt hat. Einen Schwager, der massiv gegen ihn Sturm gesät hat. Alles Gründe für den Selbstmord des Gemeindepräsidenten. Aber keine Verbindung zu unserem Fall. Wissen wir etwas über die Männer, die Esther Kaufmann angeblich abgezockt hat?«

»Auch hier gibt es nur Vermutungen. Ein Name wurde mir genannt. Franz Guthauser.«

»Der ehemalige Regierungsrat?« Nydegger schüttelte den Kopf. »Heikle Sache. Das überlassen Sie bitte uns, Hugi. Eine Beschwerde wäre da wohl vorprogrammiert.«

»Ich werde mit ihm reden«, bot Stefania an.

»Gut, aber seien Sie sehr vorsichtig. Gehen Sie behutsam mit ihm um. Unsere Annahme basiert nur auf Gerüchten. Ich kenne ihn als umgängliche Person. Aber wer weiß, wie er reagiert, wenn plötzlich Leichen aus seinem Keller ans Tageslicht gebracht werden.«

Stefania nickte und machte sich neben ihren Kritzeleien eine Notiz.

»Gut.« Nydegger strich sich durchs Haar. »Weitere Verdächtige?«

Das war Alains Part. »Da wären in erster Linie einmal die Angestellten der Firma Neukomm, die in Kristina Schubert Esther Kaufmann erkannt haben könnten. Sowie natürlich alle Besucher, die sich an diesen beiden Tagen im Gebäude aufgehalten haben.«

»Ich wage gar nicht zu fragen, wie viele das sind.«

»Genug.« Alain räusperte sich und wischte sich einen imaginären Fussel vom Jackett. »Wir haben uns zunächst auf die Seminarteilnehmer beschränkt. Außerdem haben wir natürlich mit der Geschäftsleitung gesprochen.«

»Konnte bei jemandem irgendeine Verbindung zu den Vorfällen vor 16 Jahren in Roggwil festgestellt werden?«

»Zwei Seminarteilnehmer lebten damals dort. Sie haben allerdings beide ein wasserdichtes Alibi. Befanden sich zum Zeitpunkt des Mordes an ihrem Arbeitsplatz. Zeugen dazu gibt es genug.«

»Mist!« Nydegger stellte die Tasse mit einem Knall auf den Tisch. »Machen Sie weiter, Herr Bärtschi.«

»Dann gibt es diesen Mann, mit dem das Opfer am Tag vor seiner Abreise an der Bar geflirtet hat.«

»Das tönt doch vielversprechend.«

»Sackgasse. Der Mann ist dem Personal völlig unbekannt. Wir haben ein Phantombild anfertigen lassen und veröffentlicht. Keine Reaktionen.«

»Und dann«, brachte Naomi sich in das Gespräch ein, »gibt es noch diesen Stalker, von dem Kristinas beziehungsweise Esthers Freundin erzählt hat.«

»Ein Stalker?« Der Staatsanwalt wurde hellhörig. »Davon weiß ich ja gar nichts.«

Naomi brachte ihn auf den neusten Stand. »Möglicherweise ein One-Night-Stand von Esther, der sich mehr erhofft hatte.«

»Oder«, sinnierte Nydegger, »es handelt sich dabei um jemanden, der früher in Roggwil gelebt und sie in Stuttgart erkannt hat.«

»Und dann folgt er ihr nach Langenthal und bringt sie hier um?« Stefania schüttelte den Kopf. »Nicht besonders schlüssig.«

»Summa summarum also: Wir haben rein gar nichts.« Nydegger blickte in die Runde, wo alle betreten auf den Tisch starrten. »Hugi, gehen wir nochmals zurück ins Jahr 2008. Esther Kaufmann verlässt Roggwil und setzt sich wahrscheinlich ins Ausland ab. Gibt es dazu Erkenntnisse?«

Der Angesprochene blickte hoch. »Wir haben damals sämtliche Möglichkeiten ausgeschöpft, um sie zu finden. Ohne Erfolg.«

»Ich meine, die junge Dame brauchte doch Geld, um ihr Verschwinden in die Tat umzusetzen. Wie sah es mit ihrem Konto aus? Kreditkartenbewegungen? Handyortung?«

»Auf Esthers Konto lagen ein paar Hundert Franken. Sie hatte das Gymnasium abgeschlossen und hätte im kommenden Monat ihr Studium begonnen. Das Geld hat sie sich wahrscheinlich durch Erpressungen zusammengespart und in bar mitgenommen. Den Pass hat sie zu Hause zurückgelassen, ihre Identitätskarte trug sie immer in ihrer Handtasche bei sich. Es konnte kein Grenzübergang festgestellt werden. Und die Auswertung der mobilen Daten hat nichts gebracht. Vermutlich hat sie ihr Handy irgendwo weggeschmissen und sich ein neues besorgt.«

»Frau Kaufmann verschwindet also und wird zu einem Phantom, das elf Jahre später unter neuer Identität in Stuttgart wiederauftaucht. Und fünf Jahre später wird sie ermordet. Großartig.« Nydegger verwarf die Hände.

»Ich glaube nicht, dass ihre Zeit in der Anonymität etwas mit dem Mord zu tun hat«, meinte Stefania. »Sie war elf Jahre wer weiß wo, vielleicht in Europa, vielleicht in Asien oder Südamerika. Sollte während dieser Zeit etwas vorgefallen sein, so scheint es mir unwahrscheinlich, dass dies bis nach Langenthal nachwirkt.«

»Ich finde, Stefania hat recht«, warf Hugi ein. »Natürlich müssen wir jeden Stein umdrehen, aber ich glaube, eine ausweitende Recherche über die elf Jahre, in denen sie sich irgendwo befunden hat, können wir uns sparen. Zeitverschwendung. Das ist jedoch meine Meinung. Sie leiten die Ermittlungen.«

»Und was schlagen Sie vor, Hugi?«

»Ich bin davon überzeugt, dass wir das Motiv sowie den Täter oder die Täterin in den Ereignissen vor 16 Jahren finden werden. Alles andere ergibt für mich keinen Sinn.«

»Schön.« Nydegger wischte sich über die Stirn. »Frau Russo, übernehmen Sie bitte wieder. Und Hugi: Seien Sie vorsichtig mit Ihren Schnüffeleien. Und nun brauche ich noch einen Kaffee.«

ZWANZIG

Nach der Besprechung traf Hugi vor dem Glaspalast auf Naomi und Alain, die sich eine Pause gönnten, während er sich von Stefania und Nydegger bereits verabschiedet hatte.

Naomi aß ein Müsli, Alain drehte eine Wasserflasche in den Händen.

»Üble Sache«, meinte Hugi und legte Alain für einen Moment die Hand auf die Schulter. »Wie geht es euch beiden?«

Naomi lächelte gequält. »Viel Arbeit, wenig Schlaf.«

Alain nickte bestätigend. »Es hat sich viel verändert, seit du weg bist, UP.«

»Wie meinst du das?«

»Na ja.« Er hielt inne. »Die administrativen Aufgaben nehmen zu. Der ganze Apparat wird immer aufgeblähter. Formulare, Anweisungen, Erlaubnisbefugnisse. Man muss höllisch aufpassen, dass man keinen Fehler macht. Sonst stehst du plötzlich auf der Titelseite der Zeitung.«

»Oder bist auf YouTube zu sehen«, warf Naomi ein.

»Stimmt. Immer wird ein Handy gezückt. Die Öffentlichkeit wird mit Videos bedient, die häufig aus dem Zusammenhang gerissen sind.«

»Und das Team?« Hugi lenkte geschickt auf das zurück, was er mit seiner Frage eigentlich hatte erfahren wollen.

»Andere Führung, anderer Stil.« Naomi hatte das Müsli inzwischen aufgegessen. »Nichts gegen Stefania. Du kennst sie ja.«

»Das tue ich.«

»Ihr chaotischer Arbeitsstil kommt uns nicht wirklich zugute«, ergänzte Alain. »Sie lässt uns viele Freiheiten und ist sehr empathisch. Die Führung ist bei ihr jedoch wenig ausgeprägt.«

»*Noch* nicht«, gab Hugi zu bedenken.

»UP, sei doch realistisch. Stefania bleibt Stefania. Das ist auch gut so. Unter dir waren die Aufgaben klar verteilt und die Prioritäten gesetzt. Stets mit Blick auf das große Ganze.«

»Du fehlst uns schon etwas, UP«, meinte Naomi nachdenklich.

Hugi war gerührt, allerdings auch ein wenig erschrocken. Andererseits war unbestritten: Aus einem Apfel wird keine Banane. »Habt ihr mit Nydegger darüber gesprochen?«

»Wo denkst du hin?« Alain blickte ihn bestürzt an. »Wir wollen Stefania doch nicht in die Pfanne hauen. Sie macht ihren Job ordentlich. Wir konnten uns bisher einfach noch nicht an ihren Führungsstil gewöhnen.«

»Es ist schwierig, wenn man so große Fußstapfen hinterlässt wie du, UP.«

Hugi hätte Naomi am liebsten in den Arm genommen, was aber eine deutliche Grenzüberschreitung gewesen wäre. So nickte er den beiden zu und meinte: »Ihr schafft das schon.«

Das Gespräch purzelte ihm immer noch im Kopf herum, als er Richtung Zentrum marschierte – und erstaunt feststellte, dass heute Markttag war.

Er liebte den Markt in der Langenthaler Innenstadt. Schlenderte gern an den vielen Ständen entlang, begutachtete die üppigen Auslagen mit frischen Waren und ließ sich gerne auf einen kurzen Schwatz mit den Verkäuferinnen und Verkäufern ein. Außerdem traf man sich hier. Es konnte manchmal eine gute Viertelstunde dauern, bis Hugi sich von einem Stand zum nächsten bewegt hatte, da ihm ständig Bekannte über den Weg liefen, mit denen er ein paar Worte wechselte – und zeitweise auch mehr.

So stand er nun vor der Auslage einer ihm bekannten Bäuerin, bewunderte das frische Obst, kaufte eine Tüte mit Birnen und wollte sich bereits dem nächsten Stand zuwenden, als sein Blick auf die Frau neben ihm fiel. »Beatrice Bernhard?«

Sie hatte ihre rote Mähne auftoupiert und das Gesicht sorgfältig geschminkt. Alles passte perfekt zusammen, und trotzdem erweckte die Frau bei Hugi einen Anflug von Mitleid. Er schätzte sie als jemanden ein, der mit dem Altwerden Mühe hatte und um jeden Preis versuchte, die Jugend zu bewahren. Wenn er sich ihre Züge ein wenig genauer anschaute, wuchs die Überzeugung in ihm, dass eine kleine Operation gepaart mit ein paar Botox-Injektionen zu ihrem aktuellen Aussehen beigetragen hatte. Und das mit Mitte 30! Hugi konnte mit dem übertriebenen Schönheitswahn nichts anfangen.

»Capparelli heiße ich, Herr Hugi. Ich habe vor zehn Jahren geheiratet.« Ihre Stimme war tief und rauchig.

»Sie erinnern sich also an mich?«

»Ich habe in den letzten Tagen vermehrt an Sie gedacht, Herr Kommissar. Oder wie soll ich Sie ansprechen?«

»Wir haben keine Ränge bei der Kriminalpolizei – auch vor 16 Jahren hatten wir das nicht. Aber inzwischen bin ich im Ruhestand.«

Beatrice Capparelli war beinahe mit Hugi auf Augenhöhe – die hohen Absätze ihrer Lederstiefel machten sie über zehn Zentimeter größer. Sie trug einen eng geschnittenen Mantel und hatte einen dazu passenden Schal um den Hals geschlungen.

Er erinnerte sich, wie er ihr damals, nach dem Suizid ihres Vaters, Trost gespendet hatte. Die junge Frau war total durch den Wind gewesen. Hatte sich in eine Psychiatrie einweisen lassen müssen.

»Ihre ehemaligen Arbeitskollegen haben bereits bei mir Hof gehalten«, sagte sie. Lag ein Hauch von Vorwurf in ihrer Stimme? »Anscheinend betrachten sie mich als eine der Hauptverdächtigen.«

»Ist das so verwunderlich? Sie haben doch ein starkes Motiv, um sich an Esther Kaufmann zu rächen, nicht wahr?«

Beatrice nickte nachdenklich. »Da haben Sie gewiss recht, Herr Hugi. Wegen diesem Flittchen hat mein Vater sich das Leben genommen. Ich habe immer gewusst, dass er nichts mit ihrem Verschwinden zu tun hat. Sein Selbstmord war völlig unnötig.«

»Aber gesetzt den Fall, Sie hätten Esther Kaufmann vor ein paar Tagen in Langenthal wiedererkannt, so wären gewiss starke Rachegefühle in ihnen hochgekommen, oder nicht?«

Sie blickte ihm lange in die Augen, hob dann den Kopf und schaute sich um. »Wollen wir uns nicht irgendwo hinsetzen?«

»Gern.«

Hugi ging ihr voraus und steuerte die Linde neben dem »Choufhüsi« an, um deren Stamm eine runde Sitzbank angebracht war. Ein gemeinsames Kaffeetrinken im ala carte schien ihm der Situation nicht angemessen. Sie nahmen Platz, und er bot Beatrice eine Frucht an, was sie mit einer schroffen Geste ablehnte. So griff er selbst in die Tüte nach einer Birne und biss herzhaft hinein. Sie saßen einen Moment schweigend nebeneinander.

»Wissen Sie«, begann sie dann, »ich war damals wahnsinnig wütend auf alle und alles. Auf das kleine Luder, auf die Polizei, auf die unsägliche Hetze der Roggwiler Bevölkerung, auch auf meinen Vater, der einfach nicht von jungen Frauen lassen konnte, die kaum älter waren als ich selbst.«

»Wie gut kannten Sie Esther Kaufmann?«

Er erntete einen erstaunten Blick. »Ich dachte, Sie ermitteln nicht mehr?«

»Nun, ich unterstütze meine ehemaligen Kollegen etwas. Ortskenntnisse und so.«

Ein kurzes Zucken in ihrem Mundwinkel. »Sie sind ein Schlingel, Herr Hugi. Wollen Sie mich auch vernehmen?«

»Ich mache mir ein Bild von der Vergangenheit. Nennen wir unser Zusammenkommen doch ein unverbindliches Gespräch.«

Ihr Mienenspiel wechselte. Wahrscheinlich würde sie nun die Stirn runzeln, wenn das Botox es nicht verhindern würde, dachte Hugi.

»Verdächtigen Sie mich auch?«

»Wir dachten durchaus an Sie und Ihre Geschwister, als wir die wahre Identität der Toten feststellten.«

»Und dass ich kein Alibi habe, macht mich für Sie interessant.«

»Mich würden eher Ihre Gedanken zu der neuen Entwicklung interessieren.«

Beatrice schien sich mit seiner Erklärung anfreunden zu können.

»Ich glaube, wenn ich Esther damals in die Finger bekommen hätte, hätte ich für nichts garantieren können. Aber inzwischen ist viel Gras über die Sache gewachsen, und der Aufenthalt in der Psychiatrie hat mir gutgetan. Aber es war eine schlimme Zeit. Zunächst Esthers Verschwinden, dann das Getratsche im Dorf und der Selbstmord meines Vaters. Das war zu viel für mich.«

»Sie hatten keinen Kontakt zu Esther?«

»Esther war ein Jahr älter als ich. Ich bin in die Realschule gegangen, sie in die Sekundarschule. Wir lebten in unterschiedlichen Welten. Sie besuchte anschließend das Gymnasium, ich machte eine Lehre als Kosmetikerin. Wir haben im Ausgang manchmal ein paar Worte miteinander gewechselt, aber das war's auch schon. Sie war ohnehin ziemlich speziell.«

Sie ist sehr gesprächig, dachte Hugi. Das könnte interessant werden. »Wie meinen Sie das?«

»Na ja, sie trug die Nase immer etwas höher als die anderen, wenn Sie verstehen, was ich meine.«

»Das ließ sie ihr Umfeld spüren?«

»Sie hielt sich für was Besseres. Sie fand, Roggwil sei das hinterletzte Kaff auf dieser Welt. Völlige Provinz, wie die ganze Schweiz übrigens. Sie posaunte ständig hinaus, dass sie so rasch wie möglich von hier wegwolle, raus in die große weite Welt, wo man nicht so hinterwäldlerisch denke.«

»Hatte sie denn keine Freunde?«

Beatrice blies die Backen auf und ließ einen ploppenden Laut ertönen. »Sie war häufig allein unterwegs. Oder man sah sie zusammen mit Männern, die viel älter waren als sie. Auch in ihrer Familie war sie das schwarze Schaf. Die Kaufmanns waren ziemlich gläubig, das wissen Sie bestimmt. Esther foutierte sich darum, bezeichnete ihre Eltern als Bibelhirten und tat so ziemlich alles, womit sie sie brüskieren konnte.«

»Sie scheinen sie doch etwas besser gekannt zu haben.« Hugi konnte nicht umhin, Öl ins Feuer zu gießen.

»Wie gesagt, in einem kleinen Dorf wird mächtig getratscht. Das ist hier nicht anders als sonst wo. Sehr vielen Leuten missfiel Esthers Verhalten.«

»Was gab es denn zu beanstanden?«

»Sie kleidete sich freizügig, begann bereits während der

Schulzeit mit Rauchen und Trinken. Und die Männer ...
Man munkelte, dass sie sich von ihnen bezahlen ließ.«

»Sie meinen, sie hat sich prostituiert?«, fragte Hugi
unschuldig.

»Es hat sich niemals jemand konkret dazu geäußert.
Aber Gerüchte haben die Runde gemacht. Hauptsäch-
lich hatte man Mitleid mit den Eltern.«

»Und was ist mit ihrem Bruder?«

»David ist ganz anders als Esther. Er ist drei Jahre jünger, und ich glaube, er hat unter den Eskapaden seiner
Schwester sehr gelitten und nicht verstanden, weshalb sie
sich so verhielt.«

»Was ist mit Michael, Ihrem Bruder? Es heißt, dass die
meisten Männer von Esther fasziniert waren. War er auch
an Esther interessiert?«

»Sie sind bestens informiert, Herr Hugi. Er war völlig
vernarrt in dieses Luder. Meine Schwester Isabelle und
ich konnten ihn nicht verstehen. Er ist vier Jahre älter als
Esther und hat sie umgarnt wie die Bienen ihre Königin.«

»Und das hat ihr gefallen.«

»Sie war süchtig nach Männern. Es gefiel ihr, wenn sie
hofiert und mit Geschenken überschüttet wurde.«

»Also muss es für Ihren Bruder sehr schlimm gewesen
sein, als Ihr Vater verdächtigt wurde, Esther etwas angetan zu haben.«

»Sie haben gestritten. Ununterbrochen. Michael hat ihn
beschuldigt, sich an Esther vergangen zu haben.«

»Was Ihr Vater ja nie völlig bestritten hat.«

»Er hat damals zu Protokoll gegeben, dass er ein wenig
mit ihr herumgeknutscht habe. Das ist verwerflich, gewiss,
aber kein Verbrechen.«

»Sie haben Position für Ihren Vater bezogen?«

»Ich war enttäuscht von ihm, natürlich war ich das. Aber hätte man wirklich solch eine Hetzjagd auf ihn veranstalten müssen? Und nun ist ja klar, dass er Esther damals nichts angetan hatte. Man hatte ihn völlig zu Unrecht beschuldigt.«

»Wie stand Ihre Familie zu Ihrem Vater? Wurde ihm der Rücken gestärkt oder insgeheim auch mit dem Finger auf ihn gezeigt? Sie haben meine Frage noch nicht beantwortet, Frau Capparelli.«

In ihren Augen blitzte es auf. »Das gedenke ich auch nicht zu tun, Herr Hugi.«

EINUNDZWANZIG

Die Kaffee-Fabrik an der Bahnhofstrasse hatte ihren Betrieb vor drei Jahren aufgenommen und konnte sich seither an zahlreichen Kunden erfreuen, die in das Café kamen. Sei es, um rasch eine Packung selbst gerösteten Kaffee einzukaufen oder um im Lokal zu verweilen und sich mit diversen Köstlichkeiten verwöhnen zu lassen.

Als Urspeter Hugi am nächsten Tag das Café betrat, saß Danash bereits auf einem der Sofas, die an der Wand standen. Den Laptop aufgeklappt. Eine große Tasse Kaffee und einen Bagel mit Lachs vor sich auf dem Tisch.

»Sorry, Maestro«, sagte er grinsend, als Hugi sich ihm näherte. »*Working Place*. Für Leute wie mich gedacht, die sich ihren Lohn mit harter Arbeit verdienen müssen. Für Rentner sind die kleinen Tische da vorn reserviert.«

»Nach harter Arbeit sieht es bei dir aber nicht aus«, feixte Hugi und legte seinen Mantel auf die Sitzbank.

»Na klar. Weil mir mein Job so viel Spaß bereitet.« Er stand auf. Hielt Hugi die Faust hin, der den Gruß widerwillig erwiderte.

»Keine Kultur«, murmelte er.

»Falsch, Maestro. *Moderne* Kultur, die das unhygienische Händeschütteln bei fortschrittlich denkenden Menschen abgelöst hat.« Er lachte wiehernd und klopfte seinem ehemaligen Chef auf die Schulter. »Komm, setz dich hin, alter Mann. Du bist eingeladen.«

Hugi orderte einen doppelten Espresso. Während Danash die Bestellung an der Theke aufgab, blickte er sich im Raum um. Vor einer dunkelrot gestrichenen Wand gegenüber dem Eingang stand eine mächtige Röstmaschine, daneben lagen Säcke mit Kaffeebohnen. Das Lokal war einfach, aber modern eingerichtet. Hugi mochte es am liebsten, zur Feierabendzeit hier drin zu sitzen und die Pendler zu beobachten, die vom Bahnhof Richtung Stadtzentrum strömten.

»Voilà, Maestro. Ihr Getränk. Zum Wohl, der Herr.« Danash ließ sich wieder aufs Sofa fallen und klappte den Rechner zu. »Nett, dich auch mal außerhalb des Präsidiums zu treffen.«

Hugi wollte auf das Nachtessen bei sich hinweisen, ließ es dann doch bleiben. »Kommen wir zum Geschäftlichen.«

»Natürlich, Maestro, schließlich sind wir hier bei einem

Working Place. Keine Zeit mit Small Talk verlieren. Gleich ran an die Buletten.«

»Kumi, du kannst manchmal so anstrengend sein.«

»Bin ich gern, bin ich gern.« Er hob die Fäuste zur Seite und wippte verspielt hin und her.

»Also gut, Kumi. Mir kannst du nichts vormachen. Was ist los mit dir?«

»Mit mir? Alles im grünen Bereich. Es geht mir großartig.«

»Ja, das sehe ich. Aber das ist nur Show.« Hugi schob seine Tasse etwas zur Seite. Beugte sich vor. »Ein Spaßvogel warst du schon immer. Aber so aufgekratzt wie in den letzten Tagen, habe ich dich noch nie erlebt. Und außerdem«, er zeigte mit Zeige- und Mittelfinger auf seine Augen, »sehe ich die Traurigkeit in deinem Blick.«

Danash sah ihn verblüfft an. Er schien sich nicht sicher zu sein, was er darauf antworten sollte. Sackte schließlich zusammen. »Dir kann man nichts vormachen, Maestro. Es ist unglaublich.«

»Das hat ein Maestro so an sich. Also, Kumi, worum geht's?«

Der Angesprochene wand sich. Mit vorgeschobener Unterlippe flüsterte er schließlich: *»Family stuff.«*

»Du hast einen guten Zuhörer dir gegenüber.«

»Weißt du, Maestro«, er knubbelte an einem Finger herum, »ich habe noch mit niemandem darüber gesprochen.«

»Dann wird es höchste Zeit dafür.«

»Wart bitte. Lass mich ausreden.« Er blickte nach links und rechts, als ob Spione sie umgeben könnten. Dabei waren sie beinahe allein im Lokal. »In meinem tamilischen Umfeld ist es unmöglich, solche Dinge anzusprechen. Du weißt nicht, ob du den Leuten wirklich zu hundert Prozent vertrauen kannst. Oder ob auf irgendeinem Weg deine Familie davon Wind kriegt.«

»Es geht also um deine Eltern?«

»Weißt du, was ein *Kaliyana tarakar* ist?«

»Noch nie gehört.«

»Woher solltest du auch?« Danash winkte ab. »Das ist ein Heiratsvermittler.«

»Du sollst unter die Haube.«

»Nein, nein, Maestro. Du lässt mich nicht ausreden.«

Hugi lehnte sich zurück. Verschränkte die Arme. »Also gut. Ich bin ganz Ohr.«

»Meine kleine Schwester ist noch single. Und da meine Eltern sehr konservativ sind, finden sie, dass jetzt die Zeit zum Heiraten gekommen ist.«

»Und dazu braucht man solch einen …«

»*Kaliyana tarakar*, genau. Der durchleuchtet meine Schwester nach allen Regeln der Kunst, sucht nach einem passenden Ehemann und nimmt mit der entsprechenden Familie, die natürlich aus derselben Kaste stammen muss, Kontakt auf, um das Geschäft einzufädeln.«

»Himmeldotter«, entfuhr es Hugi.

»Tamilische Tradition«, knurrte Danash. »Auch bei mir könnte es demnächst so weit kommen, wenn ich meinen Eltern in nächster Zeit nicht jemanden vorstelle. Ich bin ja bereits 28, und in diesem Alter sollte ich eigentlich längst verheiratet sein.«

»Deine Schwester soll also verkuppelt werden.«

»Natürlich dürfen die Kinder auch ihre Meinung dazu äußern. Aber es ist besser, wenn du dich in dein Schicksal fügst.«

»Und das will deine Schwester nicht.«

»Es ist viel schlimmer, Maestro. Viel schlimmer.«

Hugi wartete ab, bis Danash sich wieder gefasst hatte.

»Jerusha hat jemanden kennengelernt und hat sich verliebt.«

»Aber das ist doch wunderbar. Dann braucht ihr keinen Dingsda.«

Danash verzog das Gesicht. »Na klar. Für dich ist es einfach. Aber es ist ein *Vellaikaran*.«

»Wie bitte?«

Danash hielt die Hand senkrecht neben den Mund und flüsterte: »Ein Weißer, Maestro. Verstehst du jetzt?«

»Ich vermute, dass dies problematisch ist.«

»Was heißt schon problematisch. Wenn das jemand herausfindet, bedeutet es das gesellschaftliche Ende für meine kleine Schwester. Die ganze Familie, der gesamte Clan würde den Kontakt zu ihr abbrechen. Sie wäre quasi eine Ausgestoßene.«

»Was habt ihr nur für Sitten.« Hugi schüttelte den Kopf.

»Unsere Tradition will es so. Weißt du, nicht alle Tamilen, die sich in der Schweiz niedergelassen haben, denken so. Es gibt viele, die eine sehr liberale Haltung zu dieser Frage haben. Wobei sie damit rechnen müssen, dass andere tamilische Familien sie deswegen meiden könnten.«

»Also, ich fasse mal zusammen.« Hugi versuchte, das Gehörte auf eine sachliche Ebene zu bringen. »Deine Schwester soll verheiratet werden. Dazu wurde ein Vermittler engagiert, der seine Arbeit aufgenommen hat. Aber nun hat sie sich in einen Weißen verliebt und möchte mit ihm zusammen sein.«

»Exakt, Maestro. Du hast es erfasst.«

»Und wenn sie ihn heiraten würde, so bräche deine

Familie den Kontakt zu ihr ab. Ihre tamilische Herkunft wäre quasi getilgt.«

»So ist es.«

»Und wie geht es nun weiter?«

Danashs Miene verdüsterte sich. »Heiraten will sie ihn. Sie hat sogar bereits mit ihm geschlafen.«

»Und das hat sie dir alles erzählt?«, wunderte sich Hugi.

»Das ist ebenfalls ein Problem. Ich habe ein sehr enges Verhältnis zu meiner Schwester. Sie berichtet mir alles. Aber durch mein Wissen, das ich nicht mit meinen Eltern geteilt habe, ist die Lage auch für mich gefährlich. Verstehst du, Maestro? Wenn sie ausgestoßen wird, so dürfte ich sie auch nicht mehr sehen. Wir müssten uns heimlich treffen. Und wenn jemand das beobachten und meiner Familie zukommen lassen würde …«

Danash saß zusammengesunken auf dem Sofa. Hugi wusste nicht, was er dazu sagen sollte. Er verstand den jungen Mann. Was für eine Belastung für ihn!

»So. Jetzt weißt du's.« Danash straffte seine Schultern. Wischte sich rasch mit dem Handrücken über die Augen. »Lass uns zum Geschäftlichen wechseln.«

»Kumi, du kannst jederzeit zu mir kommen, wenn du reden möchtest. Einen Rat geben kann ich dir wohl mit bestem Willen nicht, aber …«

»Alles okay, Maestro. Sprechen wir über was anderes.« Er presste die Lippen zusammen. Klappte seinen Rechner auf. »Armin Bernhards Schwager. Deshalb bist du doch hier.«

Hugi nickte. Er musste sich zusammenreißen, um den abrupten Themenwechsel mitzumachen.

»Also, ich habe mit ihm gesprochen«, berichtete Danash. »Kaspar Jenni heißt er. Arbeitet in einem Architekturbüro und hat sich über meinen Besuch nicht gerade gefreut. Über seinen toten Schwager wusste er nichts Gutes zu berichten. Er, also Jenni, sei immer auf der Seite seiner Schwester gestanden. Habe mit ansehen müssen, wie Armin Bernhard die Familie vernachlässigt habe. Seine Frau, die drei Kinder. Der Flirt mit Esther Kaufmann sei der Tropfen gewesen, der das Fass zum Überlaufen gebracht habe.«

»Daraufhin hat er die Schmähschriften verfasst.«

»Das hat er nicht zugegeben. Aber ich bin mir ziemlich sicher, dass er dahintergesteckt hat. Gemeinsam mit seinem besten Freund.«

»Kennen wir den?«

»Gerhard Gloor.«

»Der Graue Gerhard? Der Vize-Gemeindepräsident, der Armin Bernhard aufs Blut gehasst hat?«

»Wie gesagt, Maestro. Ich habe keine Beweise. Jenni wurde laut. So laut, dass wir sein Büro verlassen und uns nach draußen begeben mussten, um das Gespräch fortzusetzen. Die Emotionen sind komplett hochgekocht. Er hat kein gutes Haar an Armin Bernhard gelassen. Ihn der Hurerei bezichtigt. Einen Provinz-Casanova hat er ihn genannt. Jenni habe schon vor der Heirat seiner Schwester ein schlechtes Gefühl bei Bernhard gehabt und sie mehrfach vor ihm gewarnt. Oft sei sie später zu ihm gekommen und habe sich ausgeweint. Die Ehe habe nur noch auf dem Papier existiert.«

»Weshalb hat sie ihn nicht verlassen?«

»Der Kinder wegen. Wie das so häufig der Fall ist.«

»Hast du diesen Jenni auch gefragt, wie sich die Situation der beiden auf die Kinder ausgewirkt hat? Sie waren damals im Teenageralter und haben die Eskapaden ihres Vaters auch mitbekommen.«

»Er hat nur gemeint, dass Bernhards Selbstmord ein Segen für alle gewesen sei. Er hätte es schon viel früher tun sollen.«

»Arschloch.«

»Als er das sagte, platzte er fast vor Stolz. Ich dachte, jetzt sei der Moment gekommen, dass er zugibt, die Briefe verfasst zu haben. Dass er behauptet, es sei sein Verdienst, dass die Familie nun in Frieden leben könne. Aber er hat sich zurückgehalten. Hat im letzten Moment wohl bemerkt, dass er auf sehr dünnem Eis steht.«

»Danke, Kumi. Danke für deinen Bericht. Und für deine Offenheit.«

Betretenes Schweigen legte sich über die beiden Männer. Hugi war nachdenklich geworden. Wegen der Arroganz von Kaspar Jenni. Und wegen Danashs verzweifelter Lage.

Stefania Russo

Was für ein Kotzbrocken! Anders kann man es nicht ausdrücken, doch was kann man von einem ehemaligen Politiker erwarten, den man mit seiner unangenehmen Vergangenheit konfrontiert. Natürlich schaltete er sofort auf stur und gab sich pikiert. Ein aalglatter Widerling!

Dabei habe ich wirklich versucht, das Gespräch mit Franz Guthauser ganz schonungsvoll zu führen. Ihn darauf hinzuweisen, dass jede Erkenntnis über Esther Kaufmanns Vergangenheit uns wertvolle Hinweise in ihrem Mordfall liefern könnte.

Nun ja, wenn er zugeben würde, dass unser Opfer ihn damals erpresst hat, würden wir ihn in den Kreis der Verdächtigen aufnehmen. Das war ihm bewusst. Und außerdem ist es bestimmt unangenehm, an eine Sache erinnert zu werden, die man am liebsten vergessen würde.

Aber das alles rechtfertigt seine arrogante Haltung keinesfalls.

Schon von Beginn an war er sehr reserviert, hat sich hingesetzt, ohne mir einen Platz oder etwas zu trinken anzubieten. Lange ist er jedoch nicht sitzen geblieben. Bereits als ich mich behutsam zu den Gerüchten vorwagte, dass Esther reifere Männer verführt und anschließend erpresst habe, ist er mit hochrotem Kopf aufgesprungen. Was man eigentlich als halbes Schuldbekenntnis werten könnte.

Aber wie geht man diskret an solch eine Sache ran?

Entschuldigung, Herr Alt-Regierungsrat Guthauser, aber wir haben Grund zur Annahme, dass Sie vor Ihrer politischen Karriere eine Affäre mit einer deutlich jüngeren Frau hatten, die Sie im Nachhinein erpresst hat, was dazu führte, dass Ihre Frau Sie aus dem Haus rausgeworfen und die Scheidung verlangt hat, die Sie aufgrund des Ehevertrages teuer zu stehen gekommen ist.

Wie kann man das einigermaßen umsichtig und empathisch vortragen?

Natürlich erklärte er das Gespräch nach meinem Vortasten seinerseits für beendet, und auch mein Insistieren, dass ich ihn für eine Befragung vorladen kann, hat ihn nicht beeindruckt.

Er werde sich bei Staatsanwalt Nydegger über mich beschweren, fauchte er. Ich gestand ihm zu, dass das sein gutes Recht sei, und verließ seine Wohnung.

Als ich UP davon erzählte, lächelte er milde und meinte, dass nichts anderes zu erwarten gewesen sei. Aber es gäbe bessere Wege, um die Wahrheit herauszufinden.

Cherchez la femme, fügte er hinzu und bot mir an, sich der Sache selbst anzunehmen.

Was bin ich doch froh, ihn wieder im Team zu haben!

ZWEIUNDZWANZIG

»Mit Ihrem Besuch habe ich gerechnet.« Nathalie Born, ehemalige Guthauser, begrüßte Hugi mit neutralem Gesichtsausdruck und bat ihn einzutreten.

Er hatte sich schon lange einmal gewünscht, dieses prächtige Grundstück zu besichtigen. Jedes Mal, wenn er an der Villa vorbeigefahren war, war sein Blick an der Liegenschaft hängen geblieben.

Wie gepflegt die Bäume und Sträucher waren! Der Rasen hatte das Prädikat englisch hochverdient, und da insbesondere das Gebäude schon sehr alt war, merkte man deutlich, welch großer Wert auf die Instandhaltung gelegt wurde. Hugi konnte sich auf dem Anwesen eine Gartenparty vorstellen, wie in den Kriminalromanen von Agatha Christie. Alles nobel, gepflegt, distinguiert. Gäste aus der obersten Gesellschaftsschicht. Und dann, als der Gastgeber gerade zu seiner Rede ansetzen will: ein Schrei, der durch Mark und Bein geht, und nichts ist mehr wie zuvor. Hercule Poirot *himself*, der natürlich unter den Gästen weilt – wie könnte es auch anders sein? –, würde sich der Sache annehmen und feststellen, dass jede und jeder der Anwesenden Dreck am Stecken hat. Genüsslich würde er zur Befragung schreiten und zuletzt die Gesellschaft im Kaminzimmer versammeln, wo er ihnen wortgewaltig und ausführlich den Mörder präsentieren würde.

Die Villa war im Landhausstil eingerichtet, genau wie Hugi es sich vorgestellt hatte. Gemütlich und rustikal. Naturbelassenes Holz und eine Menge Gegenstände, die wahrscheinlich auf Flohmärkten gesammelt worden waren. Neugierig warf er einen Blick in die Räume, während Nathalie Born ihn in den Wohnraum führte.

»Wollen Sie eine Besichtigung?«, fragte sie etwas spitz, und Hugi errötete sogleich.

»Weshalb haben Sie mich erwartet?«, entgegnete er, um seine Verlegenheit zu überspielen.

»Franz hat mich angerufen«, schnaubte sie und lud Hugi mit einer Handbewegung ein, sich an einen Tisch zu setzen, auf dem bereits eine Karaffe mit Wasser und Zitronen stand. In der Ecke befand sich ein alter Holzschrank aus Tannenholz mit Bauernmalerei. »Er war ziemlich aufgebracht – was ich gut verstehen kann.« Ein bitteres Lächeln umspielte ihre Lippen.

»Er hat Sie gewarnt?«

»Was heißt gewarnt, Herr Hugi? Die Sache ist für ihn natürlich äußerst peinlich, auch wenn er nicht mehr in der kantonalen Regierung sitzt. Sagen wir also eher, er hat mich ziemlich resolut gebeten, Stillschweigen zu bewahren.«

»Worauf Sie aber nicht eingehen wollen.«

»Wie kommen Sie darauf?« Sie schenkte ihm sein Glas voll.

»Nun, sonst hätten Sie mich wohl kaum hineingebeten.«

»Sehr scharfsinnig.« Sie lehnte sich entspannt zurück, schlug ein Bein über das andere und blickte Hugi herausfordernd an. »Ich habe ihn damals bluten lassen. Und zwar nicht wenig, das können Sie mir glauben.«

»Erzählen Sie, was damals passiert ist.«

Nathalie stand auf, holte sich eine Schachtel Zigaretten und einen Aschenbecher. Sie hielt Hugi das Päckchen hin, er lehnte dankend ab.

Sie zündete sich ihren Stängel an. »Es wird noch so weit kommen, dass wir nur noch innerhalb der eigenen vier Wänden unserem Laster frönen dürfen. Was für eine Welt!« Energisch blies sie den Rauch gegen die Decke.

»Weshalb haben Sie Ihre Meinung geändert, Frau Born?«

»Geändert?« Sie blickte ihn einen Moment lang verwirrt an. »Ach so, ja. Wenn ich das richtig verstanden habe, geht es um diesen Mord an der Frau an der Langete.«

»Richtig.«

»Sehen Sie. Und wenn es um ein Verbrechen geht, so bin ich nicht mehr bereit zu schweigen.«

Hugi sah sie auffordernd an. Sie nahm einen weiteren Zug und klopfte die Asche ab.

»Ich erhielt damals mit der Post einen Umschlag zugestellt. Schon in den Tagen zuvor hatte ich Franz sehr fahrig und nervös erlebt. Das war so gar nicht seine Art. Als ich dann das Kuvert öffnete, wusste ich, woher der Wind wehte.«

»Es enthielt Bilder.«

»Schlechte Fotografien. Amateurhaft. Aber man konnte ihn darauf deutlich erkennen.«

»Woraus Sie Konsequenzen gezogen haben.«

»Wir hatten einen Ehevertrag. Das Haus hatte ich von meinen Eltern geerbt, und das meiste Vermögen hatte ich mitgebracht. Franz wusste genau, worauf er sich mit mir einließ. Und er wusste auch, dass ich keinen Fehltritt dulden würde.« Sie zuckte teilnahmslos die Schultern. Ihre Worte waren ohne den Hauch von Emotionen über ihre Lippen gekommen. »Also habe ich ihn rausgeworfen. Auf der Stelle. Es war erbärmlich, Herr Hugi. Er hat gebettelt wie ein kleines Kind. Ist auf den Knien herumgerutscht, hat mich angefleht, diesen einmaligen Ausrutscher zu vergessen. Es würde nie mehr vorkommen. Was man eben so sagt.«

»Aber Sie waren unerbittlich.«

»Ich bin für klare Verhältnisse, Herr Hugi. Das weiß auch mein jetziger Mann. Ich entschuldige keinen Seitensprung und halte mich auch selbst an das Gelübde der Ehe.«

»Wissen Sie, um wie viel er damals erpresst werden sollte?«

»Ich habe keine Ahnung und wollte es auch nicht wissen. Aber ich kann mir gut vorstellen, dass er es von seinem eigenen Geld nicht bezahlen konnte.«

»Und trotzdem hat er eine beachtliche politische Karriere hingelegt. Braucht man nicht etwas Kleingeld dafür?«

»Zwei Jahre später ist sein Vater gestorben, und Franz hat eine beachtliche Summe geerbt. Ein Haus befand sich ebenfalls im Nachlass. Das hat ihn wieder ins finanzielle Lot gebracht. Er stand zum Zeitpunkt unserer Trennung am Einstieg in die Politik und wurde zum Senkrechtstarter. Seine Wahl zum Regierungsrat verdiente durchaus Beachtung, das muss ich selbst sagen. Und ich wollte ihm dabei nicht im Weg stehen, das hatte ich ihm trotz allem versprochen. Wir vereinbarten daher Stillschweigen über unsere Scheidung. Das Buschtelefon ist natürlich trotzdem heißgelaufen, das können Sie sich ja vorstellen. Mit der Zeit verloren sich diese Gerüchte langsam im Sand, und während seines Wahlkampfs war das Ganze Schnee von gestern.«

Hugi nickte nachdenklich. »Und von Esther Kaufmann hat er nichts mehr gehört?«

Sie zündete sich eine neue Zigarette an. »Keine Ahnung. Für sie war das Thema mit dem Versenden der Bilder wohl abgeschlossen. Wenn du nicht zahlst, dann mache ich meine Drohung wahr. Da war sie wenigstens konsequent.«

»Und Sie? Sie hatten keinen Hass auf das Mädchen?«

Nathalie lachte bitter. »Weshalb sollte ich? Sie war gerissen, aber es war nicht ihr Fehltritt. Franz hätte nein sagen und sich damit einen Haufen Probleme ersparen können.«

Hugi hatte das Glas bisher unangetastet vor sich stehen lassen. Jetzt nahm er einen tüchtigen Schluck. Nathalie Born war eine taffe Frau, zweifellos. Und Franz Guthauser hatte sich trotz seiner für ihn desaströsen Scheidung eine beachtliche Karriere aufgebaut. Tatsächlich glaubte er inzwischen nicht mehr, dass einer der beiden ein glaubhaftes Motiv hatte, um nach so langer Zeit die Vergangenheit wiederaufleben zu lassen und Rache zu verüben.

Doch ein kleiner Zweifel blieb immer …

DREIUNDZWANZIG

Der Graue Gerhard, dachte Hugi unwillkürlich, als er das Büro des Generalagenten einer Versicherung betrat. So hatte ihn Hermann im »Gambrinus« genannt. Und wie recht er doch gehabt hatte!

Nach dem Besuch bei Nathalie Born hatte Hugi beschlossen, auf dem Heimweg bei Gerhard Gloor vorbeizuschauen. Er wollte mit dem Mann sprechen, der Armin Bernhard so stark zugesetzt und wahrscheinlich mit seinem besten Freund Kaspar Jenni die Schmähschriften verfasst hatte.

Der ehemalige Vize-Gemeindepräsident erhob sich von seinem Schreibtisch. Mit energischen Schritten trat er zu ihm. Tatsächlich, alles an ihm war grau. Die wenigen Haare hatte er sorgfältig übers Haupt gekämmt, der Ziegenbart hätte einen Schnitt vertragen können. Sogar das Gesicht wirkte grau. Gerhard Gloor verkörperte den Prototyp eines biederen Beamten. Selbst der Raum wirkte farblos. An der Wand hing ein modernes Gemälde mit grauen Klecksen, und die anthrazitfarbenen Sessel tendierten auch eher zu einem dunklen Grau als zu Schwarz.

Die Hand, die Hugi schüttelte, war kalt und erinnerte ihn unangenehm an einen Fisch.

»Darf ich Ihnen etwas anbieten? Kaffee, Wasser?«

Hugi musste sich beherrschen, dass er die Stimme nicht auch noch als grau empfand.

»Ein Kaffee wäre schön. Ohne Zucker, mit Sahne.«

Gloor blickte zur Tür. »Samantha, Sie haben es gehört. Und für mich einen Espresso.«

Die Angesprochene, die Hugi in dieses triste Büro geführt hatte, nickte und schloss die Tür hinter sich.

»Wollen wir uns setzen?« Gloor wies in eine Ecke, wo drei metallene Stühle um einen niedrigen Glastisch standen. »Sie sind von der Polizei«, stellte er fest, als er sich Hugi gegenüber niedergelassen hatte, und dieser klärte den Irrtum sogleich auf. »Soso, ein pensionierter Kriminalist also.«

Wenn er wenigstens kurz ein Lächeln zeigen würde, dachte Hugi. Das würde ein klein wenig Farbe in seine Erscheinung bringen.

Während der Kaffee serviert wurde, schwiegen die beiden Männer. Erst als Samantha sich wieder hinausbegeben hatte, nahm Gloor die Espressotasse und lehnte sich in den Sessel zurück. Den Arm legte er über die Stuhllehne, womit er seine Haltung Hugi gegenüber unterstrich. »Ist die Polizei so verzweifelt, dass sie die Unterstützung von Rentnern benötigt? Sie scheinen mir übrigens etwas jung für einen AHV-Bezüger.«

»Frühzeitige Pensionierung«, gab Hugi zurück.

»Wenn man sich das leisten kann …«

Ich werde dir bestimmt nicht noch mehr auf die Nase binden, dachte Hugi. Die Abneigung seinem Gesprächspartner gegenüber wuchs. »Ich möchte mit Ihnen über den Mordfall in Langenthal sprechen. Sie haben gewiss davon gelesen.«

»In der Tat.« Gloor hielt die Tasse mit Daumen und Zeigefinger, den kleinen Finger abgespreizt. Was für ein Snob! Hugi musste sich zusammenreißen, um Ruhe zu bewahren. »Und was hat das mit mir zu tun?«

»Wir gehen jeder Spur nach. Das Verbrechen könnte mit Armin Bernhards Selbstmord im Zusammenhang stehen.«

»Armin.« Er verzog spöttisch den Mundwinkel. »Der strahlende und begehrte Armin. Ich habe ihm seinen Tod gewiss nicht gewünscht, aber – verzeihen Sie, wenn ich das sage – er hat sich sein eigenes Grab geschaufelt.«

»Wie meinen Sie das?«

»Nun.« Gloor beugte sich vor und stellte die Espressotasse auf den Tisch. Sie war leer. Er hatte das heiße Getränk mit einem Schluck getrunken. »Armin hatte Vorlieben, die relativ schwierig mit einem öffentlichen Amt zu vereinbaren sind. Aber das wissen Sie bestimmt bereits.« Er blickte Hugi herausfordernd an, doch dieser verzog keine Miene und schwieg. »Frauen, Frauen jeglichen Alters, mit Vorliebe jung.«

»Das ist noch kein Verbrechen.« Auch wenn Hugi Bernhards Verhalten nicht guthieß, gegenüber diesem arroganten Schnösel war er bereit, Partei für den ehemaligen Gemeindepräsidenten zu ergreifen.

»Können Sie sich vorstellen, Herr Hugi, wie das für seine Familie gewesen ist? Der Mann, der Vater, der das Dorf repräsentierte. Den sie kaum zu Hause sahen, weil er seine *zahlreichen Verpflichtungen* wahrnehmen musste.« Er malte mit den Fingern Gänsefüßchen in die Luft. »Und von dem jeder in der Gegend wusste, dass er seinen Schwanz nicht in der Hose lassen konnte.« In Gloors Stimme waren keinerlei Emotionen festzustellen. Die Aura des Grauen verschmolz perfekt.

»Ich wundere mich etwas, dass Ihnen Bernhards Familie so am Herzen liegt, Herr Gloor.«

»Erika Bernhard ist die Schwester meines besten Freundes Kaspar Jenni. Armin, sein Schwager, war eine Schande für die ganze Gemeinde, Herr Hu-gi.« Er betonte dabei beide Silben von Hugis Namen. Damit waren die Positionen eindeutig bezogen. Gegenseitig.

»Wie man so hört, war Ihr Verhältnis zu ihm ziemlich zerrüttet.« Hugi erwartete, dass der Graue Gerhard diese Behauptung abschwächen, sie als übertrieben bezeichnen würde. Doch er hatte sich getäuscht.

»Das ist höflich ausgedrückt. Wir haben uns einen erbitterten Wahlkampf geliefert und uns nichts geschenkt. Doch wenn die Bevölkerung das Erscheinungsbild über die Fachkompetenz setzt ... Tja, was will man dazu sagen?«

»Wir haben freie Wahlen«, warf Hugi ein, was ihm einen bösen Blick seines Gegenübers einbrachte.

»Natürlich haben wir das.« Gloors Miene war inzwischen versteinert.

»Und jedem steht es frei, ob er nach einer verlorenen Wahl im Gemeinderat bleiben will oder nicht.«

»Freie Entscheidung, wie Sie bereits sagten, Herr Hugi. Es blieb Armin aufgrund der Konstellation in der Behörde nichts anderes übrig, als mich zum Vize zu ernennen. Wenigstens gab es so jemanden, der ihm genau auf die Finger geschaut hat. Das war ich Roggwil schuldig.«

»Übertreiben Sie jetzt nicht ein wenig?« Hugi versuchte, den Grauen Gerhard zu provozieren, Emotionen zu zeigen. Er blieb erfolglos.

»Sehen Sie, Herr Hugi, es gab zwei Facetten von Armin Bernhard, mit denen ich mich überhaupt nicht einverstanden erklären konnte. Die eine, darüber haben wir bereits gesprochen, waren seine Ausschweifungen, seine Affären. Ich möchte nicht wissen, wie viele Frauen er geschwängert hat.«

»Das ist eine Unterstellung.«

»Richtig. Und zweitens war er seinen Aufgaben als Gemeindepräsident – salopp gesagt – schlichtweg nicht gewachsen.«

Den kann man wirklich nicht aus der Reserve locken, dachte Hugi.

»Wissen Sie«, fuhr Gloor fort, »das Repräsentieren ist nur ein kleiner Teil dieser großen Aufgabe. Und diesen hat er gewiss befriedigend erledigt. Das darf ich ihm attestieren. Aber der Rest … Sie können sich nicht vorstellen, welchen Scherbenhaufen ich nach seinem Tod vorgefunden habe.«

»Sie haben das Amt damals übernommen«, stellte Hugi nüchtern fest.

»Natürlich, ich war schließlich der Vize. Es war meine Pflicht, und ich habe sie gewissenhaft ausgeführt. Aber in welch finanzielles Fiasko Roggwil wahrscheinlich hineingeschlittert wäre, wenn …«

»Also war Armin Bernhards Tod ein Segen für die Gemeinde.« Hugi konnte den Zynismus nicht mehr verstecken.

Doch auch hier reagierte Gerhard Gloor gelassen. »Das muss man leider so sagen. Ich habe hinter den Kulissen tüchtig aufräumen müssen. Es ist eben nicht damit getan, bei jedem Anlass sein Konterfei in die Kamera zu halten. Das Gemeindepräsidium erfordert harte Arbeit.«

»Und trotzdem hat Roggwil es Ihnen nicht gedankt.« Hugi konnte nicht umhin, diese Spitze abzuschießen. »Bei den nächsten Wahlen wurden Sie erneut nicht berücksichtigt.«

»Undank ist der Welt Lohn, Herr Hugi.«

Er schwieg, und die beiden Männer musterten sich wie Boxer im Ring, die jeden Moment aufeinander losgehen würden.

»Ich bin etwas erstaunt über Ihre Bemerkungen. Was hat das mit dem Todesfall in Langenthal zu tun?«

»Ein Ermittlungsansatz geht von der These aus, dass sich jemand an Esther Kaufmann für Bernhards Selbstmord gerächt hat.«

»Ach, und wer sollte das gewesen sein?«

Hugi schwieg. Dumme Frage – keine Antwort, dachte er. Die Macht des Schweigens.

»Die Anteilnahme an Armins Tod damals war ja enorm.« In Gloors Augen war beißender Spott zu erkennen. »Die Kirche reichte nicht aus, man übertrug die Trauerfeier sogar in den Saal des Bären. Sie haben also eine große Auswahl an Kandidaten, auf die Ihr Profil zutreffen könnte, Herr Hugi.«

Hugi biss die Zähne zusammen. »Wir dachten in erster Linie an die Familie Bernhard.«

»Dachten Sie.« Gloor lehnte sich zurück und rückte sein Sakko zurecht. »Verständlich. Aber unrealistisch. Ich glaube nicht, dass nach so langer Zeit der Schmerz über den Verlust noch so tief sitzt, dass er zu einem Verbrechen führen würde. Außerdem – haben Sie bereits mit den Familienangehörigen gesprochen?«

»Das haben wir.«

»Dann werden Sie bestimmt festgestellt haben, dass die Trauer nicht bei allen vieren gleich ausgeprägt war. Es gibt welche, für die sein Suizid eher eine Erlösung war.«

Das höre ich nicht zum ersten Mal, dachte Hugi. Ähnliche Worte hatte Kaspar Jenni auch an Danash gerichtet.

Da hatten sich zwei richtige Kotzbrocken gefunden!

»Dem Selbstmord war ja eine Hetzjagd vorangegangen. Denken Sie nicht, dass die Anstifter dazu ein schlechtes Gewissen haben?«

»Wer mit dem Druck nicht zurechtkommt, sollte nicht in der Öffentlichkeit stehen«, meinte Gloor beißend.

Ich halte das hier nicht mehr aus, dachte Hugi. Er gab sich Mühe, eine freundliche Miene aufzusetzen, und erhob sich. »Vielen Dank, Herr Gloor, dass Sie mir Ihre Zeit zur Verfügung gestellt haben.«

Der Graue Gerhard nickte und stand ebenfalls auf, ergriff jedoch die entgegengestreckte Hand nicht, sondern knöpfte sein Sakko zu. »Ich wundere mich übrigens, dass Sie mich nicht nach meinem Alibi gefragt haben.«

»Haben Sie eines?«

»Ich war den ganzen Morgen in der Agentur. Kundengespräche. Samantha, ich meine Frau Bösiger, kann Ihnen gern meine Agenda zeigen. Und jetzt entschuldigen Sie mich bitte. Ich habe zu tun, und Sie finden bestimmt allein heraus.« Während er sprach, hatte er sich bereits wieder hingesetzt und seinen Blick auf den Laptop gesenkt.

Hugi schaute kurz zurück, dann schloss er die Tür und verließ das Gebäude.

Draußen zog er die frische Luft tief in seine Lungen.

Was für ein Scheusal!

Und gleichzeitig ging ihm noch ein anderer Gedanke durch den Kopf: Könnte es sein, dass er ebenfalls von Esther erpresst worden war? Und auch Kaspar Jenni, sein bester Freund?

VIERUNDZWANZIG

Nach den Gesprächen mit Nathalie Born und Gerhard Gloor brauchte Hugi erst mal Ruhe. Vor allem der Besuch beim Grauen Gerhard hatte ihn emotional aufgewühlt.

Wie konnte ein Mensch nur so kaltschnäuzig und überheblich sein? Glaubte er tatsächlich, mit seiner Hetze – und Hugi war überzeugt, dass er dahintersteckte – der Familie Bernhard etwas Gutes getan zu haben?

Als Hugi in seine Wohnung zurückkehrte, fütterte er zuerst seinen Kater. Er selbst hatte keinen Hunger. Der Appetit war ihm vergangen. Er setzte die Kopfhörer auf. Legte Iron Maiden auf. Ließ sich auf dem Sofa nieder, wo er es aber nicht lang aushielt. Die Wucht der Musik raste unmittelbar über ihn. Er schnellte hoch, sprang durch das Wohnzimmer mit erhobenen Fäusten wie ein Boxer. Schlug auf einen imaginären Sandsack ein. Arbeitete sich an der Luftgitarre ab. Schüttelte seinen Kopf und stellte sich vor, wie ihm seine Haarmähne um den Kopf fliegen würde.

Zorro saß neben seinem leeren Futternapf, die Vorderbeine parallel aufgerichtet, würdevoll und elegant wie ein König.

Hugis Stirn war schweißüberströmt. Er zog das Hemd aus und rockte weiter durch die ganze Wohnung. Als er sich völlig ermattet aufs Sofa sinken ließ, hatte der Minutenzeiger eine volle Umdrehung zurückgelegt.

Außer Atem entledigte Hugi sich seiner Kleider. Begab sich unter die Dusche. Kalt, warm und zum Schluss eiskalt, sodass er schmerzvoll aufschrie und den Wasserhahn sogleich zudrehte. Mit einem Handtuch um die Hüften setzte er sich aufs Bett und dachte nach.

Bisher hatten ihre Ermittlungen nur aufgezeigt, wie man Armin Bernhard in den Selbstmord getrieben hatte. Was sie dagegen über Esther Kaufmann herausgefunden hatten, konnte man an einer Hand abzählen.

Was war also der nächste Schritt?

Wer könnte ihm etwas über Esthers Zeit in Roggwil erzählen, was er nicht schon wusste?

Esthers Lehrer vielleicht? Dann müsste er zunächst die betreffende Person ausfindig machen. Also ein Anruf auf dem Schulsekretariat?

Nein! Himmeldotter!

Hugi sprang auf. Schlug mit der Faust in die andere Hand. Das Handtuch fiel zu Boden. Egal. Splitternackt rannte er ins Büro. Blätterte durch die Akten von 2008.

Neuenschwander.

Der ehemalige Pfarrer.

Wenn jemand etwas über die damalige Stimmung im Dorf berichten konnte, dann ein Geistlicher.

Hugi legte sich aufs Bett.

Kurz bevor ihm die Augen zufielen, erinnerte er sich mit Schrecken, dass er sich seit Tagen nicht mehr in die Datingplattform eingeloggt hatte.

»Claudia, Andrea«, murmelte er. »Andrea, Claudia. Morgen.«

Dann übermannte ihn der Schlaf.

Am nächsten Morgen parkte er seinen Wagen auf einem kleinen Parkplatz, fast gegenüber des Bäckerei-Cafés Zulauf. Er überlegte kurz, ob er sich eine Nascherei für den Abend kaufen sollte. Verwarf jedoch den Gedanken und schlenderte die Brennofenstrasse entlang, bis er vor einem Haus mit weißer Fassade und roten Fensterläden stand. Filigrane Äste rankten quer über die Hausfassade, vom Boden bis weit unter das vorstehende Giebeldach. Efeu oder vielleicht eine Art Weinrebe. Hugis botanische Kenntnisse waren arg beschränkt – sein Interesse galt mehr den Tieren als den Pflanzen.

Er klingelte und wartete lange. Als er nochmals den Knopf drücken wollte, wurde die Tür von einer alten Frau geöffnet, die eine karierte Schürze trug und das weiße Haar zu einem strengen Dutt gebunden hatte.

»Ich möchte gern zu Pfarrer Neuenschwander«, sagte Hugi.

Die Frau nickte. »Pfarrer ist er schon lange nicht mehr«, murmelte sie und ließ ihn eintreten. War sie seine Ehefrau oder die Haushälterin? Sie führte ihn in eine gemütliche Wohnstube, wo sie ihn um etwas Geduld bat, und verließ anschließend den Raum. Hugi sah sich um. Durch die Gardinen fielen Sonnenstrahlen, in denen Staubpartikel tanzten. An einer Wand hing ein großes Mandala aus Holz. Es roch, als ob Erfrischungsspray versprüht worden wäre.

Er verschränkte die Arme hinter dem Rücken und inspizierte das Bücherregal. Ein bunter Mix aus wissenschaftlichen Schriften und Belletristik. Ein Titel erregte seine Aufmerksamkeit. »Religion für Atheisten«. Er zog das Buch von dem Tablar und blätterte so vertieft durch die Seiten, dass er nicht bemerkte, dass jemand in den Raum kam.

»Sind Sie Atheist?«

Hugi drehte sich um. Lorenz Neuenschwander trug ein blütenweißes Hemd unter einem anthrazitfarbenen Pullunder. Dazu dunkelbraune Cordhosen und altmodische Pantoffeln. Seine Glatze glänzte, als wenn er sie soeben poliert hätte. Der dichte weiße Bart wirkte gepflegt.

Verlegen stellte Hugi das Buch zurück und räusperte sich. »Entschuldigen Sie bitte meinen überfallartigen Besuch. Ich hätte mich telefonisch anmelden sollen.« Er stellte sich vor, und sie schüttelten die Hände.

Neuenschwander musterte ihn aufmerksam. »Sie kommen mir bekannt vor.«

»Ihr Gedächtnis trügt Sie nicht.«

»Ach, es muss lange her sein, und das Erinnern fällt mir immer schwerer.«

»16 Jahre, um genau zu sein.«

»Sehen Sie. Da ist es in meinem Alter schon erstaunlich, dass Sie mir nicht ganz entfallen sind. Wollen wir uns nicht setzen?« Er wies auf einen runden Tisch aus massivem Holz mit einer gehäkelten weißen Baumwolltischdecke. Ein kleines Blumenarrangement stand sauber ausgerichtet in der Mitte.

Sie setzten sich auf unbequeme Holzstühle. Hugi spürte sogleich seine Bandscheibe im Lendenbereich.

»Vor 16 Jahren, sagten Sie.« Neuenschwander legte die Fingerkuppen aneinander. »2008 also. Bei welcher Gelegenheit haben wir uns getroffen?«

»Es ging um das Verschwinden von Esther Kaufmann.«

Das Gesicht des ehemaligen Pfarrers hellte sich kurz auf, dann verdüsterte sich sein Blick. »Natürlich. Eine üble Sache, wie konnte ich das vergessen.«

»Ich habe die Ermittlungen geleitet. Wir haben kurz miteinander gesprochen.«

»Ach, wie die Zeit doch vergeht.« Er schien für einen Moment in die Vergangenheit abzutauchen. Mit einem Ruck streckte er plötzlich seinen Rücken durch. »Was bin ich für ein schlechter Gastgeber, Herr Hugi! Darf ich

Ihnen eine Tasse von unserem ausgezeichneten Earl Grey anbieten?«

»Zu freundlich.«

»Johanna!« Es dauerte einen Augenblick, bis sich die Tür einen Spalt weit öffnete und die alte Frau ihren Kopf in die Wohnstube steckte. »Würdest du uns bitte zwei Tassen Tee zubereiten? Und etwas Gebäck dazu, das wäre nett.«

Ohne einen Kommentar verschwand sie. Hugi war sich über ihre Rolle immer noch nicht im Klaren und fand es vermessen, seinen Gastgeber danach zu fragen.

Dieser schien seine Gedanken zu lesen. »Johanna ist unsere Haushälterin. Ingrid, meine Frau, sitzt seit einem Unfall im Rollstuhl. Sie liegt oben. Schläft meistens bis zum Mittag. Die Lebensfreude ist ihr leider abhandengekommen.«

Er seufzte, nahm dann wieder seine Denkerposition ein. Tippte die Fingerkuppen aneinander. »Nun, wie kann ich Ihnen behilflich sein? Sie sind doch nicht zum Plaudern vorbeigekommen?«

»Mitnichten, Herr Pfarrer.«

»Bitte, Herr Hugi, ich bin schon seit gefühlt 100 Jahren in Rente.«

»Bleibt man nicht ein Leben lang Pfarrer?«

»Im Herzen schon vielleicht. Vor allem wenn man solch schwere Bewährungsproben hinter sich hat. Ingrids Unfall war die größte von allen. Ich begann, meine Liebe zu Gott zu hinterfragen. War drauf und dran, mit ihm zu brechen.«

»Und was hat Sie davon abgehalten?«

»Ich habe schließlich dem Raser, der den Autocrash verursacht hat, vergeben und Ingrids neue Lebensumstände annehmen können. Ihr ist das noch nicht so richtig gelungen. Aber auch ich habe lange gehadert und gezweifelt mit ihm da oben.« Er blickte an die Decke.

»Ich glaube, wir alle wären unzufrieden und würden grollen, wenn uns ein Fremder ein neues Leben aufzwingt.«

»Das haben Sie schön gesagt, Herr Hugi. Glauben Sie an Gott?«

»Das Leben hat mir zu wenig Gelegenheiten geboten, um an seine Existenz zu glauben.« Augenblicklich sah er Judith vor sich. Während ihren letzten Tagen, in denen sie nur noch mithilfe von Morphium schmerzfrei vor sich hin vegetierte. Die eingefallenen Wangen. Das blasse Gesicht. Die rissigen Lippen. Die dunkelroten Schatten unter ihren Augen. Er hatte sie fast nicht mehr erkannt. Ein Stich traf ihn direkt ins Herz.

»Tut mir leid, das zu hören«, erwiderte Neuenschwander. »Aber ich bin überzeugt, dass er ständig bei Ihnen ist und seine schützende Hand über Sie hält. Sie haben es bloß noch nicht bemerkt.«

»Wie gesagt, ein Pfarrer bleibt man sein Leben lang.«

»Sie scheinen tatsächlich auf einen Teeplausch vorbeigekommen zu sein.«

Wie auf Kommando trat Johanna in den Raum und servierte die Getränke, während die beiden Männer schwiegen. Ein aromatischer, wohlriechender Duft umgarnte Hugis Nase, als die Tasse vor ihm stand. Die Haushälterin drapierte einen Teller mit reicher Auswahl an Gebäck mitten auf den Tisch, nachdem sie das Blumenarrangement entfernt und auf eine mächtige, bemalte Holztruhe gestellt hatte. Als sie sich entfernt hatte, blickte Neuenschwander seinen Gast herausfordernd an. Er schien auf die Mitteilung des Grunds für den unangekündigten Besuch zu warten.

Hugi griff nach einer Kokosmakrone und biss davon ab. »Sie haben bestimmt gehört, dass Esther Kaufmann wieder auf der Bildfläche erschienen ist. Allerdings unter einem anderen Namen.«

»Gewiss. Ich lese aufmerksam Zeitung. Jeden Morgen eine Stunde. Ein ausgezeichnetes Training für mein Gehirn. Und ich habe natürlich von Esthers Auftauchen gelesen. Schreckliche Sache. Ich bin ins Grübeln gekommen. Hätte ich der Polizei vielleicht mehr Hilfe bieten können?«

»Wie meinen Sie das?«

Neuenschwander griff nach dem Teesieb, schüttelte es vorsichtig und legte es auf einen danebenstehenden kleinen Teller. Er ließ einen Zuckerwürfel in die Tasse gleiten und rührte nachdenklich darin.

»Wissen Sie, Herr Hugi«, begann er und wieder schien er sich gedanklich weit in der Vergangenheit zu bewegen. »Ich habe nie geglaubt, dass Esther tot ist. Schon damals war ich fest davon überzeugt, dass sie ausgebrochen ist. Alles hinter sich gelassen hat. Und ich muss auch heute noch gestehen, dass ich es ihr von Herzen gegönnt habe.«

»Sie haben es ihr gegönnt?«

»Man muss die Hintergründe kennen. Das Ehepaar Kaufmann hat sein ganzes Leben auf die Bibel ausgerichtet. Sie ist ihr Wegweiser und Ratgeber in allen Lebenssituationen.«

»Das muss Sie doch gefreut haben.« Hugi kostete vorsichtig einen Schluck Tee und verbrannte sich dabei beinahe die Zunge.

»Marianne und Christoph haben sehr eigene Ansichten, was die Auslegung der Heiligen Schrift betrifft. Nach meinen Gottesdiensten haben sie mich häufig aufgesucht, um einen Disput über meine Botschaft zu beginnen. Ihre Interpretation ist weit abseits der theologischen Lehre.«

»Das müssen Sie als Geistlicher doch akzeptieren können.«

»Natürlich, selbstverständlich. Ich bin immer zu Diskussionen bereit, auch wenn die Ideen noch so schräg sind wie diejenigen der Kaufmanns.«

»Und was hat das mit Esther zu tun?«

Neuenschwander beugte sich vor, um an ein Gebäckstück zu gelangen. Er kaute lange an seinem Bissen, schien sich seine Worte gut zu überlegen. »Ich glaube, dass das Ehepaar Kaufmann den Kindern seine Werte nicht unbedingt mit christlichen Methoden beigebracht hat.«

Das hat er schön unverfänglich gesagt, dachte Hugi, den aktuellen Missbrauchsskandal der katholischen Kirche im Hinterkopf. Doch Neuenschwander war ein reformierter Pfarrer gewesen. Trotzdem hegte Hugi schon seit Langem ein ständiges Misstrauen gegen diesen Berufsstand.

»Das heißt konkret: Die Kaufmanns haben ihre Kinder geschlagen?«

»Ich habe keine Beweise dafür, aber einen schlimmen Verdacht. Und ich halte sogar schwerwiegendere Übergriffe für möglich.«

»Und wie kommen Sie darauf?«

»Ich hatte einmal ein längeres Gespräch mit Esther. Ich traf sie vor der Dorfbäckerei, wo sie rauchend auf der Treppe saß. Sie machte damals merkwürdige Andeutungen, die mich aufhorchen ließen, lehnte allerdings sämtliche Hilfe, die ich ihr anbot, entschieden ab. Von da an war es für mich klar, dass sie mit ihrem teils aggressiven Verhalten und dem Umgang, den sie pflegte, ihre Eltern bestrafen wollte. David, ihr Bruder, war der Brave. Er nahm alles an, was von seinen Eltern kam, und akzeptierte es ohne Murren und Widerrede. Daher hat er auch Theologie studiert, aber wie ich höre, eckt er mit seinen Predigten an. Für Esther war klar, dass sie so rasch wie möglich alles hinter sich lassen und ein neues Leben beginnen wollte. Sie musste weg aus ihrem Elternhaus, weg aus der Gegend, in der sie von vielen entweder schräg angeschaut oder belächelt wurde. Und ich verstand sie und fand, dass ihr Wunsch der einzige Weg war, um ein selbstbestimmtes und erfülltes Leben führen zu können.« Zufrieden mit seinem Monolog lehnte Neuenschwander sich zurück.

»Und Sie haben damals geschwiegen?«

»Wie meinen Sie das?«

»Sie sagten, dass Sie ein schlechtes Gewissen haben. Hätten Sie mit Ihrer Aussage nicht einen wichtigen Fingerzeig liefern können, um unsere Annahme zu bestätigen, dass kein Verbrechen vorliegt?«

»Ich bitte Sie, Herr Hugi. Verlangen Sie von mir nun eine Rechtfertigung? Eine Entschuldigung?«

»Ich bin nur ein wenig erstaunt.« Hugi stellte fest, dass er sich mit seiner Frage in einen heiklen Bereich vorgewagt hatte, und versuchte zu beschwichtigen.

Neuenschwander hatte sich aber bereits beruhigt und fuhr fort: »Es war ein Teil der Bevölkerung, die sich sofort auf Armin Bernhard als Täter eingeschossen und ihn gedemütigt hatte.«

»Und Sie hätten in Ihrer Funktion als Pfarrer nicht einwirken und vermitteln können?«

»Wie stellen Sie sich das vor? Meinen Sie tatsächlich, dass ich die aufgebrachte Meute hätte besänftigen können? Ich, der Pfaffe? Sie können sich nicht vorstellen, was damals los war!«

»Erzählen Sie es mir.«

»Wo immer Armin Bernhard hinkam, wurde er angefeindet. Misstrauische Blicke, heimliches Flüstern hinter vorgehaltener Hand, anklagende Sprüche. Einwohner, die er bisher als seine Freunde betrachtet hatte, wechselten die Straßenseite, wenn sie ihm begegneten. Im Café war man nicht mehr bereit, ihm Einlass zu gewähren. Ihm, dem Gemeindepräsidenten! Es wurden Schmähschriften in die Briefkästen verteilt, in denen man ihn als Vergewaltiger und Mörder abstempelte. Man wüsste nicht, wie viele Töchter von unbescholtenen Familien er bereits missbraucht habe, war in diesem Schmuddelschreiben zu lesen.«

Hugi stellte sich Armin Bernhards Leben in diesen Tagen vor. Man brauchte eine sehr dicke Haut, damit einem diese Anschuldigungen nicht zu naheginge. Konnte das überhaupt jemand aushalten? Als Gemeindepräsident war Armin Bernhard an Anfeindungen gewiss gewöhnt. Aber das war definitiv eine andere Kategorie gewesen. »Entsetzliche Sache. Grauenhaft.«

Neuenschwander nickte. »Er konnte sich nirgends mehr blicken lassen. In manchen Lokalen standen die Gäste auf und gingen, wenn er eintrat. Verstehen Sie mich richtig, Herr Hugi. Ich spreche von einem kleinen Teil der Roggwiler. Viele haben die Vorwürfe gegen Bernhard als lächerlich abgetan und sich auf seine Seite gestellt. Aber leider sind es häufig wenige, die großen Schaden anrichten können.«

»Das muss auch für seine Familie sehr schlimm gewesen sein.«

»Man munkelte damals schon lange, dass die Ehe der Bernhards nur noch auf dem Papier existiere. Erika ist eine starke Persönlichkeit. Man wunderte sich, weshalb sie noch mit ihm zusammen war. Und ich vermute, dass die Kinder eher auf der Seite ihrer Mutter standen und sich vom Vater abgewandt hatten. Aber natürlich, auch sie bekamen die volle Breitseite ab. Im Gegensatz zu ihrem Vater empfand man für sie allerdings eher Mitleid und schloss sie aus der Hetzjagd aus.«

»Sie meinen, dass Bernhard von seiner Familie keine Rückendeckung erhielt?«

»Ich denke, dass sein Selbstmord eine gewaltige Last von ihnen genommen hat.«

Himmeldotter, schon wieder diese Bemerkung! Und diesmal von einem Mann Gottes!

Es war bereits Mittag, als Hugi das Haus verließ. Irgendetwas hatte ihm am ehemaligen Pfarrer gestört. Doch er konnte es nicht benennen. Sollte er ihn auf die Liste der Verdächtigen setzen? Nach einem Alibi hatte er ihn nicht gefragt. Das wäre wohl vermessen gewesen.

Doch was hätte Neuenschwander für ein Motiv? Hatte Esther auch ihn verführt, ihn, den Geistlichen des Dorfes. Hatte er sie in Langenthal wiedererkannt und gefürchtet, dass sie Schande über ihn bringen könnte?

Es wollte sich kein klares Bild ergeben. Hugi und das Ermittlerteam steckten nicht in einer Sackgasse fest – sie waren noch gar nicht in sie abgebogen.

FÜNFUNDZWANZIG

War es nur ein letzter Akt der Verzweiflung?

Tatsächlich waren weder Hugi noch Stefanias Team in den Ermittlungen auch nur einen Schritt weitergekommen, und die beiden hatten beschlossen, einen gemeinsamen Spaziergang durch Roggwil zu unternehmen, um irgendwie an eine Information zu gelangen, die ihre Arbeit vorantrieb.

Die zahlreichen Befragungen hatten zwar die eine oder andere Person hervorgebracht, die in den Kreis der Verdächtigen aufgenommen werden konnte; aber auf eine konkrete Spur waren sie dabei nicht gestoßen.

»16 Jahre sind eine lange Zeit«, hatte Stefania gemeint. »Die Medien haben derzeit das Interesse an Esthers Ermordung verloren, und Nydegger ist nicht bereit, das ganze Team noch länger in Langenthal stationiert zu lassen. Wir haben einfach nichts in der Hand, was uns weiterbringen könnte.«

Hugi hatte sie daraufhin eingeladen, mit ihm einen Morgen in Roggwil zu verbringen, den Puls zu fühlen und vielleicht auf etwas zu stoßen, was bisher übersehen worden war.

Er lenkte seinen Wagen auf denselben Parkplatz, wo er ihn bereits für den Besuch beim Pfarrer abgestellt hatte. Von dort aus gingen sie Richtung Kirche, überquerten das Bahngleis und folgten der Schulhausstrasse, bis sie in die St. Urbanstrasse mündete, wo sie nach rechts abbogen.

Hugi hatte vorgeschlagen, zunächst einen Blick auf Armin Bernhards Grab zu werfen. So verließen sie das Zentrum von Roggwil und bewegten sich ostwärts, bis sie einen kleinen Blumenladen erreichten, der gegenüber dem Friedhof lag.

»Und wie willst du nun Bernhards Ruhestätte finden?«, feixte Stefania, bei der Hugis Idee von Beginn an nicht auf Begeisterung gestoßen war. Aber alles war besser, als im Büro zu sitzen und Däumchen zu drehen.

»Entweder ist er in einem Gemeinschaftsgrab beigesetzt, womit sein Name irgendwo vermerkt wäre. Oder er hat ein eigenes Grab, und dann müssen wir die Toten des Jahres 2008 ausfindig machen. Die sind gewiss nicht kreuz und quer über das Areal verteilt.« Hugi ging auf ihren leicht aggressiven Tonfall nicht ein und schob das niedrige Eisentor zum Friedhof auf.

»Klingt logisch«, gab sie zu und folgte ihm.

Tatsächlich fanden sie nach kurzer Suche das Grab des ehemaligen Gemeindepräsidenten. Ein schlichter Stein verriet nicht mehr als den Namen und die Lebensdaten des Begrabenen. Der Blumenschmuck erwies sich als sehr bescheiden – man könnte ihn auch lieblos nennen. Wahrscheinlich war ein Gärtner beauftragt worden, das Grab jeweils zur Jahreszeit passend zu bepflanzen. Es machte nicht den Anschein, dass sich jemand liebevoll um die Pflege der Grabesstätte kümmern würde. Umso mehr Aufmerksamkeit erregte daher eine Vase mit roten Rosen, die noch nicht so lange neben dem Grab stehen konnte, da die Blumen noch ziemlich frisch wirkten.

Hugi runzelte die Stirn. »Kennst du Armin Bernhards Geburtstag oder seinen Todestag?« Auf dem Grabstein waren nur die Jahreszahlen zu sehen.

Stefania setzte die Lesebrille auf, nahm ein kleines Notizbuch hervor, blätterte darin und hielt Hugi schließlich die entsprechende Seite vor die Nase.

»Vor vier Tagen hätte er Geburtstag gefeiert.« Er tippte gedankenverloren auf das Büchlein. »Könntest du dein Team bitten, dass bei Bernhards Angehörigen nachgefragt wird, ob jemand von ihnen die Blumen hingestellt hat?«

»Wer sonst sollte es gewesen sein?«

»Keine Ahnung. Wenn ich aber den Informationen, die wir inzwischen zusammengetragen haben, glaube, so hat die Familie seinen Tod eher als Segen, denn als Tragödie empfunden. Es könnte also noch eine uns unbekannte Person geben, die an seinen Geburtstag gedacht hat. Wollten wir nicht nach jedem möglichen Strohhalm greifen?«

Stefania lächelte säuerlich und griff zu ihrem Handy.

Nachdem Hugi das Friedhofstor geschlossen hatte, schlenderten sie wieder Richtung Dorfzentrum.

»Was hat die Auswertung der Mobilfunkdaten ergeben?«, wollte er wissen.

Stefania schnaubte. »Das Übliche.«

»Das heißt nichts?«

»Kluges Köpfchen, UP. Esther hat nach dem ersten Seminartag mit Julian Wolf, ihrem Firmenpartner, telefoniert, was dieser uns bestätigt hat. Kurzes Gespräch. Rückmeldung an ihn, dass es bisher gut gelaufen sei, und er hat mit ihr ein paar Daten abgeglichen. Sonst nichts. Keine privaten Gespräche, keine Textnachrichten. Wie gesagt: Die Frau war ein Phantom, und so hat sie sich auch verhalten.«

»Bewegungsprofil?«

»Eintreffen in Langenthal, Bezug des Zimmers im Bären. Danach nichts mehr bis zum nächsten Morgen, als sie in den Betrieb gewechselt hat, um das Seminar zu geben. Am

Abend Rückkehr ins Hotel mit einem Zwischenhalt im Manor, wo sich jemand der Angestellten an sie erinnert hat, weil sie sich ungewöhnlich lange in der Dessousabteilung aufgehalten hat. Gekauft hat sie aber nichts. Am nächsten Morgen der gleiche Ablauf, nach dem Seminar ist sie direkt ins Hotel zurück und dort geblieben, bis zum Check-out am folgenden Tag.«

»Und danach hat sie sich auf den Spaziergang begeben, auf dem sie getötet worden ist?«

»Genau. Du siehst, UP: nichts, was uns weiterhelfen könnte.«

»Mailverkehr?«

»Am ersten Abend hat sie nach dem Nachtessen ihre Nachrichten beantwortet und hat ihrem Firmenpartner ein Konzept für neue Kursinhalte zugesendet. Am Abend darauf keine ausgehenden Mails, obwohl einige Nachrichten eingegangen waren. Wahrscheinlich hatte sie keine Zeit dafür, da sie nicht allein auf ihr Zimmer gegangen ist.«

»Ist das inzwischen bestätigt?«

»Ein Gast hat zu Protokoll gegeben, dass Esther und ein Mann zusammen die Treppe hochgegangen seien.«

»Und es handelt sich dabei um denjenigen, mit dem sie an der Bar geflirtet hat.«

»Richtig.«

»Der noch nicht ausfindig gemacht werden konnte.«

»Auch das ist korrekt.«

»Mist. Und wann er wieder heruntergekommen ist, weiß keiner?«

»Exakt. Nun mal ehrlich, UP. Hattest du schon mal so einen Fall, wo jegliche Spuren im Sand verlaufen? Wo du nach so langer Zeit den Eindruck hattest, keinen Schritt vorangekommen zu sein. Nichts, woran du anknüpfen könntest. Keine Verbindungen, die sich ergeben und dich weiterführen.«

»Nun ja.« Hugi kratzte sich nachdenklich am Kinn. »Gar nichts haben wir ja nicht. Und der eine oder andere Verdächtige hat sich herauskristallisiert. Aber du hast recht. Es gibt keinen Strang, bei dem sich zu lohnen scheint dranzubleiben. Aber um auf deine Frage zurückzukommen …« Er hielt inne und blieb abrupt stehen, sodass Stefania noch ein paar Schritte allein ging und einen Blick nach hinten warf. »Vor langer Zeit untersuchten wir einen vorgetäuschten Selbstmord. Ein junges Mädchen, das am Strick gefunden worden war. Der Suizid war jämmerlich inszeniert; es war sofort klar, dass jemand seine Hände im Spiel gehabt hatte.«

Hugi stand immer noch still, und Stefania kam gespannt zu ihm zurück.

»Und?«

»Gründe für einen Selbstmord hätte es gegeben. Aber ein Motiv für eine Tötung war nicht herauszufinden. Und sämtliche Personen im Umfeld der Frau schienen eine herzliche Beziehung zu ihr gehabt zu haben. Kein Hass, keine Rachegelüste, keine verschmähte Liebe, keine finanziellen Begehrlichkeiten. Wir hatten nach längeren Ermittlungen nichts in der Hand und waren schon fast daran, den Fall zu den ungelösten Verbrechen zu legen.«

»Und dann hatte UP einen Geistesblitz.«

Hugi winkte ab und nahm wieder Tempo auf. »Manchmal überschätzt du meine Fähigkeiten maßlos. Nein, es war reiner Zufall. Kein genialer Schachzug, wie er häufig in Krimis vorkommt. Eine willkürliche Beobachtung eines alten Mannes, zwei Wochen vor der Tat, die uns auf die richtige Spur geführt hat. Sämtliche Resultate unserer bisherigen Ermittlungen waren wertlos. Täter und Motiv gingen in eine komplett andere Richtung.«

»Nämlich?«

Hugi winkte erneut ab. »Unwichtig. Aber wie häufig haben wir schon erlebt, dass all die kriminaltechnischen Auswertungen uns nicht weitergebracht haben, sondern dass ein Bauchgefühl, eine Ahnung den richtigen Weg vorgegeben hat.«

»Monsieur Maigret. Darin bist du ein Meister.«

Hugi lächelte bitter. »Anscheinend ist mir diese Intuition abhandengekommen.«

»Wir haben inzwischen auch Esthers Tinderprofil ausgewertet und mit den meisten Männern gesprochen.«

Hugi zuckte zusammen. Er hatte Claudia und Andrea von der Datingplattform komplett vergessen. Wann hatte er ihnen zuletzt geschrieben? Er machte sich eine mentale Notiz, ihnen heute Abend eine Nachricht zu senden. Aber wahrscheinlich war ihr Interesse nach so langer Zeit Funkstille bereits erloschen.

Zu Stefania sagte er: »Nach den Resultaten brauche ich wohl nicht zu fragen. Wie sieht es mit dem vermeintlichen Stalker aus, von dem eine Freundin erzählt hat?«

»Konnte nicht ausfindig gemacht werden.«

»Wurde ein Phantombild angefertigt?«

»Die Freundin hat den betreffenden Mann nur kurz auf der anderen Straßenseite gesehen. Er trug zudem Mütze und Sonnenbrille. Unsere deutschen Kollegen konnten sich daher den Zeichner sparen.«

Inzwischen waren sie vor dem »Gambrinus« angekommen, wo Hugi schon einmal wertvolle Informationen erhalten hatte. Sie beschlossen, einen Zwischenhalt einzulegen und eine Tasse Kaffee zu trinken. Die Gaststube war diesmal leer; die beiden geschwätzigen Stammgäste fehlten. Janosch, der Wirt, servierte die Getränke, setzte sich einen Moment lang zu ihnen und meinte, dass die zwei Rentner wahrscheinlich erst in einer Stunde auftauchen würden. Grinsend fügte er hinzu, dass einer von ihnen wohl auch Opfer der geschäftstüchtigen Esther gewesen sei. »Aber das ist bloß eine Vermutung meinerseits.«

Hugi nickte. Diese Ahnung hatte er auch gehabt, glaubte jedoch nicht, dass daraus eine relevante Spur entstehen könnte. Als er eine Zehnernote auf den Tisch legte, klingelte Stefanias Handy. Sie nahm das Gespräch entgegen, formte mit den Lippen Kumis Namen in Hugis Richtung und hörte dann lange zu. Anschließend bedankte sie sich und legte das Gerät auf den Tisch.

»Das Büro hat deinen Wunsch rasch erfüllt. Weder die Kinder noch Armin Bernhards Witwe haben eine Vase mit Rosen auf sein Grab gestellt.«

Hugi horchte auf. »Da haben wir also unsere unbekannte Person.« Er klopfte zweimal auf den Tisch. »Es gibt doch noch Hoffnung.«

Auf dem Weg zurück zum Auto kamen sie am Schulhaus vorbei, auf dessen Platz die Kinder sich tummelten. Es war gerade große Pause. Lautes und fröhliches Stimmengewirr drang zu ihnen, und Hugi schaute den Kleinen beim Fangen zu, als er feststellte, dass ihm jemand zuwinkte. Zwei Personen, eine Frau und ein Mann, saßen auf dem Mäuerchen, das das Schulhausgelände umgab.

»Eine Bekannte von dir?«, fragte Stefania.

»Eine Lehrerin. Ich habe mir ihr gesprochen, als ich versucht habe, die Ereignisse beim Dorffest zu rekonstruieren. Aber an ihren Namen erinnere ich mich nicht mehr.«

Sie nickte. »Er wird dir bestimmt noch einfallen, UP. Da vorne ist ein kleiner Migros-Markt. Ich muss noch ein paar Dinge einkaufen, während du dich mit deiner Lehrerin unterhältst.« Sie knuffte ihn in die Seite und schritt zügig vorwärts, während Hugi sich den beiden näherte.

»Na, Herr Hugi?« Die Frau war aufgestanden und reichte ihm die Hand. »Kommen Sie mit Ihren Ermittlungen voran? Das ist mein Halbbruder Fabio.«

Der Mann erhob sich und grüßte Hugi ebenfalls. »Sie sind der Polizist, der den Mord an der armen Esther untersucht?« Ein ironischer Unterton war bei der Erwähnung des Opfers festzustellen.

»Ich bin der pensionierte Polizist, der seine aktiven Kollegen etwas unterstützt«, korrigierte Hugi, und da schoss ihm der vergessene Name durch den Kopf. Camilla Weber. Er war tatsächlich ein wenig aus der Übung – oder er wurde einfach alt. Sein Namensgedächtnis war während der Aktivzeit einwandfrei gewesen.

»Die kleine Esther«, sinnierte Fabio. »Sie war tatsächlich ein heißer Feger, das muss man schon sagen.«

»Ein Luder war sie«, meinte Camilla entsetzt.

»Sie hat keinen gezwungen, mit ihr in die Kiste zu steigen, Schwesterherz.«

»Hat sich denn tatsächlich nicht herumgesprochen, was Esthers wirkliche Absichten waren?«, mischte sich Hugi ein. »Hätten die Männer nicht vorgewarnt sein sollen, wenn sie ihnen schöne Augen machte?«

Camilla und Fabio sahen sich an, beide ein feines Grinsen um den Mund.

»Ach, Herr Hugi«, sagte sie schließlich. »Glauben Sie wirklich, dass am Stammtisch darüber gesprochen wurde?«

»Über die Eroberung einer jungen Frau vielleicht schon, aber was danach passiert ist – da war gewiss viel Scham dabei. Das hängt niemand an die große Glocke«, ergänzte Fabio. »Ich würde es jedenfalls bestimmt nicht tun.«

»Und selbst wenn jemand seine Geschichte tatsächlich erzählt haben sollte … Die männliche Eitelkeit fühlte sich gewiss trotzdem geschmeichelt, wenn eine gut aussehende, junge Frau Interesse zeigt. Der Verstand im Unterleib – Sie wissen schon, was ich meine, Herr Hugi.«

»Ich habe einen Bekannten, der einige Monate mit Esther zusammen war.«

Hugi wurde hellhörig und wandte sich Fabio zu. Dieser überlegte eine Weile, bis er fortfuhr: »Vor ein paar Jahren prahlte er in einer feuchtfröhlichen Runde, dass er Esther bei den Erpressungen geholfen und die Fotos dazu beigesteuert habe.«

Damit rückst du aber ziemlich spät heraus, dachte Hugi. »Wie heißt Ihr Bekannter denn?«

»Gino Moser.« Eine Glocke läutete das Ende der Pause ein, und die Kinder rannten fröhlich schreiend auf den Schulhauseingang zu. »Wenn mich nicht alles täuscht, ist er heute Koch im Bad Gutenburg.«

»Der schöne Gino.« Camilla schnaubte und erhob sich vom Mäuerchen. »Auch so eine schräge Figur von damals.« Sie schüttelte den Kopf und hauchte Fabio drei Küsschen auf die Wange. »Ihr entschuldigt mich. Der Unterricht geht weiter.«

Hugi reichte ihr gedankenverloren die Hand.

Die beiden Männer schauten ihr nach, wie sie die letzten Kinder, die sich noch auf dem Pausenplatz befanden, einsammelte. Mit einem kleinen Mädchen an der Hand verschwand sie im Schulhaus.

»Ich danke Ihnen sehr für diese Information.« Hugi nickte Fabio zu. Er wollte so rasch wie möglich zu Stefania, um ihr von der neuen Spur zu erzählen.

»Kein Thema. Melden Sie sich, wenn Sie noch etwas wissen möchten.«

Hugi war so aufgeregt, dass er vergaß, Fabio nach seinen Kontaktdaten zu fragen.

Mit schnellen Schritten eilte er zur Migros, wo Stefania bereits auf ihn wartete, einen kalten Kaffeedrink in der Hand.

»Was nun?«, begrüßte sie ihn.

Er packte sie am Oberarm und zog sie mit sich. »Wir haben zu tun. Vielleicht hat sich soeben tatsächlich der Zufall eingeschaltet.«

SECHSUNDZWANZIG

»Was wollen Sie von mir?« Gino Moser war sichtlich aufgebracht. »Ich habe absolut keine Zeit. Die ersten Mittagsgäste kommen in einer halben Stunde.«

Urspeter Hugi hatte Stefania überredet, der neuen Spur sogleich zu folgen und dem ehemaligen Freund von Esther Kaufmann spontan einen Besuch abzustatten.

»Ich weiß nicht, ob das eine gute Idee ist, UP.« Sie hatte ihre Bedenken geäußert. »Sollten wir ihn nicht mit einer offiziellen Delegation aufsuchen oder ihn sogar auf die Dienststelle einbestellen?«

»Wenn sich daraus was ergibt, kann man das immer noch nachholen und ein Protokoll erstellen«, hatte Hugi erwidert.

Sie konnte fühlen, wie sein Jagdinstinkt neue Nahrung erhalten hatte, und hatte seiner Absicht zugestimmt. Allerdings hatte sie ihm das Versprechen abgerungen, dass sie die Befragung führen würde.

So saßen sie jetzt zu dritt in der Burgerstube des Gasthofs Bad Gutenburg, in der für eine große Gesellschaft aufgedeckt war, die allerdings erst in knapp zwei Stunden eintreffen würde.

Moser und Stefania saßen am Tisch, während Hugi sich in eine Raumecke zurückgezogen hatte und das Gespräch aufmerksam verfolgte.

Der schöne Gino, dachte er. Das Alter hatte seine Spuren hinterlassen. Die wenigen Haare, die er noch besaß, hätte er besser abrasiert. Das Gesicht war aufgedunsen, dicke Tränensäcke hingen unter den Augen. Ein stattliches Bäuchlein wölbte sich unter der Kochschürze.

Als der Name Esther Kaufmann genannt wurde, fiel die Selbstsicherheit vom Koch ab. Er knetete seine Finger und blickte betroffen zu Boden. »Ja, natürlich kannte ich sie. Wer nicht, der in den späten Nullerjahren in Langenthal seine Jugend verbracht hatte?« Seine Stimme war leise geworden. Er schluckte leer. Es schien ihn sehr betroffen zu machen, dass die Vergangenheit ihn einholte. »Als ich gehört habe, dass man sie getötet hat, konnte ich das zunächst gar nicht glauben. Da taucht sie nach langer Zeit auf – und ist kurzerhand schon wieder weg. Diesmal endgültig.«

»Sie waren damals überzeugt davon, dass kein Verbrechen geschehen war?« Stefania hatte ihr Notizbuch aufgeklappt, doch Hugi konnte von seinem Platz aus beobachten, dass sie vorerst nur Kringel auf die Seite malte.

»Esther hat immer gemeint, dass sie ihr Zuhause demnächst verlassen werde. Ihre Eltern, das Dorf, die Menschen … Das alles hing ihr zum Hals heraus. Sie wollte ausbrechen, die Welt erkunden. Ein neues Leben beginnen.« Er massierte sich mit Daumen und Zeigefinger seine Nasenwurzel. »Ja, ich habe zunächst tatsächlich geglaubt, dass sie ihr Vorhaben nun in die Tat umgesetzt hatte. Doch von Tag zu Tag wurde ich unsicherer. Es erschien mir plötzlich möglich, dass einer der Männer, die sie ausnehmen wollte, den Spieß umgedreht hatte.«

»Sie wussten von ihren Erpressungen?«

Moser seufzte. Er wippte unablässig mit den Beinen. Fuhr sich mit der Hand übers Gesicht. »Es war so: Ich habe ihr einmal vorgeschlagen, unseren Sex zu filmen. Sie war begeistert und wollte sich das Video im Anschluss gleich ansehen. Es hat sie voll angeturnt, und sie wollte danach gleich nochmals. Von da an wollte sie jedes Mal, dass ich die Kamera einschalte. Sie probierte andere Perspektiven aus. Ich sollte sie von oben filmen, wenn sie mir … Sie wissen schon, was ich meine.«

Stefania schwieg, während Hugis Nervosität anstieg. Waren sie endlich einen Schritt vorangekommen?

Moser hielt es auf seinem Stuhl nicht mehr aus. Er stand ruckartig auf, wuschelte sich fahrig durch das wenige Haar und trat ans Fenster. Gedankenverloren blickte er hinaus, als ob er dort draußen die Bilder der Vergangenheit betrachten könnte. »Esther hatte schon immer eine Vorliebe für ältere Männer. Ich meine wirklich ältere, die sie mit Geschenken überhäuften und glaubten, mit ihr wieder in die Jugend einzutauchen. Sie hatte nicht viel übrig für Gleichaltrige. Ich war nur fünf Jahre älter als sie und gewiss auch kein Kind von Traurigkeit. Doch als wir zusammenkamen, da dachte ich tatsächlich, dass ich das große Los gezogen hatte. Esther war so … lebendig, so klug. Wir hatten eine Menge Spaß. Ich kann mich nicht erinnern, jemals so viel gelacht zu haben wie damals, als ich mit ihr zusammen war.«

»Doch das beruhte nicht auf Gegenseitigkeit«, warf Stefania ein, und Hugi ärgerte sich, dass sie ihn nicht weitererzählen ließ.

Moser zuckte mit den Schultern. Er starrte immer noch zum Fenster hinaus. »Wahrscheinlich nicht. Damals war ich blind vor Liebe und wollte ständig mit ihr zusammen sein. Dachte, dass sie gleich fühlte wie ich.« Er drehte sich um, warf Hugi einen kurzen Blick zu und blieb mit dem Rücken zum Fenster stehen. »Im Nachhinein betrachtet hatte die Verliebtheit verhindert, meine Scheuklappen abzulegen, das ist klar. Sie hat sich nach wie vor hinter meinem Rücken mit Männern getroffen. Doch wenn man jemanden so fest mag … Natürlich war ich eifersüchtig und wollte sie allein für mich haben. Wem wäre es nicht so ergangen! Sie war aber nicht bereit, etwas zu verändern.«

Er setzte sich wieder hin, schlug die Beine übereinander und faltete die Hände. Nun schien er ein wenig gefasster. »Die Videos brachten Esther auf die Idee, dass ich sie filmen oder fotografieren könnte, wenn sie es mit anderen Männern trieb. Ich war natürlich entsetzt und lehnte ihren Vorschlag ab. ›Aber Gino‹, meinte sie. ›Es geht doch dabei nicht um Liebe. Stell dir vor, was man mit den Aufnahmen machen könnte.‹ Sie erklärte mir ihren Plan, und ich willigte schließlich ein. Ich hatte Angst, sie zu verlieren, wenn ich mich weigern würde. Und so nahm das Ganze seinen Lauf ...«

»Und keiner der Männer hat etwas davon gemerkt?«

»Ich war sehr diskret. Es versetzte mir immer einen Stich ins Herz, wenn ich sah, wie die alten Typen ihren jungen Körper begehrten und was sie alles mit ihm anstellten. Doch ich redete mir ein, dass es ihr wirklich nur um das Geld ging. Sie hat nicht übermäßig große Summen von ihnen gefordert, und die Männer haben alle gezahlt. Wir haben dann geteilt. 70 Prozent für sie. Schließlich habe sie den größten Teil der Arbeit erledigt.«

»Und wie lange ging das so weiter?« Stefania schob ihre Lesebrille hoch. Sie hatte inzwischen zwei Seiten ihres Notizblocks gefüllt.

»Einen Monat nachdem wir mit den Videoaufzeichnungen begonnen haben, hat sie mich abserviert. Eiskalt. Ich sei ihr zu unreif, zu kindisch, sagte sie.«

Stefania schwieg und hielt den Blickkontakt mit Moser.

»Ich war am Boden zerstört. Versuchte, sie zurückzugewinnen. Von meinem bescheidenen Lohn habe ich Schmuck gekauft, ihr Blumen geschickt. Vergeblich.« Er drehte sich kurz zu Hugi um. »Ja, ich habe sie gehasst. Hätte am liebsten die Hände um ihren Hals gelegt und ganz langsam zugedrückt. Doch ich habe mich anderweitig abgelenkt. Habe reihenweise Frauen flachgelegt – entschuldigen Sie bitte diese primitive Ausdrucksweise. Alkohol hat mir auch darüber hinweggeholfen. Das ging so lange, bis ich meinen damaligen Job verloren habe. Da kam ich zur Einsicht, dass es so nicht weitergehen konnte.«

»Und Esther?« Hugi konnte sich nicht mehr zurückhalten, was ihm einen vorwurfsvollen Blick von Stefania einbrachte.

»Was sollte mit ihr sein? Sie hat weitergemacht wie bisher.«

»Und wer hat danach die Aufnahmen von den Männern gemacht?« Stefania übernahm wieder die Gesprächsführung.

»Was weiß ich?« Moser verwarf die Hände. »Vielleicht hat sie einen Dummen gefunden, vielleicht hat sie die Kamera versteckt laufen lassen. Clever genug war sie ja.«

»Sie hätten sich damals bei der Polizei melden sollen«, bemerkte Stefania.

Moser schnaubte. »Hätten Sie das getan? Erstens wäre der Verdacht dann auf mich gefallen, und zweitens wären unsere Erpressungen dabei herausgekommen. Damit habe ich mich sowieso schuldig gemacht.«

Erneut wuschelte er sich durchs Haar. Stand auf. Hugi fühlte, dass noch nicht alles gesagt war. Dass Moser zögerte.

»Ich war damals auch beim Dorffest«, erzählte er schließlich. »In diesem schicksalhaften Jahr. Und natürlich habe ich sie gesehen. Wie sie mit den Männern geflirtet hat. Wie beiläufig hat sie ihnen ihre Hand auf den Arm gelegt. Eine Berührung hier, eine andere da. Sie können sich vorstellen, wie mir zumute war. Alles kam wieder hoch. Ich habe sie nicht mehr aus den Augen gelassen.« Er seufzte. »Als ich ins Barzelt trat, verließ sie es gerade mit einem Mann.«

Armin Bernhard, dachte Hugi und hielt die Luft an.

»Ich habe ihnen nachgeschaut, als sie um die Ecke des Schulhauses verschwanden. Habe mich gefragt, ob ich ihnen hinterhergehen soll. Ob ich mir das antun soll. Die

Neugier überwog. Doch als ich mich schließlich entschieden hatte und die Verfolgung aufnahm, waren die beiden verschwunden. Ich konnte sie nirgends finden. Dann ging ich ins Zelt zurück, betrank mich und riss das erstbeste Mädchen auf. Das ist alles, was ich von diesem Abend noch weiß.« Er warf einen Blick auf seine Armbanduhr. »Als ich gehört habe, dass man Esther tot in Langenthal gefunden hat, war ich völlig aufgelöst. Obwohl sie mir so viel Leid bereitet hatte, hätte ich gern noch mal mit ihr gesprochen. Das hätte mir vielleicht geholfen, die Vergangenheit endgültig zu begraben.«

»Haben Sie eine Idee, wer sie umgebracht haben könnte?«

Moser schüttelte langsam den Kopf. »Sie hat sich viele Feinde gemacht, das ist klar. Aber dass jemand sie deswegen getötet haben könnte, nach all den Jahren ... Ich weiß nicht. Ich kann das nicht glauben. Aber wer kann schon in die Menschen hineinsehen.«

Wie recht er doch hat, dachte Hugi.

Moser gab sich einen Ruck und streckte den Rücken durch. »War's das? Ich muss noch einiges für den Mittag vorbereiten.«

Stefania erhob sich und schüttelte ihm die Hand. »Vielen Dank für die Zeit, die Sie sich genommen haben.«

Der Koch nickte und machte sich daran, die Burgerstube zu verlassen, ohne Hugi zu beachten.

»Moment«, rief dieser und hob den Zeigefinger.

Moser blieb im Türrahmen stehen.

»Sie können uns bestimmt eine Liste mit den Namen derjenigen vorlegen, die Sie erpresst haben.«

Der Koch schloss die Augen. Atmete deutlich hörbar aus. »Das ist schon so lange her ...«

»An den einen oder anderen können Sie sich bestimmt erinnern«, sprang Stefania Hugi bei und griff in ihre Tasche. »Hier haben Sie meine Karte. Mailen Sie mir bitte so rasch wie möglich die Namen der Männer.«

Moser blickte auf die Karte, als ob sie in einer ihm fremden Sprache verfasst wäre. »Ich sehe mal, was ich machen kann.«

»Tun Sie das. Aber schnell.« Hugi war ungeduldig geworden.

»Das bringt uns nicht unbedingt weiter.« Stefania setzte sich stöhnend wieder hin, als der Koch den Raum verlassen hatte.

»Ich weiß nicht.« Hugi starrte ins Leere. »Ich muss das zuerst mal sacken lassen.«

Stefania Russo

Wir haben nichts. Rein gar nichts!

Am Montag sind es drei Wochen, seit wir unsere Zentrale in Langenthal aufgebaut haben, und Staatsanwalt Nydegger hat zur Besprechung gebeten. Wir können uns alle denken, worauf das hinausläuft …

Und das, obwohl uns mit UP doch ein Spürhund mit einem untrüglichen Riecher zur Seite steht.

Wer weiß, was er in dieser Zeit unternommen hat, um das Verbrechen aufzuklären. Er informiert uns ja längst nicht über alles …

Bei der Befragung des Kochs vorhin musste ich feststellen, dass UP Mühe mit der neuen Hierarchie hat. Wenn man gemeinsam mit ihm unterwegs ist, so will er das Ruder an sich reißen, seine Fragen stellen.

Es fällt ihm schwer, seine Rolle als Berater zu akzeptieren. Der Chef schimmert immer wieder durch. Die alten Strukturen beginnen, sich einzuspielen und zu verfestigen.

Und dann hat er eindrücklich demonstriert, dass er einen Schritt weiterdenkt, als ich es tue. Himmel, wie konnte ich nur vergessen, den Koch nach den Namen der Männer zu fragen!

Aber Hauptsache, wir haben ihn an Bord und können auf ihn zählen.

Doch sein häufig untrügliches Bauchgefühl scheint ihm dieses Mal nicht zur Seite zu stehen.

Lassen wir den Montag auf uns zukommen. Ich rechne fest damit, dass mein Aufenthalt in Langenthal danach Geschichte sein wird …

SIEBENUNDZWANZIG

Die Roggwiler Kirchenglocken läuteten den Gottesdienst aus. Majestätisch erhob sich der weiße Turm über dem barocken Bau. Das rote Zifferblatt mit schwarzem Rand zeigte 20 nach zehn.

Urspeter Hugi saß auf dem Schulhausmäuerchen. Fixierte die Gemeinde, die grüppchenweise das Gotteshaus verließ. Auf seiner To-do-Liste war ein erneutes Gespräch mit den Kaufmanns offen. Er wollte diesen Punkt endlich abhaken. So rasch wie möglich. Kein Aufschub. Und der Sonntag eignete sich nicht besonders für einen Besuch zu Hause. Aber nach der Predigt konnte er sie gewiss für ein paar Worte abfangen.

Die Gottesdienstbesucher hatten sich inzwischen verstreut und stiegen in die Autos vor ihm oder gönnten sich noch einen Spaziergang vor dem Sonntagsbraten.

Hatte er die Familie Kaufmann etwa verpasst? Oder war sie dem Gottesdienst ferngeblieben? Hugi konnte sich das beim besten Willen nicht vorstellen.

Da, endlich. Als Letztes kamen sie aus der Kirche. Marianne, Christoph und David. Schüttelten dem Pfarrer die Hand. Mutter und Sohn blieben beim Geistlichen stehen, es entwickelte sich ein heftiges Gespräch. Der Vater hatte sich bereits verabschiedet und das Kirchengelände verlassen.

Als er Hugi sah, hielt er inne. Schien sich unsicher zu sein, wie er reagieren sollte. Schließlich näherte er sich ihm. Nickte ihm grüßend zu.

»Grüß Gott, Herr Kaufmann.«

»Sie waren neulich bei uns zu Hause. Aber an Ihren Namen kann ich mich nicht erinnern, entschuldigen Sie bitte. Es ging mir sehr schlecht.«

»Urspeter Hugi. Fühlen Sie sich etwas besser?«

Christoph zog resigniert die Schultern hoch. »Wie soll es mir schon gehen? Wie soll man damit umgehen, wenn man sein Kind verloren hat? Wenn es getötet worden ist?«

Er setzte sich neben Hugi aufs Mäuerchen. Mutter und Sohn standen immer noch beim Pfarrer. Hatten Hugi noch nicht bemerkt.

»Wissen Sie, Herr Hugi«, fuhr Christoph fort. »Ich schäme mich vor Ihnen. Nicht für meine Lethargie während Ihres Besuchs. Ich hatte starke Medikamente eingenommen, anders hätte ich die vergangenen Tage nicht durchgestanden. Nein, ich schäme mich für damals. Wie ich über die Polizei gewettert und sie der Untätigkeit angeprangert habe.«

»In solchen Situationen ist man meistens nicht man selbst.«

»Da haben Sie wohl recht. Es entschuldigt trotzdem nicht mein Verhalten. Sie haben gewiss damals alles in Ihrer Macht Stehende getan. Für mich war es zu wenig. Ich habe nicht verstanden, wie man die Suche nach Esther einstellen konnte. Und gleichzeitig war ich wütend. Auf die Beamten, aber auch auf mich selbst.«

»Wie meinen Sie das?« Hugi horchte auf.

»Wissen Sie, ich habe mich Tag und Nacht gefragt, was wir bei unserem Mädchen falsch gemacht hatten. Weshalb Esther so geworden war. Wann wir sie verloren haben. Nicht damals, als sie verschwunden ist. Schon vorher. Wann war der Zeitpunkt, als sie mit uns gebrochen hatte?

Als für sie feststand, von zu Hause wegzulaufen. Haben wir die Zeichen zu wenig gedeutet? Hätten wir verhindern können, dass sie uns verließ? Diese Gedanken mache ich mir jeden Tag aufs Neue. Wie hätten wir sie von der schiefen Bahn abbringen können. Zur Vernunft bringen. Wieder eine Familie werden.«

Hugi sinnierte über Christophs Worte nach. Sprach so ein Vater, der seine Tochter missbraucht haben könnte – wie es Pfarrer Neuenschwander angedeutet hatte? Besaß er, Hugi, nicht genug Menschenkenntnis, um hinter die Fassade des Vaters zu blicken? Andererseits: Esther war eine geschickte Manipulatorin gewesen. Hatte sie dem Pfarrer womöglich eine erfundene Geschichte erzählt, um Nähe zu erzeugen? Vielleicht gar, um ihn zu verführen?

Wahrscheinlich hatten die Kaufmanns keine Ahnung von Esthers Machenschaften. Hatten vielleicht Gerüchte gehört, hinter vorgehaltener Hand. Sie als Lügen abgetan. Der Wahrheit nicht ins Gesicht geblickt. Vielleicht wussten sie tatsächlich nicht, dass ihre Tochter Männer ausgenommen und damit eine hübsche Summe Geld angespart hatte, um damit ein Leben in Freiheit zu genießen.

»Was machen denn Sie hier?«

David und Marianne waren zu den beiden Männern getreten. Hugi hatte sie nicht kommen sehen, so sehr war er in seine Gedanken vertieft gewesen.

Der Sohn stellte sich breitbeinig vor Hugi auf. Stützte die Arme in die Seiten. Wütender Blick. Marianne stand daneben. Sie wirkte noch kleiner, als Hugi sie in Erinnerung hatte. Mit beiden Händen hielt sie ihre Handtasche. Schaute verlegen auf den Boden. Als ob sie sich für den aggressiven Ton ihres Sohnes schämte.

»David, lass es gut sein.« Christoph hatte sich mit einer beschwichtigenden Geste von der Mauer erhoben. »Herr Hugi will nur mit mir reden.«

»Will nur mit mir reden«, äffte er seinen Vater nach. »Und das an einem Sonntag. Nachdem wir das Wort des Herrn vernommen haben. Haben Sie denn keinen Funken Anstand?«

»David.« Auch seine Mutter mahnte zur Ruhe.

»Einen Gottesmann stelle ich mir besonnener vor, Herr Kaufmann.« Hugi richtete sich auf. Er befand sich nun auf Augenhöhe mit David. Die Gesichter nur wenige Zentimeter voneinander entfernt. Seine Worte waren scharf gewesen. Er hielt dem Blick des Sohns stand, bis dieser sich schließlich abwandte.

»Ich weiß, dass Sie bestimmt schon angenehmere Zeiten erlebt haben«, fuhr Hugi versöhnlicher fort. »Ein Kind zu verlieren, ist wohl das Schlimmste, was jemandem passieren kann. Das Gleiche gilt auch für eine Schwester.« Er warf David einen kurzen Blick zu. Dieser zischte etwas Unverständliches. »Ich wünsche Ihnen viel Kraft in dieser schwierigen Zeit.«

»Gott wird uns helfen. Er lässt niemanden allein.« Marianne ließ sich nicht von ihrem Weg abbringen.

Hugi nickte. Was sollte er dazu sagen? »Ich habe gehört, dass Esthers Leiche von der Gerichtsmedizin freigegeben worden ist. Haben Sie schon einen Termin für die Beisetzung?«

»Nächsten Freitag. Wir müssen uns noch um viel kümmern.« Christoph war beinahe nicht zu verstehen. Er sah erschöpft aus. Hatte er erneut ein Medikament eingenommen?

»Ich werde zum Gottesdienst kommen«, versprach

Hugi. David wollte bereits wieder eine wütende Bemerkung loslassen, doch Mariannes Blick ließ ihn verstummen.

Als Hugi das Trio verließ, hörte er, wie der Sohn aufgeregt auf seine Eltern einredete. Hugis Mission war abgeschlossen. Die Kaufmanns mussten ihre Probleme selbst lösen.

ACHTUNDZWANZIG

»Was für ein Timing!«

Staatsanwalt Nydegger knöpfte seinen Kamelhaarmantel zu und reichte Urspeter Hugi die Hand. Dann warf er sich ein Schalende über die Schulter.

»Aber ich muss schon sagen, ein Scheißwetter haben Sie. Entschuldigen Sie bitte meine saloppe Ausdrucksweise. Als ich in Burgdorf losgefahren bin, hatten wir strahlenden Sonnenschein. Nun, als Oberaargauer sind Sie wahrscheinlich an den Nebel gewöhnt.«

Sie waren zeitgleich vor dem Glaspalast, dem Langenthaler Verwaltungsgebäude, eingetroffen.

»Nun ja, Herr Staatsanwalt«, erwiderte Hugi. »Sie hätten vor 30 Jahren hier sein müssen. Da kam es vor, dass wir wochenlang keine Sonne sahen. Das hat sich inzwischen deutlich gebessert.«

»Schön. Das ist Ihnen zu gönnen.« Nydegger bückte sich in seinen Audi Q3 und reichte Hugi eine Tüte mit der Aufschrift einer ortsansässigen Bäckerei. »Als gebürtiger Oberländer kenne ich so was nicht.« Er fischte seinen Aktenkoffer aus dem Wagen und drückte auf die Fernbedienung. Die Scheinwerfer blinkten kurz auf. »Aber es ist ein hübsches Städtchen, dieses Langenthal. Das ist nicht zu leugnen. Und das Stadttheater«, er deutete auf die andere Straßenseite, »ist ein ansehnliches Bauwerk.«

Er nahm die Tüte wieder zu sich. Gemeinsam schlenderten sie zum Eingang. Auf halbem Weg blieb Nydegger stehen und musterte Hugi aufmerksam.

»Sagen Sie mal, Hugi.« Tiefe Furchen zeichneten sich auf seiner Stirn ab. »Sie haben uns großartig unterstützt bei diesem Mordfall. Inoffiziell natürlich, keine Frage. Und auch wenn wir keinen bedeutenden Schritt weitergekommen sind, so war Ihre Mithilfe zweifellos wertvoll.«

Er stockte, und Hugi blickte ihn erwartungsvoll an. Ließ das Schweigen über ihnen schweben und wartete gespannt, was der Staatsanwalt ihm mitteilen mochte. Obwohl – er ahnte es bereits.

Nydegger leckte sich mit der Zunge über die Lippen. »Wissen Sie, gutes Personal ist rar. Und seien wir doch ehrlich: Sie sind im besten Alter, Hugi. Mit Ihrer Erfahrung, Ihrem Scharfsinn, Ihrer Intuition …«

»… die mich momentan böse im Stich lässt«, fiel ihm Hugi ins Wort.

»Na ja, hexen können Sie in Gottes Namen auch nicht. Aber was ich sagen wollte: Könnten Sie sich nicht vorstellen, bei uns wieder einzusteigen? Ich habe mir vorgestellt, dass ich Sie sozusagen als freier Mitarbeiter an Bord holen könnte. Auf Abruf bereit, so irgendwie. Habe mir noch keine konkreten Gedanken dazu gemacht, da ich zunächst mit Ihnen darüber sprechen wollte. Wissen Sie, ich spiele regelmäßig Golf mit Polizeikommandant von Niederhäusern. Da wäre es mir gewiss möglich, mit ihm etwas zu deichseln.« Er hatte Hugi dabei nicht in die Augen sehen können. Nun trafen sich ihre Blicke. »Was halten Sie davon? Ich meine, es hat Ihnen doch bestimmt Spaß gemacht, uns bei den Ermittlungen zu unterstützen. Und dann würde das Ganze einen offiziellen Anstrich erhalten.«

Genau das hatte Hugi erwartet, und er musste sich eingestehen, dass Nydeggers Angebot sehr schmeichelhaft war. »Wissen Sie, Herr Staatsanwalt«, begann er, »Sie haben recht, dass ich mich gefreut habe, erneut auf Spurensuche zu gehen, mit Betroffenen zu sprechen und dabei das eine oder andere schmutzige Geheimnis ans Licht zu bringen – auch wenn es für das große Ganze wertlos war.«

Nydegger wollte zu einer Antwort ansetzen, doch Hugi hob abwehrend die Hand. »Was mir dabei besonders gefallen hat, ist, dass ich keine Rücksicht auf Dienstvorschriften nehmen musste. Dass ich freie Entscheidungen treffen und meinen eigenen Weg gehen konnte. Keine Protokolle, keine Aufzeichnungen. Damit wäre im Dienst Schluss, und ich stünde wie früher strikt unter den Weisungen der Kantonspolizei. Und außerdem«, er hielt kurz inne und schnaufte tief durch, »gefällt mir mein Leben als Rentner gut. Ich möchte meine Freiheiten nicht missen. Daher muss ich Ihnen schweren Herzens eine Absage erteilen. Aber Ihr Angebot ehrt mich sehr.«

In diesem Augenblick fiel ein einzelner Sonnenstrahl durch die Nebeldecke, direkt in Nydeggers Gesicht, sodass dieser rasch die Hand über die Augen hielt.

»Das ist nun beinahe kitschig«, murmelte er. »Als hätte der liebe Gott Sie erhört und seinen Segen dazu gegeben. Ich kann Sie gut verstehen, Hugi, auch wenn ich es natürlich sehr bedaure.« Er wandte sich dem Eingang zu. »Schade, schade.«

Hugi folgte ihm, und durch die Drehtür betraten sie den Glaspalast.

Der Beamte am Empfang streckte den Rücken durch, als er den Staatsanwalt erblickte, und Hugi wunderte sich insgeheim, dass er dazu nicht noch salutierend die Hand zur Schläfe hob.

Im Korridor stoppte Nydegger erneut. »Kein Wort zur Truppe über unser Gespräch, Hugi. Ich zähle auf Ihre Loyalität.«

»Kein Thema, Herr Staatsanwalt.«

Nydegger nickte zufrieden und trat ins Büro, wo Stefania mit ihrem Team am Konferenztisch versammelt auf sie wartete. Er grüßte kurz. Legte seinen Mantel auf einen freien Tisch – die Kleider darunter waren einmal mehr perfekt aufeinander abgestimmt. Als er dabei aus dem Fenster blickte, war die Landschaft von einem goldenen Schimmer bedeckt, was ihn veranlasste, Hugi einen verschwörerischen Blick zuzuwerfen. Er reichte Stefania die Tüte. »Croissants aus der ortsansässigen Bäckerei«, verkündete er. »Sehr lecker. Vollkorncroissants! Mal etwas halbwegs Gesundes anstelle der schokoladenen Kalorienbomben.«

Danash lächelte bei diesen Worten verschmitzt.

»Und wenn ich noch einen Kaffee dazu kriegen kann, so hat sich meine Reise halbwegs gelohnt«, stellte Nydegger fest.

»Mein Job.« Naomi sprang auf, heute mit einer John-Lennon-Brille und Doc-Martens-Stiefeln, deren Schuhbändel auf ihre grünen Haarsträhnen abgestimmt waren. Sie warf eine Kapsel ein, und die Maschine erwachte mit einem beruhigenden Brummen zum Leben.

»Also«, begann Nydegger, nachdem er sich hingesetzt und einen Notizblock vor sich gelegt hatte, die Hände auf dem Tisch gefaltet. »Ich habe diese Besprechung angeordnet, inklusive Freelancer«, er blickte zu Hugi, »um das weitere Vorgehen zu besprechen. Wir ermitteln inzwischen seit drei Wochen und haben, soweit ich das beurteilen kann, keine bemerkenswerten Ergebnisse vorzuweisen.«

Stefania saß mit versteinerter Miene da, die Lesebrille in ihre wilden Locken gesteckt. Starrte vor sich auf den Tisch, während Danash geräuschvoll sein Croissant verschlang.

»Machen wir doch mal Folgendes«, schlug Nydegger vor und wedelte dabei mit den Fingern. »Freie Assoziationen. Was geht Ihnen durch den Kopf? Äußern Sie sich.« Er griff nach der Tasse, stellte sie aber sofort wieder auf den Tisch zurück. »Das kann manchmal Blockaden lösen und Hindernisse überwinden. Alles ist erlaubt.«

Das Klammern an den letzten Strohhalm, dachte Hugi. Lehnte sich zurück. Wartete ab, was das Team zu bieten hatte.

Niemand meldete sich zu Wort, sodass der Staatsanwalt Naomi ins Auge fasste. »Frau Vogt, beginnen Sie doch bitte.«

»Nun ja.« Sie räusperte sich und drehte das Croissant in den Händen. »Esthers Flirt an der Hotelbar mit dem Typ, den sie mit aufs Zimmer genommen hat.«

»Ausgezeichnet, Frau Vogt.« Nydegger klopfte anerkennend auf den Tisch. »Was haben wir von ihm?«

Betretenes Schweigen machte sich in der Runde breit. Der Staatsanwalt rutschte unruhig auf seinem Stuhl hin und her. »Beschreibungen, Phantombild, Beobachtungen der Angestellten. Irgendwas werden wir doch haben, oder etwa nicht?«

Stefania beugte sich vor und blätterte in ihren Unterlagen. Sie suchte nach ihrer Lesebrille, bis Hugi sie diskret anstieß und auf ihr Haupt deutete. Dankbar lächelte sie ihm zu. »Der Bären war an diesem Abend nur schwach frequentiert. Wir konnten die meisten Anwesenden ausfindig machen, vorwiegend Männer. Die hatten allerdings mehr auf Esther gegafft als auf ihren Gesprächspartner.«

»Na, so was!« Nydeggers ironischer Unterton war unüberhörbar. »Und die Angestellten? War der Mann gänzlich unbekannt?«

»Niemand hat zu Protokoll gegeben, ihn je zuvor im Bären gesehen zu haben. Wir haben Phantomzeichnungen anfertigen lassen. Die sind allerdings sehr unterschiedlich ausgefallen. Unbrauchbar, um damit einen Aufruf in den Medien zu starten.«

»Ein Unbekannter, der unser Opfer anflirtet.« Nydegger schaute in die Runde. »Eine Zufallsbekanntschaft? Hat sie sich an ihn rangemacht oder war es umgekehrt?«

Alain meldete sich zu Wort. »Diese ganzen Fragen«, er blickte den Staatsanwalt unvermittelt an und fuhr nüchtern fort, »könnte uns wohl nur das Opfer beantworten.«

»Wenn sie ihn mit auf ihr Zimmer genommen hat«, Nydegger wurde ungeduldig, »so muss er das Hotel irgendwann in der Nacht verlassen haben. Und dabei muss er gesehen worden sein. Es wird gewiss einen Nachtwächter geben, oder wie man das sonst nennt.«

»Den gibt es.« Hugi sah sich in der Pflicht einzugreifen. Er erinnerte sich an das Gespräch mit Sara, das er im Bären geführt hatte. »Aber er war in dieser Nacht bei einem Unfall behilflich, der sich vor dem Haus ereignet hatte. Und während dieser Zeit hätte jeder das Hotel verlassen können.«

»Oder hineingelangen«, ergänzte Danash.

»Also, ich fasse Ihren Verdacht zusammen, Frau Vogt.« Nydegger wandte sich Naomi zu, ohne auf die vorherige Bemerkung einzugehen. »Esther Kaufmann hat mit einem Unbekannten einen One-Night-Stand. Dieser will mehr von ihr, darauf wirft sie ihn raus. Er kann sich mit ihrer Abweisung nicht abfinden, lauert ihr am Morgen auf und folgt ihr an die Langete, wo er sie umbringt.«

»Es gibt noch etwas zu beachten.« Stefania blickte von ihren Unterlagen auf. »Die Todesursache lautet Hirntod. Die Durchblutung im Gehirn war unterbrochen, und der Hirnstamm, der den Herzschlag und die Atmung steuert, hat durch intrakraniellen Druck nicht mehr funktioniert. Ausgelöst durch einen Schlag auf den Hinterkopf. Die Gerichtsmedizin ist sich sicher, dass Esther Kaufmann auf einen Stein gestürzt ist. Sie wurde gestoßen und ist unglücklich gefallen.«

»Das würde Frau Vogts Theorie doch stützen«, meinte Nydegger. »Die beiden streiten sich, sie will ihn so rasch wie möglich loswerden, verhöhnt ihn vielleicht sogar – was weiß ich. In seiner Wut stößt er sie, und sie stolpert und fällt hin. Ein Unfall.«

»Da spricht aber einiges dagegen.« Hugi hob den Zeigefinger. »Wenn es tatsächlich ein Unfall war, infolge eines Streits mit einem Liebhaber – weshalb schlägt dieser ihr anschließend mehrmals mit einem Stein ins Gesicht? Da brach eine ungeheure Wut los. Glauben Sie wirklich, dass ein verschmähter One-Night-Stand so etwas tun würde?«

»Nein, er würde sich nach dem Sturz wohl so rasch wie möglich aus dem Staub machen«, bekräftigte Alain, und Stefania nickte nachdenklich.

»Möglich«, gab Nydegger zu. Hugi fiel auf, dass er noch keine Notiz auf seinem Schreibblock verzeichnet hatte. »Aber nicht unwahrscheinlich. Wir wissen aus Erfahrung, wie irrational Menschen sich verhalten können, wenn sie in einer Stresssituation sind. Vielleicht wollte er ihr Gesicht entstellen, damit man sie nicht identifizieren kann.«

»Ich stimme Alain zu«, sagte Hugi. »Eine Affekthandlung ist möglich, wohl sogar wahrscheinlich. Aber das Danach ... Wie gesagt, dafür braucht es mehr Wut als eine verschmähte Liebschaft. Der Mörder muss sämtliche Selbstkontrolle verloren haben. Stellen wir uns doch die Situation vor. Esther fällt hin und bleibt liegen. Er beugt sich über sie und stellt fest, dass sie nicht mehr atmet, dass kein Puls zu spüren ist. Er ist entsetzt, wird sich langsam bewusst, was er getan hat und was die Konsequenzen für ihn sein könnten. Und da schlägt er mit einem Stein mehrmals der Toten ins Gesicht? Ich halte das für ausgeschlossen.«

»Herr Jeyakumar, wie lautet Ihre Theorie?« Nydegger ließ Hugis Bemerkungen unkommentiert und wandte sich an Danash. Dieser trommelte mit den Zeigefingern auf den Tisch, als wollte er eine große Enthüllung ankünden.

Seine Energie möchte ich haben, dachte Hugi. Während alle am Tisch müde und erschöpft aussahen, strotzte der Angesprochene nur so vor Kraft.

Danash lehnte sich in seinen Stuhl zurück und hob geheimnisvoll die Hände, wie ein orientalischer Märchenerzähler. »Nehmen wir einmal an, dass Esther Kaufmann damals schwanger war, als sie von zu Hause weggegangen ist.«

Nydegger hob erstaunt die Augenbrauen, und auch der Rest des Teams blickte verwundert in Danashs Richtung. Dieser genoss sichtlich die Aufmerksamkeit und zog verschwörerisch den Kopf ein Stück ein.

»Sie bringt im Ausland das Kind zur Welt und gibt es zur Adoption frei. Mit 16 Jahren erfährt das Mädchen oder der Junge, wer seine leibliche Mutter ist, und entwickelt auf sie einen Riesenhass. Wie konnte sie nur so handeln? Wer gibt sein eigenes Kind weg? Es spürt Esther Kaufmann auf, und es kommt zum Streit, zu einem Handgemenge – und peng. Tödlicher Sturz und Malträtierung des Gesichts.« Strahlend sah er in die Runde.

»Herr Jeyakumar, Sie sind ein begabter Geschichtenerzähler«, schnaubte der Staatsanwalt, was Danash dazu veranlasste, eine Schnute zu ziehen.

»Haben nicht *Sie* gesagt: freie Assoziation?«, maulte er.

»Aber aufgrund von Fakten«, gab Nydegger kurz angebunden zurück.

»Moment!« Hugi hob eine Hand, um die Auseinandersetzung zu stoppen. Da war ein kleines Detail gewesen. Irgendeine Bemerkung von Danash hatte eine Saite in ihm zum Klingen gebracht. Verzweifelt versuchte er, sich den Wortlaut in Erinnerung zu rufen, nach dem Einfall zu greifen, der ihm zuvor durch den Kopf geschossen war. Stöhnend massierte er sich die Schläfen. Es war weg, genauso rasch, wie es gekommen war.

»Der Maestro ist wieder einmal der Einzige, der mich versteht«, jammerte Danash und schob demonstrativ seine Unterlippe vor.

»Hugi?« Nydeggers Tonfall war ungeduldig. »Wollen Sie uns etwas sagen?«

»Ich hatte gerade einen Gedanken. Aber ich konnte ihn nicht festhalten.«

»Aufgrund von Kumis Märchen?« Naomi warf ihm einen ungläubigen Blick zu.

»Jaja, passiert mir auch häufig, Hugi. Mit fortschreitendem Alter und so weiter. Das kennen Sie ja bestimmt bestens.« Der Staatsanwalt stellte seine Tasse geräuschvoll auf den Tisch. »Ich komme also erneut zur Erkenntnis, dass wir nichts haben. Keine einzige Spur, der wir nachgehen können. Machen wir eine Pause.«

NEUNUNDZWANZIG

Die Stimmung im Büro war bedrückt. Nydegger hatte inzwischen einen neuen Kaffee vor sich stehen und blätterte in einer Akte. Das Team wartete auf die weiteren Fragen des Staatsanwalts. Stefania hielt ihre zusammengeklappte Lesebrille in der einen Hand und wuschelte mit der anderen durch ihre Locken. Hugi hatte sich in seine eigene Welt zurückgezogen und versuchte verbissen, Danashs wagemutige Theorie Wort für Wort nochmals durchzugehen. Wie war es nur möglich, dass ein spontan auftauchender Gedanke sich so rasch verflüchtigen konnte?

Niemand sprach ein Wort. Alle warteten darauf, dass Nydegger die Besprechung wieder aufnahm.

»Ich entschuldige mich für meinen etwas rüden Einwand«, wandte dieser sich an Danash und brach damit das Schweigen. »Sie haben völlig recht. Wir brauchen Ideen, auch wenn sie noch so abwegig sind. Gehen wir also Ihre Theorie erneut durch. Weshalb sollte das Kind solch einen Hass auf die Mutter, die es ja vorher nie gesehen und nicht gekannt hat, entwickelt haben?«

»Vielleicht ist es in einer furchtbaren Familie gelandet«, kam Alain zu Hilfe. »Gewalttätige Eltern. Missbrauch.«

»Aber wie kommt das Kind nach Langenthal?«, warf Naomi ein. »Zunächst müsste es die Mutter ausfindig machen, die notabene ihren Namen gewechselt und eine neue Identität angenommen hat.«

»Privatdetektiv«, sagte Danash.

»Wir sprechen von einer jungen Person, knapp 16 Jahre alt«, gab der Staatsanwalt zu bedenken. »Klingt schon sehr an den Haaren herbeigezogen.«

Niemand hatte dem etwas entgegenzusetzen.

»Nun denn, meine lieben Ermittler. Herr Bärtschi, haben Sie auch eine Theorie?«

»Tja.« Alain ließ einen Bleistift zwischen seinen Fingern hindurch kreisen. »Da wäre dieser Stalker in Stuttgart. Den sollten wir nicht ganz außer Acht lassen.«

Nydegger nickte. »Da sind unsere Kollegen in Deutschland dran. Aber darauf können wir keinen Einfluss nehmen. Ich kann Ihnen lediglich verraten, dass sie auch keine brauchbaren Resultate aufweisen können – genau wie wir.« Er wandte sich Stefania zu. »Frau Russo?«

»Ich schließe mich UPs Ansicht an, dass das Verbrechen mit Esther Kaufmanns Vergangenheit in Roggwil zu tun haben muss.«

Hugi schreckte aus seinen Gedanken auf, als er seinen Namen hörte.

»Also gut.« Der Staatsanwalt zog ein Blatt Papier aus seinem Aktenbündel. »Gehen wir diese Variante nochmals durch. Sie glauben, dass die junge Frau mit ihren Erpressungen bei einem der Geschädigten solch eine Mordswut hervorgerufen hat, dass sie nun als Erwachsene mit ihrem Leben bezahlen musste.«

»Das ist eine Möglichkeit«, kam Hugi Stefania zuvor.

»Sie haben doch mit diesem Koch gesprochen«, fuhr Nydegger fort. »Hat er Ihnen eine Liste mit den Erpressungsopfern zukommen lassen?«

»Es stehen genau drei Namen darauf«, antwortete Stefania.

»Darf ich mal sehen?«, fragte Hugi.

»Natürlich.« Sie reichte ihm das Papier.

»Der Pfaffe!«, entfuhr es ihm. »Auch den hat sie verführt!«

»Müssten wir etwas wissen, Hugi?«

»Dieser Mistkerl!«

»Ein Bekannter von Ihnen?«

»Ich habe neulich mit ihm gesprochen.«

»Nicht verwunderlich, dass er Ihnen seine Affäre nicht auf die Nase gebunden hat«, meinte Nydegger trocken, ohne von seinen Notizen aufzublicken, und wandte sich an Stefania. »Ich nehme an, die drei Herren sind ausführlich befragt worden.«

»Selbstverständlich.« Stefania blickte auf ihre Notizen. »Einer der drei war an besagtem Morgen fast die ganze Zeit am Stammtisch anzutreffen.«

Auch Rolfs Name stand auf der Liste, der Stammgast aus dem »Gambrinus«, mit dem Hugi sich unterhalten hatte. Keine Überraschung, denn er hätte geschworen, dass einer von ihnen, wenn nicht sogar beide, zu den Geschädigten gehört hatten. Den dritten Namen hatte Hugi noch nie gehört.

»Kaum anzunehmen«, fuhr Stefania fort, »dass er vor oder nach seinem Besuch im Gasthaus Esther nachgestellt hat. Die anderen zwei haben kein Alibi, aber …«

Alle drehten fragend den Kopf in ihre Richtung.

»Es ging damals um sehr bescheidene Summen. Das war der Beginn von Esthers Erpressungsgeschichten. Kaum anzunehmen, dass dies nach so langer Zeit eine Mordlust verursachen sollte. Und da wäre noch der ehemalige Regierungsrat …«

»Franz Guthauser«, fiel ihr der Staatsanwalt ins Wort. »Ich hoffe, Sie waren sehr diskret bei der Befragung.«

»Wie soll man bei solch einer delikaten Angelegenheit diskret sein?« Stefania hielt ihre Abscheu nicht zurück. »Beschimpft und rausgeworfen hat er mich.« Und kaum hörbar zischte sie noch: »Dieses Arschloch.«

»Ich habe mit seiner Ex-Frau gesprochen«, meldete sich nun Hugi wieder zu Wort. Dass Pfarrer Neuenschwanders Name auf der Liste stand, hatte ihn für einen Moment sprachlos gemacht. Trotz seines Verdachts. »Esther hat wahrscheinlich einen unverschämt hohen Preis für ihr Schweigen verlangt, so vermute ich jedenfalls. Sie dachte, dass sie bei ihm richtig abkassieren könne. Kein Wunder, dass er nicht bezahlt hat. Und Inkonsequenz kann man Esther weiß Gott nicht vorwerfen. Sie hat ihm eine Frist gesetzt, und als diese abgelaufen war, wurde Guthausers Frau ein Umschlag mit belastenden Bildern zugestellt.«

»Wahnsinn, ganz schön durchtrieben«, entfuhr es Nydegger.

»Daraufhin hat sie ihn rausgeschmissen, und da es einen Ehevertrag gab, hat der spätere Herr Regierungsrat bös in die Röhre geschaut.«

»Also hätte er eigentlich ein starkes Motiv«, ergänzte Stefania.

»Sie meinen also …«, begann der Staatsanwalt.

»Gar nichts meine ich.« Stefanias Kopf hatte eine ungesunde Röte angenommen. »Ich musste später natürlich nochmals zu Guthauser und ihn nach seinem Alibi befragen. Er war den ganzen Tag mit seiner jetzigen Partnerin auf einer Wanderung im Neuenburger Jura. Alles verifiziert, hieb- und stichfest.«

Nydegger schien erleichtert. Der Verdacht gegen einen ehemaligen kantonalen Politiker war ausgeräumt.

»Wir wissen nicht, wie viele Männer von Esther ausgenommen wurden. Wir kennen bisher nur die drei auf der Liste und den ehemaligen Regierungsrat. Aber es dürften noch einige mehr sein. Nachdem Esther sich von ihrem Freund getrennt hat, hat sie mit ihren schmutzigen Geschäften weitergemacht.« Hugi atmete tief durch. »Ob auf eigene Faust oder ob ihr jemand dabei geholfen hat, das wir wissen nicht. Und es ist wohl ein Ding der Unmöglichkeit an sämtliche Namen heranzukommen. Aber ich bezweifle nach wie vor, dass eine der Erpressungen das Motiv für dieses Verbrechen ist.«

»Sondern?« Nydegger hatte aufmerksam zugehört.

»Für mich steht die Rache für den Selbstmord von Armin Bernhard im Vordergrund. Das erachte ich als starkes und glaubwürdiges Motiv für solch eine abscheuliche Tat.«

»Sie denken an Bernhards Familie?«

Hugi zuckte mit den Schultern. »Es scheint mir nach wie vor die wahrscheinlichste Variante.«

»Moment, UP.« Stefania hob die Hand. »Wir haben das ausführlich untersucht. Michael war zum Zeitpunkt des Verbrechens in Salzburg. Ihn können wir ausschließen.«

»Aber alle anderen haben kein Alibi.«

»Bernhards Witwe Erika und seine Tochter Isabelle wohnen in der Region Bern. Seine Tochter Beatrice in Langenthal. Wir haben die drei in die Mangel genommen. Mehrmals. Ihr könnt das bestätigen.«

Danash, Naomi und Alain nickten eifrig.

»Wir konnten aus keinem brauchbare Informationen herausholen. Es gibt nicht den klitzekleinsten Hinweis, dass sie etwas mit dem Verbrechen zu tun haben. Außerdem stellt sich die Frage, wann und wo sie Kristina Schubert gesehen und als Esther identifiziert haben sollen. Wir haben keinen Beweis, nix, gar nichts.«

»Wir haben die Rosen auf Armin Bernhards Grab«, gab Hugi zu bedenken.

»Rosen?« Nydegger wurde hellhörig. »Davon weiß ich noch gar nichts. Kann mich mal jemand aufklären?«

»Auf dem Grab stand eine Vase mit Rosen. Frische Rosen, die wahrscheinlich zu seinem Geburtstag gebracht worden sind.«

Stefania fügte hinzu: »Wir haben sämtliche Familienmitglieder befragt. Niemand will die Blumen dort hingestellt haben.«

»Aha.« Der Staatsanwalt trommelte mit den Fingern auf dem Tisch. »Also haben wir doch eine Spur.«

»Auch in diese Richtung haben wir ermittelt.« Danash meldete sich seit Langem wieder einmal zu Wort. »Die geheimnisvolle Person X, die dem Toten zu seinem Geburtstag die Ehre erweist.« Er schüttelte mit leerem Gesichtsausdruck den Kopf. »Nichts, Sackgasse. Wir konnten niemanden finden. Was sollen wir tun?« Er sah Nydegger herausfordernd an. »Die Bevölkerung der ganzen Gegend befragen?«

Der Staatsanwalt blickte ins Leere. »Also sprechen wir vom perfekten Mord?«

»Kein Mord«, intervenierte Hugi. »Wie bereits gesagt wurde, ist Esther Kaufmann mit dem Kopf auf einen Stein gefallen. Vermutlich gab es ein Handgemenge, und sie wurde gestoßen. Also keine geplante Tötung. Ein Unfall sozusagen.«

»Und trotzdem hatte der Täter eine solche Wut auf sie, dass er anschließend ihr Gesicht übel zugerichtet hat«, warf Nydegger ein.

»Oder die Täterin«, ergänzte Danash.

»So.« Der Staatsanwalt drückte den Rücken durch und drehte den Kopf kreisförmig, um seine Nackenmuskulatur zu entspannen. »Ich stelle fest, dass Sie innerhalb der drei Wochen nichts Brauchbares ermitteln konnten. Es existieren zwar Spuren, aber sie können nicht weiterverfolgt werden. Sehe ich das richtig, Frau Russo?«

Stefania breitete die Hände aus. Eine stille Zustimmung.

»Wir kommen hier also nicht voran. Daher schlage ich vor, dass wir das Büro in Langenthal auflösen und dass Sie morgen wieder in Bern Ihre Arbeit aufnehmen. Es gibt genug zu tun, das kann ich Ihnen versichern. Der Fall Esther Kaufmann bleibt derweilen bei mir. Vielleicht ergeben sich irgendwann neue Erkenntnisse, die uns dem Täter etwas näherbringen.«

»Oder der Täterin.« Erneut Danash. Nydegger verzog das Gesicht zu einer Grimasse.

»Sie haben getan, was möglich war. Ich danke Ihnen für Ihren großen Einsatz. Leider hat es nicht gereicht, auch wenn wir Hilfe von unserem Ex-Kollegen Hugi hatten.«

Betretene Stille.

Der Staatsanwalt sortierte die Papiere und versorgte sie in seiner Aktentasche.

»Das war's wohl mit Langenthal.« Er warf Hugi einen Blick zu. »Und jetzt, wo wir abziehen, scheint tatsächlich einmal die Sonne.«

DREISSIG

»Hola, Señor Hugi.« Teresas Stimme drang aus dem Badezimmer. Sie pfiff munter ein Liedchen, während Hugi erschöpft seinen Mantel an der Garderobe aufhängte. »Ich habe Ihnen zwei Stück *Empanada Gallega* in den Kühlschrank gestellt.« Ihr Kopf tauchte im Türrahmen auf. »Rasch in der Mikrowelle aufwärmen für ein gutes Nachtessen.«

»Lieb von Ihnen«, sagte Hugi. »Das kann ich heute gut gebrauchen.«

»¿*mal día*, Señor?« Ihre Stimme klang besorgt.

»Das kann man so sagen«, seufzte Hugi.

»Hat es mit Ihrem Fall zu tun?« Sie war aus dem Badezimmer herausgetreten. Die Hände steckten in gelben Gummihandschuhen.

»Ach, Teresa.« Er winkte ab.

»Ich wollte nicht neugierig sein. Aber Ihr Bürotisch ist überfüllt mit Blättern. Da konnte ich mich nicht zurückhalten und habe einen Blick draufgeworfen.«

»Teresa!« Er hob theatralisch mahnend den Zeigefinger. Gleichzeitig überlegte er sich, weshalb das zuvor, während seiner aktiven Zeit, nie passiert war.

Ach ja, seine Notizen hatte er stets in sein Büchlein eingetragen, das nun einer anderen Funktion diente. Und sofort schoss ihm durch den Kopf, dass er seit einigen Tagen keine Eintragungen mehr darin gemacht hatte. Positive Gedanken könnte er jetzt gut gebrauchen!

»Soll ich für Sie ein paar Recherchen übernehmen, Señor? Sie wissen schon: soziale Medien und so. Das ist ja nicht gerade Ihre Stärke.«

Hugi grinste. »Danke für das Angebot. Ich wäre darauf zurückgekommen, wenn es noch notwendig wäre.«

»Also waren Sie erfolgreich?« Sie zog die Handschuhe aus und lehnte sich an den Türrahmen.

»Ganz im Gegenteil. Die Ermittlungen sind eingestellt worden. Keine Aufklärung in Sicht.« Er blickte sie ernst an. »Das bleibt aber unter uns, Teresa. Haben Sie verstanden?«

»*Ciertament*, Señor«, murmelte sie verschwörerisch und zog mit den Fingern einen imaginären Reißverschluss über die Lippen.

Hugi holte sich ein Mineralwasser aus dem Kühlschrank, äußerte sich dabei bewundernd über Teresas Backkunst und trat auf die Terrasse. Die Sonne hatte den Hochnebel erfolgreich vertrieben, und er genoss die wärmenden Strahlen auf seinem Gesicht. Zündete eine Zigarette an und kniete sich nieder, um Zorro zu begrüßen, der flatternd um seine Beine strich.

»Na, du kleiner Gauner?« Der Kater rieb sein Köpfchen an Hugis Handrücken und verlangte nach mehr Streicheleinheiten. Teresa hatte inzwischen vom Pfeifen zum Singen gewechselt. Die Melodie kam Hugi bekannt vor, irgendein Popsong aus den 8oer-Jahren.

Er genoss den Blick auf die Jurahügel, die sich mächtig und so klar wie schon lange nicht mehr hinter den Gebäuden des Spitals erhoben. Zum Greifen nah.

Und die Terrasse war immer noch im gleichen Zustand wie vor drei Wochen. Möglichst rasch wintertauglich machen, hatte er sich damals vorgenommen. Es war bei der Absicht geblieben und müsste demnächst endlich vollzogen werden – bevor die erste Frostnacht einsetzte.

Mit einem Ächzen ließ er sich in den Gartenstuhl fallen, während Zorro sich zu seinen Füßen niederlegte und auf den Rücken drehte.

Das war's also, UP Hugi, dachte er. Ein Comeback mit einem Misserfolg. Mit Pauken und Trompeten durchgefallen.

Seine Gedanken kreisten weiter um den ungelösten Fall. Was hätte er noch tun können? Welcher Blitzeinfall war ihm aufgrund von Danashs waghalsiger Theorie durch den Kopf geschossen? Übersah er etwas? Hatten sie sich etwa die ganze Zeit über auf einer völlig falschen Spur befunden?

»So, Señor Hugi.« Teresa war in die Wohnstube getreten. »Noch staubsaugen, und dann bin ich fertig.«

Er drückte die Zigarette aus und erhob sich. »Schon gut,

Teresa. Keine Eile. Sie stören überhaupt nicht. Ich ziehe mich ins Büro zurück, damit ich Ihnen nicht im Weg bin.«

Er durchquerte die Wohnstube mit der offenen Küche, gelangte in den Korridor, bog um die Ecke und betrat rechter Hand sein Arbeitszimmer. Leise schloss er die Tür hinter sich und lehnte sich für einen Moment dagegen, während der Staubsauger zu brummen begann.

Zorro pochte energisch mit dem Pfötchen gegen die Tür; Hugi ließ ihn hinein, und der Kater sprang sogleich auf den Katzenbaum, wo er sich zusammenkuschelte.

Judiths Bild lächelte ihn an. Er nahm den Rahmen in die Hände.

Du willst tatsächlich aufgeben, Liebling?

»Was bleibt mir anderes übrig? Soll ich auf eigene Faust weitermachen? Nochmals Leute befragen, die mir ohnehin nichts Neues erzählen werden?«

Früher warst du kämpferischer.

»Das mag stimmen. Ich habe auch um dich gekämpft. Bis zuletzt. Habe immer auf ein Wunder gehofft.«

Sprechen wir nicht über mich. Ich meinte deine Ermittlungen.

»Tja.« Hugi verwarf die Hände. »Früher hatte ich ein Team, an das ich die Aufgaben delegieren konnte. Jetzt bin ich ein einsamer Einzelkämpfer, der versucht, den Kollegen zuzuarbeiten. Und wenn der Staatsanwalt die Ermittlungen einstellt, dann stehe ich allein auf verlorenem Posten.«

Aber du kannst dich nicht damit abfinden. Das bist nicht du.

Hugi schwieg.

Sein Blick fiel auf das schwarze Notizbuch. Drei positive Ereignisse. Was gab es da zu notieren!

Grimmig griff er danach, blätterte auf die Seite mit dem letzten Eintrag – das war vor vier Tagen gewesen – und schrieb:

1. schönes Wetter heute
2. schönes Wetter heute
3. schönes Wetter heute

Die letzte Zeile strich er durch und notierte anstelle darunter:

3. leckeres Nachtessen von Teresa erhalten

Resigniert klappte er das Büchlein zu und wischte es mit einer energischen Bewegung von der Schreibunterlage.

Zorro gab ein undefinierbares Maunzen von sich und drehte sich auf die andere Seite.

Hugi fuhr den Rechner hoch. Erinnerte sich plötzlich wieder an die Datingplattform. Er loggte sich ein und fand zwei Nachrichten von Claudia. Die zweite bestand nur aus wenigen Zeilen.

Lieber Urspeter
Dein Interesse an mir scheint gering zu sein. Ich
habe inzwischen jemanden kennengelernt.
Für deine Zukunft wünsche ich dir alles Gute.
Herzliche Grüße
Claudia

Es befanden sich noch Nachrichten von Andrea und zwei weiteren Frauen in der Box, doch Hugi hatte genug. Er schloss das Fenster wieder. Claudias erste Nachricht blieb ungelesen.

Er hörte, wie Teresa nebenan das Schlafzimmer putzte. Die Staubsaugerdüse prallte ein paarmal gegen die Bodenleiste.

Hugi beschloss, sich für ein Stündchen hinzulegen, sobald Teresa in einen anderen Raum wechselte, als sein Smartphone zu vibrieren begann.

Wenn es Mutter ist, dachte er, dann drücke ich den Anruf weg. Neue Datingtipps konnte er heute nicht auch noch vertragen.

Doch auf dem Display leuchtete das Kontaktbild seines Bruders.

»Charly?«

»Urs. Schön, deine Stimme zu hören.« Karl Ludwig kicherte wie ein kleines Kind. Hugi wusste sofort, dass er getrunken hatte. Allein in einer fremden Stadt, zu viel Freizeit zwischen Proben und Aufführungen. Das Los eines Dirigenten.

»Charly, wo bist du?«

»Kopenhagen. Ganz nett hier. Sehr schöne Däninnen.« Erneut gluckste er. »Was läuft bei dir, Sherlock Holmes?«

Hugi hatte weder Lust, sich mit seinem Bruder über die erfolglose Ermittlung zu unterhalten, noch, die Vorzüge der dänischen Frauen zu erfahren. Energischer als beabsichtigt meinte er: »Dein wievielter Drink?«

»Ach, Urs. Du Spaßbremse. Mach dich doch auch mal locker. Genieß das Leben.« Im Hintergrund war gedämpftes Gemurmel zu hören. Wahrscheinlich befand sich Karl Ludwig in einer Hotelbar.

»Charly, ich hatte einen richtig miesen Tag.«

»Ein Grund mehr, sich ein Schlückchen zu gönnen.«

»Ist bei dir sonst alles in Ordnung?« Er wollte nicht auf die Bemerkungen seines Bruders eingehen.

Das Kichern verstummte. Nur das Klirren von Gläsern war durch die Leitung zu vernehmen.

»Es ist gerade schwierig.« Karl Ludwigs Tonfall hatte sich geändert. Das Lallen konnte er jedoch nicht ablegen. »Es geschehen merkwürdige Dinge hier. Und ich bin mittendrin.«

»Charly, du musst schon konkreter werden. Was ist los?«

»Schwierig, darüber zu erzählen. Sehr schwierig. Du wirst es erfahren. Früh genug.«

»Charly?« Der Ärger verflog, Sorge drängte sich in den Vordergrund.

»Ich wollte nur kurz deine Stimme hören, Urs. Das hat mir gutgetan. Sehr gut.«

»Charly, sprich mit mir.«

»Ich gönne mir jetzt noch einen Drink an der Bar. Zwei einsame Frauen sitzen dort. Bestimmt ist ihnen nach Gesellschaft.«

»Was ist geschehen? Was werde ich noch erfahren?«

»Es ist alles gut, Urs. Alles gut. Wir hören voneinander.«

»Charly, was …?«

Doch Karl Ludwig hatte bereits aufgelegt.

Hugi starrte auf das Gerät. Überlegte, ob er zurückrufen sollte. Doch wenn sein Bruder diesen Promillestand erreicht hatte, war es schwierig, zu ihm vorzudringen.

»Was für ein Scheißtag!«, klagte Hugi und vergrub das Gesicht in den Händen.

EINUNDDREISSIG

Erschrocken fuhr Urspeter Hugi hoch und wusste im ersten Moment nicht, wo er sich befand. Zorro lag zusammengekuschelt und tief atmend neben ihm auf dem Bett. Dunkelheit rund herum. Hugi drehte sich zum Nachttisch. Tastete nach seinem Handy. Es war bereits kurz vor 18 Uhr.

Nachdem Teresa gegangen war, hatte sich Hugi hingelegt und versucht, in John Irvings Roman wieder Fuß zu fassen. Er hatte das Lesen in den vergangenen drei Wochen komplett vernachlässigt. Es bereitete ihm große Mühe, wieder in die Handlung in Aspen hineinzufinden. Zu viele Figuren, zu denen er keinen Bezug mehr herstellen konnte, weshalb er ständig einige Seiten zurückblättern musste – der Erfolg blieb allerdings aus.

Schon wieder eine Niederlage, dachte er, klappte den dicken Wälzer frustriert zu und schloss die Augen. Nur für einen Moment!

Als er jetzt schlaftrunken ins Bad wankte, hatte er über drei Stunden lang geschlafen und fühlte sich noch erschöpfter als zuvor. Er erinnerte sich an das Abendessen, das Teresa ihm mitgebracht hatte, und stellte die *Empanada Gallega* in die Mikrowelle.

Er kehrte ins Schlafzimmer zurück, um zu lüften, doch Zorro schlief auf der Bettdecke immer noch den Schlaf des Gerechten, und Hugi brachte es nicht übers Herz, ihn aufzuwecken.

Derweil verkündete ein lautes Pling in der Küche, dass die galizische Spezialität essbereit war.

Er setzte sich mit dem Teller an den Tisch, schaltete das Radio ein und hörte das »Echo der Zeit«, seine Lieblingsinformationssendung. Die Fleischpastete duftete verführerisch, doch Hugi hatte überhaupt keinen Appetit. Er verzehrte lustlos ein Stück davon. Schob den Teller anschließend weg.

Die Radiosendung war schon längst beendet, und er saß immer noch erschöpft am Tisch. Jede Bewegung fiel ihm schwer; der Motivationspegel war unter den Nullpunkt gesunken.

Erst als er den Rotorenlärm eines Hubschraubers wahrnahm, der sich im Anflug auf das Krankenhaus befand, löste er sich aus seiner Lethargie. Wickelte das übrig gebliebene Stück der Pastete in Alufolie ein und stellte es in den Kühlschrank.

Im Büro suchte er sämtliche Notizen, die er über den Fall angelegt hatte, zusammen und blätterte sie erneut durch. Als er die Papiere schon in den Abfalleimer werfen wollte, entschied er sich dagegen und versorgte sie in einem Mäppchen.

Dann zog er einen leeren Notizblock vor sich auf die Schreibablage und kratzte sich in den Haaren.

»Motive«, schrieb er in Druckbuchstaben auf die leere Seite.

- Gefrusteter Stalker aus Stuttgart
- Abgewiesener Liebhaber aus Langenthal
- Rache für Erpressung
- Rache für Armin Bernhards Selbstmord

Gab es irgendetwas, was er übersehen hatte?

Kopfschüttelnd strich er die ersten beiden Zeilen durch. Nein, das hielt er für ausgeschlossen. Er war fest überzeugt, dass die Tat mit Esthers Jugendzeit in Roggwil zusammenhing. Alles andere war Blödsinn.

Blieben noch zwei Beweggründe übrig:

- Rache für Erpressung
- Rache für Armin Bernhards Selbstmord

Er grübelte über die erste Zeile. Genauso gut könnte man die Stecknadel im Heuhaufen suchen. Die wenigen Namen, die sie hatten, waren ein ganz kleiner Teil der genötigten Männer.

Hugi knallte den Stift auf die Schreibablage und verschränkte die Arme. Wer weiß, wie viele Männer von Esther erpresst worden waren. Ein Fass ohne Boden! Und die Teilnehmer des Seminars, das sie geleitet hatte, waren in keinen Zusammenhang zu Roggwil zu bringen. Und überhaupt: Wer garantierte eigentlich, dass Esthers Revier auf das Dorf begrenzt gewesen war? Wenn sie klug gewesen ist – und davon war Hugi überzeugt –, hatte sie sich Männer in der ganzen Umgebung geschnappt, sodass die Geprellten keinen Bezug zueinander hatten.

Er griff wieder nach dem Stift und umkreiste die zweite Zeile.

Das war für ihn das gewichtigere Motiv.

Ein Leben, das erloschen war. Ein Mann, der es selbst beendet hatte.

Natürlich war Esther nur indirekt daran beteiligt gewesen, doch wenn Armin Bernhard der Person, nach der sie suchten, sehr wichtig gewesen war, so fände Hugi es nicht erstaunlich, wenn sie die alleinige Schuld dem Mädchen in die Schuhe schieben würde. Und das würde den Hass, mit dem Esthers Gesicht entstellt worden war, durchaus rechtfertigen.

So notierte sich Hugi:

Rache für Armin Bernhards Selbstmord – infrage
kommende Tatverdächtige:
- Erika Bernhard, wieder verheiratet, lebt in
  Münchenbuchsee
- Michael Bernhard, lebt in Bern, war in Salzburg
- Isabelle Bernhard, lebt in Bern, kein Alibi
- Beatrice Capparelli, lebt in Langenthal, kein
  Alibi

Der Stift kreiste in der Luft.

Da war doch noch was. Er griff nach dem Sichtmäpp-
chen und blätterte durch die Seiten. Natürlich.

- Kaspar Jenni, Erika Bernhards Bruder, Ver-
  fasser der Schmähschriften

Einer der Anstifter der Hetzjagd auf den Gemeindepräsidenten. Hatte ihn das schlechte Gewissen gepackt. Kaum
anzunehmen, denn er hatte die komplette Schuld für den
Suizid dem Mädchen zugeschrieben.

Nein, sein Hass auf Esther war gering, wenn überhaupt.
Er hatte sein Ziel erreicht.

Sein Selbstmord war ein Segen für alle.

Hugi strich den Namen durch.

Und da gab es ja noch eine Unbekannte in der Glei-
chung.

- X – hat an Armin Bernhards Geburtstag Rosen
  auf sein Grab gestellt.

Nein!

Hugi schlug mit der Faust auf den Tisch.

Aufgeben war keine Option. Es gab noch einiges, was er nicht wusste. Und um das herauszufinden, brauchte er keine Genehmigung. Weder von Stefania noch von Staatsanwalt Nydegger!

ZWEIUNDDREISSIG

»Sie sehen erschöpft aus, Herr Hugi, wenn ich das so sagen darf.«

Buchmüller schlug die Beine übereinander. Die Brille mit dem modischen mächtigen Horngestell ließ eher einen Architekten oder Designer erahnen als einen Psychologen. Wie immer war er tadellos gekleidet, trug einen schwarzen Rollkragenpullover – Merinowolle, vermutete Hugi –, ein warmgraues Jackett und Markenjeans. Einzig die Länge der Socken ließ zu wünschen übrig, sie entblößte nämlich einen Teil des blassen und behaarten Unterschenkels des Arztes. Hugi war versucht, ihn darauf hinzuweisen, biss sich jedoch auf die Zunge.

»Ihr Eindruck täuscht nicht«, sagte er stattdessen. »Ich habe einige schlaflose Nächte hinter mir.«

»Hm, ein Rückfall, schätze ich mal.« Buchmüller tippte mit seinem Stift auf den karierten Schreibblock, den er auf dem Oberschenkel balancierte. Während den letzten zwei Sitzungen hatte er quasi keine Notizen mehr gemacht, wie Hugi aufgefallen war.

»Nein, nein. Sie verstehen mich völlig falsch. Es gibt andere Gründe.«

»Hm, darauf werden wir noch zu sprechen kommen. Wir haben uns mehrmals darüber unterhalten, wie wichtig ein gesunder Schlaf ist.«

»Alles im grünen Bereich.«

»Wie sieht es mit Ihren Aufzeichnungen aus? Haben Sie weiterhin fleißig nach positiven Erlebnissen gesucht.«

»Hier, Sie dürfen gerne nachlesen.« Hugi reichte dem Arzt sein schwarzes Moleskin.

Buchmüller legte seine Notizen beiseite, nahm das Notizbuch entgegen und beugte sich nach vorne. Er blätterte Seite um Seite durch.

»›Don Giovanni‹? Mozarts Meisterwerk. Ich war schon viel zu lange nicht mehr in der Oper.« Dann wurden seine Augen allerdings größer und die Stirn legte sich in Falten. »*Leiche in Langenthal gefunden* als positives Erlebnis? Herr Hugi, ich weiß nicht so recht.«

»Durchgestrichen!«

Der Therapeut reagierte nicht auf Hugis Einwand. Und als er die nächste Zeile las, schnappte er nach Luft. »Ihr Jagdinstinkt wurde geweckt? Ich glaube, wir haben dringenden Gesprächsbedarf.«

»Wie ich Ihnen bereits sagen wollte: Meine Müdigkeit hat nichts mit Erschöpfungsphasen, sondern mit meiner momentanen Aufgabe zu tun.«

»Mit Ihrer Aufgabe?« Er blätterte weiter. »*Interessan-*

tes Gespräch mit Pfarrer Neuenschwander. Suchen Sie Ihr Seelenheil nun in der Kirche?«

»Lesen Sie ruhig weiter. Aber auch für Sie gilt die Schweigepflicht.« Hugi lehnte sich entspannt in den Sessel zurück und faltete die Hände. Humor hatte in den Therapiesitzungen jederzeit Platz.

Buchmüller legte das Notizbuch auf seinen Schreibtisch, links von sich. Seinen Schreibblock ließ er daneben liegen. »Sie bearbeiten den Mordfall in Langenthal?«

»Ich assistiere meinen früheren Kollegen.« Hugi benutzte vornehm die Gegenwartsform. Alles musste er Buchmüller nicht auf die Nase binden.

»As-sis-tie-ren.« Der Therapeut betonte gedehnt jede einzelne Silbe. »Ist das eine neue Funktion bei der Berner Kriminalpolizei?«

»Wie gesagt, ich höre mich ein wenig um. Stelle Fragen. Stelle eigene Überlegungen an.«

»Sie haben doch Ihren Dienst quittiert, Herr Hugi.« Der Unterton war vorwurfsvoll.

Hugi reagierte mit einem breiten Grinsen, während Buchmüller wieder seine Lieblingsposition einnahm und ungewohnt nervös mit dem Fuß wippte. »Und das ermüdet Sie und hält Sie trotzdem vom Schlaf ab?«

»Nun, Müdigkeit ist vielleicht die falsche Bezeichnung dafür. Nennen wir es positiven Stress.«

»Eustress.«

»Sie sind der Experte.«

»Das hält Sie auf Trab?«

»Das gibt meinem Leben wieder einen Inhalt. Einen Sinn.«

»Verstehe.« Der Therapeut ließ seinen Patienten nicht aus den Augen. Ich glaube nicht, dass du wirklich verstehst, dachte Hugi. Erwiderte den Blick. »Aber haben Sie sich nicht gerade deswegen aus dem Polizeidienst zurückgezogen? Weil Sie keinen Sinn mehr darin sahen? Weil Ihnen alles zu viel geworden ist? Ich muss Ihnen wohl nicht erklären, dass diese neue Entwicklung nicht ganz unproblematisch ist und dass ich ihr kritisch gegenüberstehe.«

»Sie brauchen sich nicht zu sorgen.« Hugi zwinkerte Buchmüller schelmisch zu. »Es ist so bereichernd, sich wieder mit einem Rätsel auseinandersetzen zu dürfen. Und das Beste dabei ist: Es gibt keine lästigen Berichte, keine nerventötenden Sitzungen, keine Richtlinien, an die ich mich halten muss. Es ist schlichtweg erfrischend. Ich beginne gerade, meine ehemalige Arbeit neu zu entdecken und mich dafür wieder zu begeistern.« Über die gestrige Krise wollte er nicht berichten. Er war motiviert, auf eigene Faust weiterzumachen.

»Und wenn man Sie irgendwann nicht mehr brauchen wird?«

»Sie meinen, wenn der Fall gelöst ist?«

»Genau.«

»Dann konnte ich meiner alten Truppe behilflich sein und kann mich wieder der Pflege meiner Terrasse widmen.«

Buchmüller schnitt eine Grimasse und kratzte sich am Kinn. Der Bart war sorgfältig gestutzt, alles picobello. Nur das nackte Unterbein – Hugi konnte sich fast nicht mehr zurückhalten.

»Also, ich weiß nicht, was ich davon halten soll.«

Ausnahmsweise interessiert mich deine Meinung nicht, dachte Hugi. Nahm sein Moleskin, das der Therapeut ihm zurückreichte, entgegen.

»Andererseits«, Buchmüllers Miene hellte sich auf, »es

wäre schon interessant, aus Insiderkreisen etwas über den Mordfall zu erfahren.«

»Herr Buchmüller.« Hugi schnalzte missbilligend mit der Zunge. Hob den Finger. »Keine Informationen an Außenstehende. Daran halte ich mich strikt.«

»Genau genommen stehen Sie ja auch außen vor, Herr Hugi, oder sehe ich das falsch?«, meinte der Therapeut süffisant.

»Das ist was ganz anderes. Ich ermittle sozusagen under-cover im kantonalen Dienst.«

»Wissen Sie«, Buchmüller starrte einen Punkt an der Wand oberhalb von Hugi an, als ob er in Gedanken versunken wäre oder nach den richtigen Worten suchen müsste. »Ich habe mir auch so meine Gedanken gemacht.«

Was wird denn das hier, schoss es Hugi durch den Kopf. Wollte sein Psychologe die Therapiestunde etwa zu einer Fallbesprechung machen?

Doch Buchmüller fuhr bereits fort, zwirbelte dabei einen imaginären Schnurrbart, als ob er Hercule Poirot wäre, der die Verdächtigen zur finalen Besprechung vor sich hatte. »Ich finde den Ausgangspunkt ja sehr inter-essant. Ein Mädchen verschwindet und taucht als junge Frau wieder auf. Wird erkannt und umgebracht. Weshalb hat sich die Person diesem Risiko ausgesetzt? Ich meine, ihr muss doch bewusst sein, dass sie Gefahr läuft, aus der Anonymität aufzutauchen.«

Du erzählst mir nichts, was ich nicht schon weiß, dachte Hugi und entschied, dem Arzt ein Zuckerchen zu geben. »Das Opfer wurde erkannt – auch nach vielen Jahren, in denen es sich verändert hat. Der Täter oder die Täterin hatte also ein sehr gutes Auge, um in der Frau von heute das Mädchen von damals zu erkennen.«

»Sehen Sie, Herr Hugi, das ist der Punkt, um den sich meine Überlegungen drehen.« Seine Wangen röteten sich. »Sie wissen ja vielleicht, dass ich Kriminalliteratur verschlinge, und da mache ich mir natürlich so meine Gedanken, wenn in unserer Region einmal etwas geschieht.« Er fuhr sich mit der Zunge über die Lippen. »Also, Sie gehen davon aus, dass die Frau erkannt und getötet worden ist. Ich aber frage Sie: Weshalb nehmen Sie an, dass der Mensch, der das Opfer erkannt hat, und derjenige, der es getötet hat, ein und dieselbe Person sind?«

Hugi stutzte. Für einen Moment verschlug es ihm die Sprache. Tatsächlich. Daran hatte noch niemand gedacht. Weder er noch Stefanias Team. Es brauchte die Hilfe eines krimiaffinen Therapeuten, um diese Sichtweise ins Spiel zu bringen. Unglaublich! Darüber musste sogleich nachgedacht und eine neue Auslegeordnung vorgenommen werden. »Herr Buchmüller, das ist eine durchaus berechtigte Frage.« Mit einem Ruck stand er auf, packte seine Jacke. »Sie haben mir einen sehr wertvollen Impuls geliefert. Dazu ist eine umfassende Analyse notwendig.«

»Moment, Herr Hugi. Wir sind noch gar nicht fertig. Sollten wir nicht wenigstens einen nächsten Termin vereinbaren?«

Hugi hatte die Hand auf dem Türgriff. Blickte kurz zurück. »Ich rufe Sie an.«

DREIUNDDREISSIG

Wann bin ich das letzte Mal hier gewesen, überlegte Urspeter Hugi, als er vor einer Tür in einem Wohnhaus an der Bäreggstrasse stand. Es musste an einem runden Geburtstag gewesen sein, zu dem man ihn eingeladen hatte. War das bereits fünf Jahre her? Judith hatte ihn begleitet; damals war ihre Welt noch im Lot gewesen. Der sich anbahnende Krebs kein Thema. Eine fröhliche Feier war es gewesen. Viele Besucher, viel Musik, südländische Ausgelassenheit und Gelächter. Sie waren erst sehr spät nach Hause gegangen. Hatten gar zu den Letzten gehört, mit denen sich die stimmungsvolle Runde langsam aufgelöst hatte.

Und nun stand er wieder hier. Allein. Und mit einem komplett anderen Motiv. Er versuchte, so gut es ging, die Vergangenheit wegzuwischen, und drückte auf die Klingel.

Zwei laute Stimmen waren zu vernehmen, ein Mann und eine Frau.

»Herr Hugi?« Antonio blickte ihn erstaunt an. Er trug einen Sweater mit dem Logo von Real Madrid und eine Trainerhose. Dann aber glitt ein Lächeln über sein Gesicht; er trat zur Seite und lud Hugi mit einer eleganten Handbewegung zum Eintreten ein.

»Señor Hugi?« Teresa trat hinter ihrem Sohn in den Korridor und wischte sich mit einem Frottiertuch die Hände trocken. »*¡Qué sorpresa!* Kommen Sie, kommen Sie. Ich habe soeben Tee aufgesetzt.« Sie schüttelte ihm überschwänglich die Hand, kniff Antonio in den Oberarm und deutete auf Hugi, während sie in rasantem Spanisch auf ihren Sohn einredete.

»*Seguro, mamá*«, meinte der Angesprochene und griff mit beiden Händen nach Hugis Hand. »Vielen herzlichen Dank für Ihr großzügiges Geschenk, Herr Hugi. Das war sehr nett von Ihnen.«

Hugi wusste zuerst nicht, wovon Teresas Sohn sprach. Doch dann erinnerte er sich an die Geldscheine, die er seiner Putzfrau für Antonios Geburtstag mitgegeben hatte.

»Kein Thema, Antonio. Wie läuft's mit dem Studium?«

Der Angesprochene machte eine vage Geste. »Anspruchsvoll, sehr anspruchsvoll. Diese Politik ... Sie wissen schon.«

Hugi wusste zwar nicht, aber er nickte mitfühlend. »Du wirst das bestimmt packen. Wie weit bist du bereits?«

»Drittes Semester. Liegt noch ein langer Weg vor mir.«

Hugi klopfte ihm auf die Schulter und folgte Teresa ins Wohnzimmer.

»Was für eine Überraschung. Ich bringe Ihnen gleich Ihren Tee. Zucker und Milch?«

Nachdem Hugi Buchmüllers Praxis überstürzt verlassen hatte, war er wie angewurzelt vor dem Gebäude stehen geblieben. Hatte versucht, seine Gedanken zu ordnen. Er hatte sämtliches Zeitgefühl verloren, wusste nicht, wie lange er an dieser Stelle verharrt hatte. Nachdem er wieder in der Gegenwart aufgetaucht war, hatte er die paar Schritte zum nahegelegenen Bahnhof unternommen, wo er im »Caffè Spettacolo« einen Kaffee geordert und sich damit vor das Lokal gesetzt hatte. Passanten hetzten an ihm vorbei. Trugen dicke Mantel und Halstücher. Doch Hugi spürte keine Kälte.

Es war nur ein Verdacht, der sich beharrlich einge-
schlichen hatte und nicht mehr aus seinem Kopf verschwinden wollte. Eine Intuition. Er musste ihr unbedingt nachgehen.

Danashs waghalsige Theorie, die er bei der letzten
Besprechung geäußert hatte, fiel ihm wieder ein. Und
dieses Mal konnte er den Einfall, der ihm damals entglit-
ten war, erfolgreich festhalten.

Schwangerschaft ... Missbrauch ... Rache ...

Himmeldotter! Wenn er diese Impulse mit einer Bemerkung von Gerhard Gloor verknüpfte, ergab sich ein ganz
neuer Sinn. Er hätte sich nicht träumen lassen, dass er dem
Gespräch mit dem Grauen Gerhard etwas Positives abge-
winnen könnte.

Im Gegensatz zu Danashs These war es aber nicht
Esther, die Missbrauch, Erniedrigung oder fehlende Zunei-
gung in einer Pflegefamilie erlebt hatte. Die Lösung war
verblüffend einfach, und Hugi stellte fest, dass er mit seiner Hypothese, was das Motiv betraf, völlig richtig gelegen hatte.

Er verbrannte sich die Zunge am heißen Kaffee, pustete
kurz über das Getränk, stellte den Becher grummelnd auf
den Tisch und zündete eine Zigarette an.

Zunächst benötigte er eine Bestätigung von Stefania.

»UP! So rasch hätte ich nicht gedacht, wieder von dir
zu hören. Ist dir bereits langweilig geworden?«

»Hör zu, Stefania. Ich brauche unbedingt eine Liste der
Seminarteilnehmer. Und eine weitere von der Belegschaft
der Firma Neukomm.«

»Der Teilnehmer?« Eine lange Pause entstand. »Du
meinst den Kurs, den Esther Kaufmann geleitet hat?«

»Exakt.«

»Und die Namen der Angestellten möchtest du auch haben? Was willst du damit? UP, ich kenne ja deine Hartnäckigkeit. Meinst du das wirklich ernst?«

»Ernster denn je. Wo bist du?«

Sie lachte kurz auf. »Was denkst du wohl? Wir haben gestern unser Büro in Langenthal aufgelöst und sind zurück in unserem Büro am Nordring.«

»Kannst du das so leicht wegstecken?«

»Was bleibt mir anderes übrig?« Sie schnaubte. »Das gehört zum Alltag. Nicht jeder Fall ist lösbar, anders als im Fernsehkrimi. Aber ja, um deine Frage zu beantworten, ich konnte noch nicht genug Abstand gewinnen. Und den anderen geht es genauso. Vor allem Kumi hat ziemlich daran zu beißen.«

»Die Liste, Stefania.« Hugi wurde ungeduldig.

»Sag mir zuerst, was du herausgefunden hast.«

»Noch nicht spruchreif.«

»Mensch, UP! Du bist immer noch der gleiche Dickkopf. Geheimniskrämerei hier und dort. Du solltest wirklich eine Karriere als Privatdetektiv in Betracht ziehen.«

»Soll ich helfen oder nicht?«

»Schon gut, schon gut. Ich mail dir die Liste gleich. Aber glaub mir, UP. Wir haben sämtliche Teilnehmerinnen und Teilnehmer geröntgt. Mehrmals. Ausgiebig. Denkst du wirklich, dass wir etwas übersehen haben? Ist einer von ihnen der Täter?«

»Nein, so viel kann ich dir sagen.«

Erneutes Schweigen am anderen Ende. Hugi hörte das Klappern der Tastatur.

»So, du hast die Liste. Aber, UP …«

»Ja?«

»Keine Alleingänge. Kein Risiko.«

»Du kennst mich doch.«

»Eben. Hast nicht gerade du uns das immer eingebläut?«

»Du hörst von mir, Stefania.«

Dann hatte er aufgelegt.

Inzwischen saß Hugi auf dem Sofamöbel in Teresas Wohnung. Blickte auf den Tisch im Essbereich, der mit Papieren übersät war.

»Ich wollte dich bei deinen Studien nicht stören, Antonio.«

»Ach was!« Der Angesprochene hob die Hände und deutete damit zu seinem Gesicht. »Sieht so ein gestresster Antonio aus?« Ein breites Grinsen verriet das Gegenteil.

»So, Señor, Ihr Tee.« Teresa trat mit einem Serviertablett aus der Küche. Sie drapierte die Kanne, Tassen und einen Teller mit Keksen auf dem niedrigen Tisch. »Machen wir es uns gemütlich.« Sie winkte ihren Sohn heran. »*Venga*, Tonio.«

Hugi fühlte das Handy in der Innentasche seines Vestons. Es schien zu glühen. In der Mailbox befand sich die Liste, die Stefania ihm geschickt hatte.

Volltreffer!

Sie hatte ihm einen kurzen Augenblick des Triumphs verschafft. Doch damit war erst eine Annahme bestätigt. Er wollte nicht voreilig sein.

»Lange her, dass Sie uns besucht haben, Señor.« Teresa hatte sich neben ihn gesetzt, und Antonio nahm auf einem Sessel Platz. »Wie ich Sie kenne, sind Sie nicht ohne Grund gekommen.«

Hugi nickte. Seine Hände zitterten leicht, als er nach der Tasse griff.

»Also kann ich Ihnen tatsächlich behilflich sein?« Teresa strahlte.

»Ich brauche Ihre Social-Media-Kanäle.« Hugi wäre es niemals in den Sinn gekommen, einen Account bei Facebook oder Instagram zu erstellen. Er hätte auch Stefania um Hilfe bitten können. Oder Danash. Aber vielleicht lag er komplett falsch. Und vielleicht gab es in den sozialen Medien nichts zu finden. Einen Versuch war es allemal wert. Und vor der Truppe wollte er sich nicht blamieren.

Antonio war bereits aufgesprungen. Holte den Laptop vom Esstisch.

»Er hat *mich* um Hilfe gebeten«, feixte Teresa. Sofort entwickelte sich ein angeregter Disput zwischen den beiden, den sie auf Spanisch führten.

Schließlich hatten sie eine Einigung gefunden. Antonio setzte sich zu ihnen auf die Couch. Teresa nahm ihm den Laptop ab. Legte ihn auf ihre Oberschenkel. Sie öffnete den Browser und rief Facebook auf.

Dann blickten Mutter und Sohn gespannt zu Hugi.

Er nannte ihnen einen Namen, den Teresa sogleich eintippte. Mehrere Suchresultate erschienen.

»Da!« Antonio tippte aufgeregt auf ein Profilbild. »Das muss die Person sein. Alle anderen wohnen viel zu weit weg.«

Hugi nickte zustimmend. Teresa klickte auf den Link. Seine Hände waren schweißig; er konnte fast nicht mehr ruhig sitzen, während sie durch die Chronik scrollte.

»Die Beiträge sind öffentlich«, bemerkte Antonio. »Da nimmt es jemand nicht so genau mit den Sicherheitseinstellungen.«

»Stopp. Da!« Hugi beugte sich ruckartig vor und betrachtete ein Bild mit einem dazugehörenden Kommentar. Sein Herz pochte. Es gab keinen Zweifel mehr. Das letzte Puzzleteilchen war an seinen Platz gefallen. »Entschuldigt mich bitte.« Er stand auf und fischte das Handy aus seiner Innentasche. Die Hände waren so feucht, sodass er sie zunächst an den Hosenbeinen abstreifen musste. »Wo kann ich ungestört telefonieren?«

Noch bevor er das Wohnzimmer verlassen hatte, wählte er Stefanias Nummer.

Stefania Russo

Er hat's wieder getan!

Unglaublich; da arbeiten wir drei Wochen lang quasi Tag und Nacht an den Ermittlungen – mit seiner Unterstützung notabene –, werden vom Fall abgezogen, und UP benötigt genau einen zusätzlichen Tag, um uns die Lösung zu präsentieren.

Wie macht er das nur?

Als ich seinen Anruf entgegennahm, ahnte ich bereits, was uns blühte. Noch nie habe ich ihn so aufgeregt erlebt, wenn es um die Aufklärung eines Falls ging.

Ich fragte ihn, wie er das herausgefunden habe. Seine Antwort: Intuition und Bauchgefühl, Zufall und die Mithilfe seines Therapeuten.

Was soll man dazu sagen?

Nicht, dass ich mich beklagen möchte, aber sein Riecher ist einfach unglaublich und einmalig.

Und so verabreden wir, dass ich mit Staatsanwalt Nydegger morgen nochmals in den Oberaargau reise.

»Lass mich bitte zuerst mit der Person sprechen«, bat mich UP.

Wie könnte ich ihm das verweigern. Ich bin sicher, dass er ohne großes Aufheben ein umfassendes Geständnis erhalten wird.

UP, was würden wir ohne dich machen!

VIERUNDDREISSIG

Ein kleines Mädchen öffnete die Tür nur einen Spalt weit. Blickte mit großen Augen hinter flaschenbodendicken Brillengläsern zu Hugi hoch. Es trug eine Latzhose aus Jeansstoff und einen rosafarbenen Plüschpullover. Die blonden Zöpfe waren akkurat geflochten und reichten ihm beinahe bis zum Bauch hinunter.

»Wer bist du denn?«, fragte es in etwas altklugem Tonfall.

Der böse Wolf, der sich seine Beute holt, dachte Hugi grimmig, sagte aber: »Ich bin der Urspeter. Und wer bist du?«

Das Mädchen starrte ihn einen Moment lang an. Drehte sich um und verschwand im Klassenzimmer. Hugi öffnete die Tür ein Stück mehr und blickte in den Raum hinein.

Die Pulte waren zu Blöcken zusammengeschoben, vor den Fenstern waren ebenfalls Tische platziert, auf denen Computer standen. Alle Augen waren auf Hugi gerichtet. Camilla Weber saß mit einem Schüler an einem der Tische. Ein Heft vor sich, einen Stift in der Hand.

Er trat ein, nickte der Lehrerin, die ihn mit fassungslosem Blick und offenem Mund musterte, zu und wandte sich dann an die Klasse:

»Guten Tag, Kinder. Ich bin der Urspeter und möchte euch einen Besuch abstatten. Darf ich das?«

»Ja«, kam laut zurück, und sogleich wurden die Köpfe zusammengesteckt, und es wurde getuschelt.

»Ruhe bitte«, rief Camilla und fixierte Hugi scharf, während er durch das Klassenzimmer schritt und sich hinten niederließ. Sie konnte sich nicht von seinem Anblick lösen, bis der Schüler, dem sie zuvor noch etwas erklärt hatte, sie am Ärmel zupfte und ihre Aufmerksamkeit einforderte.

Hugi inspizierte den Raum. Bunt war er! Überall hingen Zeichnungen und Plakate. Auf einem Pappkarton waren alle Namen der Schüler aufgeschrieben und mit Wäscheklammern verschiedene Ämtchen zugewiesen. Tafelchef, Zimmerchef, Klassenchef, las Hugi. So viel hatte sich nicht verändert, seit seine Kinder aus der Schule gekommen waren, so dünkte es ihn jedenfalls. Hinten an der Wand hing ein riesiges Poster mit farbigen Handabdrücken und den dazugehörenden Namen. »Unsere Klasse«, stand in großen Lettern darüber.

Dass Camilla Weber ihn bei jeder Gelegenheit anstarrte, konnte er fühlen, verzichtete jedoch darauf, mit ihr Blickkontakt aufzunehmen, auch wenn es ihm schwerfiel.

Dafür konstatierte er im Augenwinkel, dass das kleine Mädchen, das ihm die Tür geöffnet hatte, ihm zuwinkte. Hugi begab sich zu ihm. Beugte sich zu ihm hinunter.

»Kannst du mir helfen, Urspeter?«, flüsterte es.

»Wenn du mir deinen Namen verrätst, will ich es versuchen«, meinte er.

»Emma«, sagte das Mädchen und kicherte.

»Nun, Emma, wobei kann ich dir helfen?«

Sie zeigte auf eine Reihe mit Additionsaufgaben und strahlte Hugi an.

»Und du weißt nicht, wie man das rechnet?«, flüsterte er.

»Doch, doch«, wisperte sie, und ihre Wangen röteten sich, während sie ihm spitzbübisch zuzwinkerte, »aber ich möchte schauen, ob du's auch kannst.«

»Emma!« Camillas Stimme dröhnte durchs Klassenzimmer. »Einzelarbeit, haben wir gesagt. Bitte schön.«

Emma zog ein Schmollmündchen und beugte sich über das Blatt. Hugi stand auf und nickte Camilla kurz zu. Ihr Gesichtsausdruck blieb unverändert, als ob jeder Muskel gelähmt wäre.

Er begab sich wieder nach hinten, lehnte sich an die hüfthohen Schränke, die die ganze Breite des Klassenzimmers beanspruchten. Währenddessen wurde fleißig und in angenehmer Lernatmosphäre weitergearbeitet, bis die Lehrerin die Kinder in einen Kreis bat und ihnen eine Rückmeldung zur Lektion gab. Es wurde besprochen, wo Probleme aufgetreten waren, wer noch zusätzliches Material benötigte und wo Tandems gebildet werden konnten, die zu zweit den Stoff nochmals vertiefen würden.

Das Timing war hervorragend; als es läutete, konnten die Stühle zurück zu den Tischen gebracht und die alte Ordnung wiederhergestellt werden. Dann schüttelten die Kinder ihrer Lehrerin die Hand. Emma kam sogar nach hinten zu Hugi, um sich von ihm zu verabschieden.

Als auch sie das Klassenzimmer verlassen hatte, schloss Camilla die Tür und blieb, die Arme verschränkt, vor der Wandtafel stehen.

Hugi nahm keine Notiz von ihr, schlenderte an den Wänden entlang und betrachtete die Zeichnungen.

»Ich würde sagen, dass diese Schülerin ein besonderes gestalterisches Talent hat«, meinte er und deutete auf eines der Bilder.

»Woher wollen Sie wissen, dass ein Mädchen dieses Bild gemalt hat?«, tönte es kalt von vorne.

»Bauchgefühl.«

Er machte einen weiteren Schritt. Las die Klassenregeln, die alle Schüler unterschrieben hatten.

»Finden Sie es nicht etwas dreist, einfach so in den Unterricht hineinzuplatzen?«, fragte die Lehrerin schließlich.

»Ich dachte, ein Klassenzimmer sei ein Raum, in dem jedermann willkommen sei.«

»Dachten Sie das? Aha.« Sie schwieg einen Moment, bevor sie fortfuhr: »Bisher hatte ich nur Besuche von Eltern, ganz selten von einem Mitglied der Bildungskommission oder des Schulleiters.«

»Schade eigentlich. Ihre Leidenschaft fürs Unterrichten konnte ich sofort fühlen, als ich das Zimmer betreten habe. Sie würde mehr Wertschätzung verdienen.«

»Ich unterrichte nicht für die Öffentlichkeit. Und schon gar nicht, um Applaus dafür zu erhalten. Das Wohl der

Kinder ist das Wichtigste für mich. Wenn sie sich bei mir wohlfühlen, wodurch ihnen das Lernen leichter fällt, so mache ich einen guten Job. Da brauche ich keine Besucher, die mir dafür auf die Schulter klopfen.«

»Tue Gutes und sprich darüber«, entgegnete Hugi. Er war inzwischen vorne im Klassenzimmer angelangt und stand etwa noch zwei Meter von der Lehrerin entfernt. Blickte ihr nun zum ersten Mal in die Augen. »Wollen wir uns nicht hinsetzen?«, meinte er und nahm an einem Tisch Platz, der zum Lehrerpult hingeschoben war, ohne eine Antwort von Camilla abzuwarten. Er legte die Hände gefaltet auf die Tischplatte. Musterte die Lehrerin aufmerksam.

Sie strich sich nervös durch die Haare. Kratzte sich am Hals und schien zu überlegen, ob sie seiner Aufforderung Folge leisten oder ihn hinausschicken sollte.

Hugi schwieg bewegungslos, während sein Blick auf ihr ruhte. Die Sekunden dehnten sich, wurden zu Minuten und gefühlten Stunden. Das war Teil seiner Taktik. Die Macht des Schweigens. Was sie mit dem Gegenüber machte, wenn derjenige unter Druck stand und sich der Stille am liebsten entziehen würde.

Auch bei Camilla zeigte diese Methode Wirkung. Sie setzte sich ihm gegenüber. Wischte mit der Handfläche über die Schreibunterlage. Griff nach einem feinen Filzstift, den sie mit den Fingern drehte.

Hugi verlor weiterhin kein Wort, sah ihr mit ausdrucksloser Miene bei den nervösen Bewegungen zu, bis sie den Stift schließlich auf den Tisch knallte. Ihr Gesicht war stark gerötet, ob vor Wut oder Scham war nicht festzustellen.

»Woher wissen Sie es?«, meinte sie schließlich, und Hugi atmete innerlich auf, ließ sich jedoch nichts anmerken.

»Wissen Sie«, begann er, ohne auf ihre Frage einzugehen, »was mich immer gewundert hat, ist die Brutalität der Tat. Esther Kaufmann hatte eine tödliche Wunde am Hinterkopf. Sie wurde gestoßen und fiel unglücklich mit dem Schädel auf einen Stein. Das hätte als Unfall durchgehen können, ein unglücklicher Streit, ein Handgemenge mit Todesfolge. Aber dass die Täterin danach ihr Gesicht noch entstellen musste …«

»Ich war in dem Moment außer mir vor Wut«, fiel ihm Camilla Weber ins Wort. »Was diese Frau uns angetan hatte, spottet jeder Beschreibung. Und dann macht mich die Schlampe auch noch zur Mörderin. Trotzdem: Jeder Schlag in ihre geschminkte Fresse war eine Wohltat für mich.«

»Was sie *uns* angetan hat …« Hugi zog ein Blatt aus der Innentasche seines Sakkos und schob es zur Lehrerin hinüber. »Sie meinen damit Ihnen und Ihrem Vater.« Er faltete seine Hände wieder und wartete. Der emotionale Ausbruch hatte Camilla Weber mitgenommen. Sie stützte sich auf das Pult. Versuchte, ihre Atmung unter Kontrolle zu bringen.

Schließlich griff sie mit einer aggressiven Bewegung nach dem Papier. Dabei schaute sie Hugi wutentbrannt an und nahm das Blatt in beide Hände, als ob sie es zerreißen wollte. Er erwiderte ihren Blick so lange, bis sie das Blatt auffaltete.

»Das stammt von Ihrer Facebook-Seite«, erklärte Hugi, »aber das wissen Sie ja.« Er hatte das Bild und den dazugehörenden Text ausgiebig studiert.

Der Ausschnitt eines Grabs. Daneben eine Vase mit Rosen. Über dem Bild der Eintrag:

Heute wäre dein Geburtstag, mein geliebter Vater. Wie sehr ich dich doch vermisse.

»Manchmal sind es die kleinen Dinge, die einen verraten. Emotionen, die man gern mit seiner Community teilt, auch wenn niemand weiß, wen Sie mit *meinem geliebten Vater* meinen.«

Camilla Weber starrte durch ihn hindurch. Das Blatt lag vor ihr. Sie strich sanft über den Ausdruck.

»Das Datum des Posts ist der Geburtstag von Armin Bernhard. Ihrem leiblichen Vater.«

Sie schwieg weiterhin. Hugi erhob sich. Verschränkte die Arme auf dem Rücken und schlenderte durchs Zimmer. Betrachtete die verschiedenen Einrichtungsgegenstände. Ohne die Lehrerin anzuschauen, fuhr er fort: »Dass Armin Bernhard ein Schürzenjäger war, war allgemein bekannt. Diesen Ruf hat er sich selbst zuzuschreiben. Er konnte einfach nicht die Finger von schönen Frauen lassen. Auch nicht von Ihrer Mutter.«

Ich möchte nicht wissen, wie viele Frauen er geschwängert hat, hatte der Graue Gerhard über seinen Intimfeind gesagt. Diese Bemerkung, zusammen mit Danashs Schwangerschaftstheorie, war für Hugi ein entscheidender Fingerzeig gewesen. Auch wenn er erst sehr spät draufgekommen war.

Sie schnaubte. »Armin war der liebevollste Vater, den man sich überhaupt vorstellen kann. Ganz im Gegensatz zu meinem Stiefvater, für den ich nur ein Nestbeschmutzer war. Das Kuckuckskind. Aber Armin hat mich verstanden, hat mich vollauf als sein Kind akzeptiert. Zu ihm konnte ich immer gehen, wenn ich nicht mehr weiterwusste. Er half mir und spendete mir Trost, wenn der Mann meiner Mutter mich wieder einmal fertiggemacht hatte.«

»Allerdings durfte niemand etwas davon erfahren. Sie haben sich im Geheimen getroffen.« Hugi war stehen geblieben und hatte den Blickkontakt wieder aufgenommen.

Camilla Weber wischte sich rasch über die Augen. Hugi ließ ihr die Zeit, die sie brauchte.

»Es war eine kleine Affäre, die meine Mutter mit Armin hatte. Als sie mit mir schwanger war, hat sie meinen Stiefvater kennengelernt. Er hat ihr geschworen, es sei ihm egal, dass es nicht sein Kind ist. Ein Jahr nach mir kam dann Fabio zur Welt, und ich denke, damit hat sich alles geändert. Ich war nur noch die Stieftochter. Mein Halbbruder war sein Ein und Alles. Ich konnte damals natürlich nicht verstehen, weshalb er so mit mir umging. Bis meine Mutter mir schließlich alles erzählte. Sie hatte eigentlich bis zu meiner Volljährigkeit damit warten wollen. Aber sie hat gemerkt, dass ich unbedingt eine Erklärung für das Verhalten meines Stiefvaters brauchte. Bis dahin hatte ich ja keine Ahnung, dass er nicht mein leiblicher Vater ist.«

»Und dann haben Sie Kontakt zu Armin Bernhard aufgenommen.«

»Ich wollte meinen Vater kennenlernen. Habe zwar gefürchtet, dass er nichts von mir wissen wollte. Doch das war nicht der Fall. Zum Glück. Endlich hatte ich jemanden gefunden, der die Bezeichnung ›Vater‹ auch verdiente. Klar war es ihm wichtig, dass niemand davon erfuhr. Schon gar nicht seine Familie. Der Ruf, der ihm anlastete, war schon schlimm genug.«

»Was Sie nicht gestört hat.« Hugi war wieder am Tisch angekommen. Blickte auf die Lehrerin hinab.

»Jeder hat seine Fehler. Ja, er kam mit seiner jugendlichen Art bei den Frauen gut an, das stimmt. Das hat ihm geschmeichelt, und das hat er mehrere Male für seine Zwecke ausgenutzt. Man kann ihm das als Charakterschwäche auslegen, gewiss. Für mich aber war er der Anker in meinem beschissenen Leben. Er hat mich ermuntert, nach dem Gymnasium die Pädagogische Hochschule zu besuchen. Er wusste, wie gern ich mit Kindern arbeite. Ohne ihn wäre ich kaum Lehrerin geworden. Ich hätte es mir nicht zugetraut.«

»Und Sie haben keinen Augenblick daran geglaubt, dass er für Esther Kaufmanns Verschwinden verantwortlich sein könnte.«

»Niemals!« Es war beinahe ein Schrei. »Er war ein sanfter Mensch. Weshalb hätte er ihr etwas antun sollen? Er hatte eine Liebelei mit ihr – *so what! Another brick in the wall!* Man dichtete ihm ja an, dass er mit jedem gut aussehenden Mädchen angebändelt habe. Er war kein Kostverächter. Mit seinem Charme hat er die Frauen um den Finger gewickelt und sich das eine oder andere Schäferstündchen gegönnt. Ich konnte es ihm nicht verübeln. Erika, seine Frau, war eine richtige Hexe. Also suchte er anderswo Bestätigung. Aber niemals mit Gewalt. Er hat keine seiner Liebschaften zu etwas genötigt, das können Sie mir glauben.«

Hugi setzte sich wieder hin. »Aber die Hetzjagd, die auf ihn gemacht wurde, konnte er nicht mehr so einfach wegstecken.«

Camilla presste die Lippen zu einem dünnen Strich zusammen. »Ich habe unmittelbar mitbekommen, was ihm angetan worden ist. Zu Unrecht, das wusste ich sofort. Ich habe jeden Tag gebetet, dass dieses Luder endlich auftauchen und die Vorverurteilung damit ad absurdum führen würde. Als ich das letzte Mal mit Armin gesprochen habe, war er völlig aufgelöst. Ich hatte ihn noch nie in solch einem Zustand erlebt. Völlig niedergeschlagen, ohne Hoffnung auf eine bessere Zukunft. Er hatte für mich immer eine Antwort parat, mochte das Problem schwierig und die Lage noch so aussichtslos sein. Ihn in solch einem Zustand zu sehen, hat mir beinahe das Herz gebrochen. Ich versuchte es mit Zuspruch, habe ihm gesagt, dass auch diese Krise vorbeigehen würde. Und dachte schließlich, dass er tatsächlich Hoffnung geschöpft hatte. Leider hatte ich mich geirrt.«

FÜNFUNDDREISSIG

Hugi stand auf und trat ans Fenster. Draußen hatte strömender Regen eingesetzt.

Passt zur Stimmung, dachte er.

Auf dem Schulhof sah er Stefania, in der einen Hand einen Regenschirm, mit der anderen drückte sie auf ihrem Handy herum. Dahinter stand ein Polizeifahrzeug mit zwei uniformierten Beamten. Daneben Nydeggers Audi. Er fühlte die Vibration seines Geräts in der Sakkotasche, ignorierte sie jedoch.

»Und Sie begannen zu zweifeln«, sagte er zu Camilla Weber nachdenklich, den Blick immer noch nach draußen gerichtet.

»Ich hätte mir niemals vorstellen können, dass Armin einen Suizid auch nur in Erwägung zieht. Er war sehr strukturiert und in der Lage, jedes Problem exakt zu analysieren, sodass er immer einen Lösungsansatz fand. Die Hetzer betrachteten seinen Freitod natürlich als Schuldeingeständnis. Sie wetterten, das Schlimmste am Ganzen sei, dass nun Esthers Leiche niemals gefunden werden würde, damit die Familie von ihr Abschied nehmen konnte. Selbst jetzt hetzten sie noch gegen ihn und nannten ihn einen Hasenfuß, der es vorgezogen hatte, aus der Welt zu treten, anstatt sich zu stellen und zu erklären, wo er die Tote versteckt hatte. Wenigstens einen Abschiedsbrief hätte er hinterlassen können, meinten sie. Und ja, Sie haben recht, Herr Hugi. Ich begann tatsächlich, seine Unschuld zu hinterfragen. Er war solch eine starke Persönlichkeit. Ich argwöhnte, ob er sich tatsächlich umgebracht hätte, wenn er unschuldig wäre und nichts zu verbergen hätte.«

»Das war sehr schwierig für Sie.« Hugi war inzwischen zum Tisch zurückgekehrt und hörte seinem Gegenüber aufmerksam zu.

»Was glauben Sie denn? Wissen Sie, ich stellte mir vor, was ich machen würde, wenn Esther plötzlich aus dem Nichts wieder auftauchte. Überlebt hätte sie eine Begegnung mit mir kaum.«

»Und Ihr Hass hat sich nie gelegt. Auch 16 Jahre später nicht. Und dann hat Ihr Halbbruder in seiner Firma eine Entdeckung gemacht.«

»Fabio kam zu mir und erzählte mir, dass er glaubte, Esther in der Betriebskantine gesehen zu haben. Er sei sich nicht sicher, sagte er, sie habe sich sehr verändert, aber ihre Gesichtszüge und ihre Art, sich zu bewegen, erinnerten ihn stark an die frühere Esther.«

»Und damit ist alles wieder hochgekommen.«

Camilla Weber verbarg seufzend ihr Gesicht in den Händen.

»Am nächsten Tag bin ich nach dem Unterricht sofort nach Langenthal gefahren und habe vor dem Gebäude der Firma Neukomm Posten bezogen. Und tatsächlich, nach etwa zwei Stunden kam eine Frau heraus, die Fabios Beschreibung entsprach. Aber ich war unsicher. Ich bin ihr gefolgt, durch die Stadt bis zum Bären. An der Bar hat sie etwas getrunken und sofort begonnen, mit dem Mann neben ihr zu flirten. Sie schenkte mir null Beachtung, als ich das Lokal betrat und mich hinter ihr auf ein Sofa setzte. Wenn es bis dahin noch Zweifel gegeben hatte, so wurden sie sogleich beseitigt, als ich ihre Stimme hörte. Auch wenn sie nun perfektes Hochdeutsch anstelle von Dialekt sprach. Dieses scharrende, rauchige Timbre ist einmalig wie ihre DNA. Ich war mir zu 100 Prozent sicher, dass ich Esther Kaufmann gefunden hatte.«

»Und Sie erwogen nicht, sich zu ihr zu setzen und das Gespräch zu suchen?«

»Die Schlampe war völlig von sich eingenommen. Lächelte ihr Gegenüber an, fuhr sich mit der Hand durch die Haare und drehte eine Locke um den Finger. Sie war immer noch die gleiche Bitch wie in ihrer Jugendzeit. Ich hielt es nicht mehr aus, musste den Bären sofort verlassen, sonst hätte ich ihr vor die Füße gekotzt.«

Hugi schwieg betroffen. Was gab es dazu noch zu sagen?

»Ich befand mich auf dem Weg nach Hause. Doch auf halber Strecke kehrte ich wieder um. Ich konnte sie nicht so davonkommen lassen. Fabio hatte in der Firma diskret in Erfahrung gebracht, woher die Kursleiterin kam. Ich fuhr also nach Langenthal zurück, entdeckte hinter dem

Bären einen Wagen mit Stuttgarter Nummernschild. Also beschloss ich zu warten.«

»Und Ihre Arbeit?«

»Ich hatte am nächsten Morgen einen unterrichtsfreien Halbtag. Ja, es gibt manchmal Zufälle, die hilfreich sind. Ich habe die ganze Nacht in meinem Auto verbracht und bin am nächsten Tag, als die Bar öffnete, wieder auf dem Sofa gesessen, mit einem warmen Getränk und mit Blick auf die Rezeption.«

»Sie hatten einen Plan?«

»Es fiel mir schwer, einen kühlen Kopf zu bewahren. Ich wusste nicht, was ich tun würde, wenn ich ihr gegenüberstünde. Ich stellte mir vor, dass ich sie nach dem Auschecken bei ihrem Wagen stellen würde.«

»Aber sie ist nicht gleich losgefahren.«

»Anscheinend wollte sie den Aufenthalt in ihrer alten Heimat mit einem Spaziergang abschließen. Stellen Sie sich diese Arroganz vor, Herr Hugi. Sie riskiert mit diesem Seminar in Langenthal, dass jemand sie erkennt. Das muss ihr bewusst sein. Doch alles geht gut. Und anstatt darüber froh zu sein, dass alles glattlief, promeniert die Schlampe noch durch die Öffentlichkeit. *Seht her, ich bin wieder da. Ich habe euch alle verarscht.*«

»Und dann sind Sie ihr gefolgt.« Hugi wurde langsam ungeduldig. Er ahnte zwar, wie es weitergehen würde, wollte es aber von Camilla Weber selbst hören.

»Ich habe meine Kapuze hochgezogen und bin ihr nachgeschlichen. Als sie beim Fußballplatz auf den Kiesweg abbog und die Langete entlangspazierte, da wusste ich, dass dies der ideale Ort wäre, um sie zur Konfrontation zu zwingen. Dichter Nebel, kein Mensch weit und breit. Ich überlegte, ob ich ihr die Hand auf die Schulter legen sollte. Doch schließlich entschied ich, dass ich ihr frontal begegnen, die Überraschung auf ihrem Gesicht sehen wollte. Ich joggte also an ihr vorbei. Sie nahm mich überhaupt nicht zur Kenntnis, trug Kopfhörer und schien von ihrer Umwelt nicht viel wahrzunehmen. Ich bin ein paar Meter weitergerannt. Dann bin ich stehen geblieben und habe auf sie gewartet.«

»Sie hat Sie jedoch nicht erkannt.«

»Ich bin ihr wohl bekannt vorgekommen. Aber Sie haben recht, Herr Hugi. Sie wusste zunächst nicht, wer ich bin. Also musste ich ihr erzählen, was Sache ist.«

»Ganz allein waren Sie nicht.«

»Es sind ein paar Spaziergänger an uns vorbeigekommen. Doch der Nebel war, wie gesagt, sehr dicht. Ich trug die Kapuze, und wir haben uns mit gedämpfter Stimme unterhalten. Bis sie dann plötzlich laut zu lachen begann.«

»Sie hat nichts vom Selbstmord Ihres Vaters gewusst.«

»Natürlich nicht. Sie war zu dem Zeitpunkt schon lange im Ausland. Hat nichts mitbekommen. Es war ihr auch egal. Sie wollte einfach weg aus diesem Kaff, wie sie es nannte. In die weite Welt hinaus. Etwas erleben.«

»Sie hat Ihnen nicht erzählt, wohin es sie verschlagen hat?«

»Es hat mich nicht interessiert. Ihre Geschichte war mir völlig egal. Ich wollte, dass sie versteht, was sie mit ihrem Verschwinden angerichtet hat. Sagen Sie selbst, Herr Hugi. Jemand, der ein Gewissen hat, würde sich so was doch zu Herzen nehmen, oder etwa nicht?«

»Was meinen Sie genau?«

»Was sie verschuldet hat, Herrgott noch mal! Eigentlich, wenn man es genau betrachtet, war sie eine Mörderin. Armins Selbstmord ging auf ihre Kappe.«

»Das ist Ihre Sichtweise, Frau Weber. Kein Richter auf der Welt würde zu diesem Schluss kommen.«

»Aber jeden Menschen mit etwas Empathie würden die Folgen seines Tuns betroffen machen. Wenn man erkennt, was man damit angerichtet hat. Ist das etwa zu viel verlangt?« Nun liefen ihr Tränen über die Wangen. Ihre Hände waren zu Fäusten verkrampft.

Hugi konnte sich die Szene an der Langete gut vorstellen. Da war die eine, die endlich der – für sie – Schuldigen den ganzen Schmerz ins Gesicht sagen konnte. Und die andere ließ dies völlig kalt. Der Hass, den Camilla Weber jahrelang für diese Frau empfunden hatte, musste in diesem Moment wieder ausgebrochen sein, wie die Eruption eines Vulkans.

»Sie hat mich ausgelacht«, fuhr Camilla fort. »Sie hat *uns* ausgelacht, Armin und mich. Hat gehöhnt, dass er sich für unwiderstehlich gehalten und bestimmt noch andere Kuckuckskinder in die Welt gesetzt habe. Hat ihn einen Schwächling genannt. ›Ein kurzer Wirbelsturm und schon gibt der gute Armin auf‹, sagte sie lachend. Da konnte ich mich nicht mehr zurückhalten.«

»Sie haben sie gestoßen.«

»Ich wollte sie tot sehen. Sie ist gefallen und hat sich nicht mehr bewegt.«

»Sie hatten Glück, dass in diesem Moment kein Spaziergänger vorbeigekommen ist.«

»Das hatte ich wohl, da haben Sie recht. Ich habe nach ihrem Puls gesucht. Sie lag da, mit offenen Augen, den Mund leicht geöffnet. Ich glaubte, immer noch das höhnische Lachen dieser Schlampe zu hören.«

»Und da haben Sie Ihre ganze Wut herausgelassen.«

»Die Frau hatte meinen Vater auf dem Gewissen und hat mich ebenfalls zur Mörderin gemacht.«

»Totschlag, Frau Weber. Ein Richter hätte wohl sogar einen Unfall akzeptiert.«

»Ich spürte mich nicht mehr. Da lag dieses Biest, dieses Monster, dieses selbstgefällige Flittchen!« Sie war lauter geworden, die letzten Worte hatte sie ausgespuckt und sich dabei erhoben. Nun war sie mit Hugi auf Augenhöhe. Beide standen mit aufgestützten Händen hinter ihren Tischen und musterten sich. Wie zwei Kämpfer, die darauf warteten, dass der andere blinzelte, um loszuschlagen.

»Und dann haben Sie Esther Kaufmann in die Langete geworfen.«

»Hätte ich sie dort liegen lassen sollen?« Sie verzog verächtlich den Mund.

Hugi wich ihrem Blick nicht aus. Er nickte nachdenklich, erhob sich zu seiner vollen Größe und trat erneut ans Fenster.

»Und jetzt?«, hörte er Camilla in seinem Rücken. »Was wollen Sie nun tun? Sind Sie verkabelt? Haben Sie alles aufgenommen? Ist das vor Gericht überhaupt zugelassen?«

Er nahm sein Handy aus der Sakkotasche und wählte Stefanias Nummer. Sie nahm nach dem ersten Freizeichen ab.

»Ihr könnt hochkommen«, sagte er. Langsam wandte er sich wieder der Lehrerin zu.

»Und was, wenn ich nun alles abstreite? Haben Sie Beweise für meine Schuld, Herr Hugi?«

»Nein«, murmelte er. »Die habe ich nicht. Und nein: Ich bin nicht verkabelt. Aber man wird die DNA, die man auf Esthers Leiche gefunden hat, Ihnen zuordnen können. Und dann haben Sie mächtig Erklärungsbedarf.« Und in traurigem Tonfall fügte er hinzu: »Die DNA, die wahrscheinlich niemals gefunden worden wäre, wenn Sie sich nicht entschlossen hätten, Esthers Gesicht zu zertrümmern.«

SECHSUNDDREISSIG

Erschöpft kam Hugi nach Hause. Stellte fest, dass sein Briefkasten beinahe vor Post überquoll. Er hatte in den letzten Tagen nicht die Zeit gefunden, ihn zu leeren, zu sehr waren seine Gedanken dem Verbrechen gewidmet gewesen. Kopfschüttelnd packte er die Briefe und Werbebroschüren unter den Arm und fuhr mit dem Lift hoch in seine Wohnung. Warf den Schlüsselbund in die Schale, setzte sich an den Schreibtisch im Büro.

Er war bei Camilla Weber geblieben, bis Stefania mit den uniformierten Kollegen im Klassenzimmer erschienen war. Dann hatte er das Schulhaus verlassen. Nydegger hatte im Audi gesessen und ihm zugenickt. Hugi war nicht nach Konversation zumute gewesen. Er hatte den stummen Gruß kurz erwidert und war in seinen Wagen gestiegen.

Weg vom Schulhaus. Weg von Roggwil.

Es war vorbei.

Eine lähmende Müdigkeit übermannte ihn. Er wusste nicht, ob er zufrieden sein sollte. Das Gespräch mit Camilla

Weber hatte ihm zugesetzt. Der abgrundtiefe Hass, den sie Esther Kaufmann entgegengebracht hatte, entsetzt. Erst jetzt merkte er, wie sehr ihm die Routine der polizeilichen Ermittlungen abhandengekommen war. Er hatte sich in einem Flow befunden, der ihn unerbittlich vorangetrieben hatte. Der Jagdinstinkt hatte das Adrenalin hochgehalten, ihm keine Pause gegönnt. Die Müdigkeit überspielt.

Die Unterstützung, die er zur Aufklärung des Mordfalls hatte beitragen können, hatte ihm Spaß gemacht. Doch er war froh, dass die Polizeiarbeit nicht mehr zu seinem Leben gehörte. Zu sehr war er wieder in den Strudel der vielen vereinzelten Schicksale hineingezogen worden. Die Familie Kaufmann, die alles als von Gott gegeben hinnahm. Die Kälte eines Gerhard Gloors, obschon er ihm unwissentlich einen wichtigen Fingerzeig geliefert hatte. Aber auch Danashs Situation, die dieser ihm in der Kaffeefabrik anvertraut hatte. Wie würde es mit seiner Familie weitergehen?

Das alles hatte ihn vom Alltag isoliert. Er hatte Scheuklappen getragen. Alles um sich herum ausgeblendet, sich in einer Blase befunden.

Ja, es war gut gewesen. Die Mithilfe bei den Ermittlungen hatte ihn stark in Anspruch genommen und ihm vielleicht gar ein Stück in der Trauerarbeit geholfen.

Doch nun war Schluss damit.

Gleichzeitig jedoch fühlte er eine beängstigende Leere, die sich in ihm breitmachte. Er hatte in den vergangenen drei Wochen eine Aufgabe gehabt, der er leidenschaftlich nachgegangen war. Nun musste er seinen Tagesablauf wieder selbst strukturieren. Selbst in die Hand nehmen.

Er brauchte Erholung, das spürte er ganz deutlich. Mehrere Tage würde die Regeneration in Anspruch nehmen.

Bestimmt. Vielleicht sollte er wegfahren. Sich eine Auszeit gönnen. Ein Wellness-Wochenende. Ein Urlaub am Meer. Einfach die Seele baumeln lassen und anschließend gestärkt in den Alltag zurückkehren.

In seinem Büro nahm er das Notizheft aus der Schublade. Überlegte sich, was er eintragen wollte. Natürlich, die Aufklärung des Falles war ein Erfolgserlebnis. Doch konnte er es tatsächlich als positiven Punkt verbuchen? Er rang mit sich selbst.

Die Aufzeichnungen, die Buchmüller ihm vorgeschlagen hatte, waren hilfreich gewesen, gewiss. Ein wichtiger Teil des Prozesses. Doch war es noch notwendig, sie täglich zu notieren? Genügte es nicht, sich immer wieder bewusst zu machen, wie viel man als gegeben hinnahm, ohne sich klar darüber zu sein, wie gut es einem eigentlich ging?

Er würde Buchmüller bei der nächsten Sitzung erklären, dass die Methode erfolgreich gewesen war und ihren Zweck erfüllt hatte. Und er würde dem Psychologen eine gute Flasche Wein mitbringen. Schließlich hatte dieser nicht wenig zur Lösung des Falls beigetragen, wenn auch unwissentlich und willkürlich.

So war es vielleicht jetzt, wo er nicht mehr in die Ermittlungen eingebunden war, endlich an der Zeit, das Projekt Dating ernsthaft in Angriff zu nehmen und ihm nicht ständig andere Prioritäten vorzuschieben.

Zorro sprang auf den Schreibtisch und blickte ihn mit großen Augen an. Mit der Tatze strich er vorwurfsvoll über Hugis Arm. Leckereien wurden verlangt.

Nachdem Hugi die Wünsche seines Mitbewohners erfüllt hatte, setzte er sich wieder hin, griff zur Maus und checkte seine Mailbox. Nur ein paar neue Nachrichten waren eingetroffen. Eine Einladung zum Treffen der pensionierten Kriminalbeamten. Eine Mahnung für eine unbezahlte Rechnung. Der Rest war Werbematerial.

Urspeter Hugi, was wolltest du vorher noch in die Hand nehmen?

Er blickte zu Judiths Bild.

Richtig, die Datingplattform.

»Zum Glück behältst wenigstens du den Überblick, Liebling«, murmelte er und wollte zur Maus greifen, als das Handy vibrierend tanzte.

Stefania? Gab es noch etwas zu berichten? Hatte Camilla Weber inzwischen auf stur geschaltet?

Doch es war seine Mutter. Seufzend betrachtete er das surrende Gerät. Er war nicht in der Stimmung, um über seine nicht existierenden Dates zu reden. Aber er hatte schon lange nicht mehr mit ihr gesprochen. Also blieb ihm nichts anderes übrig, als den Anruf entgegenzunehmen. Er war ein guter Sohn.

»Urspeter«, begann sie, und er merkte sofort an ihrer Stimme, dass etwas nicht stimmte.

»Mama?«

Er hörte sie schniefen. Weinte sie etwa? »Es ist schrecklich. Ich kann es kaum fassen.«

»Mama, beruhige dich. Erzähl mir von Beginn. Was ist geschehen?«

»Dein Bruder …« Weiter kam sie nicht, und Hugis Magen zog sich augenblicklich zusammen. Er erinnerte sich an das konfuse Gespräch, das er vorgestern mit Karl Ludwig geführt und im Eifer der Aufklärung beinahe vergessen hatte.

Es ist gerade schwierig. Sehr schwierig. Du wirst es erfahren. Früh genug.

Ein beklemmendes Gefühl stieg in ihm hoch.

Derweil versuchte Elsa, Hugi mit brechender Stimme zu erzählen. Doch ihre wirren Sätze ergaben keinen Sinn.

»Mama«, begann er erneut. »Ganz langsam. Was ist los mit Karl Ludwig?«

Sie nannte ihm den Namen einer Boulevard-Zeitung. Hugi klickte auf die Maus. Öffnete die genannte Webseite. Und erstarrte.

Eine dicke Schlagzeile.

#metoo – Neuer Skandal
Schlimme Anschuldigungen gegen Stardirigent

Darunter ein Foto von Karl Ludwig Hugi, seinem Bruder.

DANKSAGUNG

Mein größter Dank gilt Armin Gmeiner, der es mir ermöglicht hat, meinen Kriminalroman in seinem Verlag zu publizieren und damit dem Oberaargau einen Platz in der Welt der Regionalkrimis zu schaffen.

Das ganze Team des Gmeiner-Verlags hat mich herzlich aufgenommen, als ich ihm vor einem Jahr einen Besuch abgestattet habe und mir so einen wunderbaren Einstieg ermöglicht. Es ist großartig, wenn man sich als Autor nur aufs Schreiben konzentrieren kann und weiß, dass alle anderen Arbeiten, die es benötigt, um ein Buch erscheinen zu lassen, in vertrauensvollen Händen liegen.

Meine Lektorin Katja Ernst hat sich meinem Manuskript angenommen, die richtigen Fragen gestellt und den Text so um einiges besser gemacht. Für ihre engagierte Arbeit und umsichtige und ruhige Art gebührt ihr ein riesiges Dankeschön.

Fritz und Monika Aebi waren die ersten Testleser; als ehemaliger Richter hat er mich auf diverse Unstimmigkeiten im Ablauf einer Ermittlung aufmerksam gemacht.

Aswin Ramanesh, mein ehemaliger Lernender, hat meine Fragen über tamilische Traditionen umgehend beantwortet. Es ist wunderbar, wenn der Lehrer auf die Unterstützung seiner Schüler zählen und von ihnen lernen kann.

Ein mächtiger Strauß an Dankeschöns geht an meine Partnerin Gabriela, die viel Verständnis aufbringt, wenn ich mich stundenlang hinter dem Computer verschanze, und mit Zuspruch und Liebe ihren Teil zu meiner literarischen Arbeit beiträgt.

Und am Ende der Danksagung stehen selbstverständlich Sie, geschätzte Leserinnen und Leser. Ohne Sie gäbe und bräuchte es keine Bücher, und wenn Sie sich für meines entschieden und einige Stunden mit Urspeter Hugi verbracht haben, so ist das der größte Lohn, den ich als Autor für mein Schaffen im stillen Kämmerlein erhalten kann.

Langenthal, im Januar 2025

Irène Mürner
Tod im Schloss Spiez
Kriminalroman
304 Seiten, 12,5 x 20,5 cm,
Broschur
ISBN 978-3-8392-0825-0

Sommer in Spiez. Es herrscht Ferienstimmung in
der schönsten Bucht Europas, über der erhaben das
Schloss thront. Megan, Ermittlerin der Kapo Bern,
und ihrer Tante Ida werden die wohlverdienten
Feierabenddrinks allerdings zünftig verhagelt. Eine
70-jährige Tote, anonyme Briefe, ungewöhnliche
Sachbeschädigungen und ein Mord sorgen für Aufregung. Während Ida sich den Klatsch im Dorf anhört,
befragt Megan systematisch einen Verdächtigen nach
dem anderen. Irgendetwas ist faul, die Frage ist nur,
wer verheimlicht hier eigentlich was und warum?

GMEINER SPANNUNG

WWW.GMEINER-VERLAG.DE
Wir machen's spannend